6·25전쟁 수난기 **2**

누나를 기다리며

6·25전쟁 수난기 작가회

집필진
임석환 김영백 최건차 신건자
이상열 최강일 이용덕 최용학
변이주 심혁창 이동원 이영주

도서출판 한글

머 리 말

6·25전쟁 수난의 증언 1집에 이어 제2집을 출판하게 되어 기쁘다.

6·25전쟁을 당해 죽을 고비를 넘긴 우리가 아닌가. 앞으로 전쟁 피해자로 증언할 사람이 얼마나 더 있을까?

어쩌면 80대를 넘긴 우리가 전쟁 마지막 수난의 생존 증인들일 수도 있다.

전쟁의 포화 속에서 나는 어린이로 부모를 잃었고 친척도 잃은 채 갈 곳 없는 고아였다. 나는 길바닥에 버려져 울고 있을 때 하나님이 보내주신 천사 어머님을 만났다. 몸으로 낳아주신 어머님은 아니지만 영적 어머님은 나를 잡아주시어 오늘의 내가 살아 있도록 은혜를 베풀어주셨다. 엄마 아빠를 불러보지 못한 나에게 엄마가 되어주신 그 어머님의 은혜는 하늘보다 높다.

연로한 어른들은 거의가 돌아가시고 6·25전쟁의 피해자 1933년생과 1943년(87세~77세) 생존자들이 증언하지 않으면 더 이상 이런 수난기라도 남길 여지도 없어진다.

앞으로 100년 뒤에도 이 증언이 바로 전해지기를 바라며 겸손히 머리를 숙인다.

1950년 6·25전쟁 74년째를 맞아

2024. 06. 25

6·25전쟁 수난기 작가회

회장 이 용 덕

‖ 차 례 ‖

머리말 ‖ 이용덕 ··· 3

미국은 우리나라의 어떤 존재인가? ····························· 7

6·25전쟁과 우방의 은혜 ‖ 임석환 ···························· 11

6·25전쟁과 피란지에서의 보이스카우트 활동 ‖ 김영백 ·········· 20

이념의 밤손님 ‖ 최건차 ·· 33

수리산 숲속에 울리는 소리 ‖ 신건자 ···················· 38

국기에 물든 어머니의 피 ‖ 이상열 ······················· 46

내가 겪은 6·25전쟁 전후 ‖ 최강일 ······················ 72

환란의 터널 저편 ‖ 이용덕 ··································· 79

누나를 기다리며 ‖ 최용학 ·································· 113

6·25와 나의 어머니 ‖ 변이주 ···························· 182

빨간 완장 ‖ 심혁창 ·· 194

철없는 어린이에서 산업일꾼으로 ‖ 이동원 ············· 220

서랍속의 아이들 ‖ 이영주 ································· 288

미국은 우리나라의 어떤 존재인가?

북한의 6.25남침에 의해 미군은 1950년 7월 1일 한국에 첫발을 디딘 이후 3년 1개월 간 전쟁을 치르면서, 전사자 54,246명을 비롯하여 실종자 8,177명, 포로 7,140명, 부상자 103,284명 등 172,847여 명이 희생당했다.

국군 희생자가 64,500명에 비해 무려 27%나 많다. 이처럼 많은 미군이 한국 땅에서 희생된 것이다. 특히 우리를 감동시킨 것은 미국 장군의 아들들이 142명이나 참전하여 그 중에 35명이 전사했다는 사실이다. 그 중에는 대통령의 아들도 있었고, 장관의 가족도, 미8군사령관의 아들도 포함되어 있다는 점에서 우리를 부끄럽게 만든다.

즉 아이젠하워 대통령의 아들 존 아이젠하워 중위는 1952년 미3사단의 중대장으로 참전하였다. 대통령의 아들이 남의 나라에서 참전하여 전사했다는 사실은 상상할 수 없는 일이다. 또 미8군사령관 월튼 워커 중장의 아들 샘 워커 중위는 미 제24사단 중대장으로 참전하여 부자가 모두 6·25한국 전쟁에 헌신한 참전 가족이다.

워커 장군이 1950년 12월 23일 의정부에서 차량 사고로 순직 시, 아버지 시신을 운구한 사람이 아들이었으며, 아버지를 잃은 뒤에도 아들은 1977년 미국 육군 대장이 되어 자유의 불사신이 되었다.

노르망디 상륙작전에 참전했던 벤 플리트 장군도 한국전에 참전하여 사단장, 군단장, 8군사령관까지 오른 인물이다. 그의 아들 지니 벤 플리트 2세도 한국전에 지원하여 B-52폭격기 조종사가 되었다. 그러나 지미 대위는 1952년 4월 4일 새벽 전폭기를 몰고 평남 순천 지역에서 야간출격 공중전투 중 괴뢰도당의 대공포에 전사했다. 지미 대위가 처음 참전을 결심했을 때 어머니에게 보낸 편지는 우리의 심금을 울렸다.

"어머니!

아버지는 자유를 지키기 위해 한국전선에서 싸우고 계십니다. 이제 저도 힘을 보탤 시간이 온 것 같습니다. 어머니! 저를 위해 기도하지 마시고, 함께 싸우는 전우들을 위해 기도해 주십시오.

그들 중에는 무사히 돌아오기를 기다리는 아내를 둔 사람도 있을 것이고, 아직 가정을 이루지 못한 사람도 있습니다."라고 보냈다.

그 편지가 마지막이 될 줄이야!

그뿐 아니다. 미 해병1항공단장 필드 해리스 장군의 아들 윌리엄 해리스 소령은 중공군 2차 공세 때 장진호 전투에서 전사했다. 미 중앙정보국 알렌데라스 국장의 아들 데라스 2세도 해병 중위로 참전해 머리에 총상을 입고, 평생 상이용

사로 고생하며 살고 있다.

또 미극동군사령관 겸 유엔군사령관 클라크 육군 대장의 아들도 6·25한국전쟁에 참전했다가 부상당했다. 한편, 미 의회는 한국전에 참전했다가 전사했거나 중상을 입은 장병들에게 명예 훈장을 수여했는데 한국전 중 받은 사람은 136명이다.

이는 제2차 세계대전 때의 464명보다는 작지만 제1차 세계대전 124명보다는 많은 것은 한국전쟁이 얼마나 치열한 전쟁이었나를 말해

주고 있다.

이 자랑스러운 훈장을 마지막 받은 자는 이미 고인이 된 에밀 카폰 대위로 전사한 지 62년이 되는 해에 추서되었다.

카폰 대위는 1950년 11월 미제1기병사단 8기병연대 3대대 소속의 군종 신부로서 평안북도 운산에서 중공군의 포로가 되었다. 그는 탈출할 수 있는 기회가 있었음에도 그냥 남아 병들고 부상당하여 고통 중에 있는 포로들을 일일이 위로하며 희망을 준 사람이다.

그는 자신도 세균에 감염되어 많은 고생을 했고, 나중에는 폐렴으로 포로수용소에서 사망할 때까지 병사들을 돌보며, 신부로서 사명을 끝까지 완수한 공로로 명예훈장으로 추서되었다.

그뿐만 아니다. 우리 국민이 잊지 않고 기억해야 할 것은 1950년 한국전쟁 발발 시 미국 웨스트포인트 사관학교를 졸업하고 임관한 신임 소위 365명 중 한국전에 참전했다가 희생당한 장교가 110명(그중에 41명 전사)이나 되었다는 점을 잊어서는 안 될 것이다.

그들은 세계를 가슴에 품고 대망을 펼치기 위해 사관학교에 입교했는데 임관하자마자 한국전선에서 희생되었다. 미처 피어 보지 못한 그들의 통한! 세계 자유를 지키기 위해 이름도 모르는 나라를 지켜주기 위해 아낌없이 목숨을 바친 그들이 얼마나 고마운가!

위 기록은 한국전쟁 당시 있었던 사실이다. 우리나라 고위층 잘난 사람 중 군에 가지 않은 자들은 부끄럽게 생각해야 한다. 그리고 정계에서 활동하는 인사들 중 군 미필자들은 가슴에 손을 얹고 한 번쯤 양심의 가책을 느끼고 미군들의 희생에 감사하는 마음을 가슴에 새겨야할 것이다.(카카오 톡에서 펌 : 발행인)

2024년 6월 25일 국회 사진전에서 밝힌 자료

김일성이 일으킨 6.25전쟁 당시 남북 병력 비교

한 국 군	구 분	북 한 군
105,752명	병 력	193,380명
0	탱 크	242대
91문	야 포	728문
전투기 0	항 공 기	211대(전투기 197대)
71척	함 정	110척

민간인 인명 피해

남한 민간인 사망자   373,899명

남한 민간인 부상자   229,625명

남한 미망인   20만여 명

남한 고 아   10만여 명

남한 민간 납치 행불 387,744명

남한 피란민 24만여 명

남한 사망 부상 미망인 고아 총 1,291,268명

북한 사망 부상 행방 불명자 총 1,500,000명

군인 인명 피해

국군 인명 피해	국군 유엔군 인명 총계
국군 전사자 137,899명	유엔군 실종자 총 9,931명
부 상 자 48,742명	국군 유엔군 사망자 총 178,569명
실 종 포 로 32,838명	국군 유엔군 부상자 총 556,022명
유엔군 사망자 총 40,670명	국군 유엔군 실종자 총 411,769명
유엔군 부상자 총 104,290명	

6·25전쟁과 우방의 은혜

임 석 환

1950년 6월 25일 새벽 북한이 남한을 침범함으로써 동족상잔의 전쟁을 일으켰고, 그로 인해 엄청난 인명피해를 유발했다. 북한 공산군은 한민족에게 천추의 한을 남기고 엄청난 전쟁범죄를 저지른 것이었다.

무모한 전쟁으로 인하여 자유를 찾아 월남한 북한 국민이 수백만에 이르고, 전쟁고아와 미망인, 부상자가 헤아릴 수 없이 많이 발생했다. 북한은 인류에게 크나큰 재앙을 안긴 전쟁범죄 집단이다.

지금은 내가 91세로 대한민국 6·25참전유공자회 포천시 지회 회장을 맡고 있지만 나와 우리 가족은 철저한 전쟁 피해자였다.

나는 평안남도 중화군 간동면에서 태어났다. 부모님과 4형제가 단란하게 살다가 6·25전쟁이 발발하자 우리 집안은 풍비박산되었다.

공산군이 부산 턱밑까지 밀고 내려갔고, 대한민국의 운명이 백척간두에 처했을 때 유엔군 총사령관 맥아더 장군의 인천상륙작전으로 멸망 직전에 우리나라는 구사일생으로 살아난 것이다.

공산군이 전의를 잃고 패퇴하여 평양을 빼앗기고 압록강까지 밀렸고, 우리가 곧 승전가를 올리려는 즈음에 미친 개떼 같은 중공군이 인해전술로 밀고 내려와 국군과 유엔군은 부득이 밀리게 되었고 이것이 1.4후퇴다.

이때 부모님은 큰형과 둘째아들인 나를 일단 남한으로 피란시키고,

어린 두 동생과 부모님은 고향에 남기로 결단하셨다. 그렇게 되어 두 살 연상 형과 나는 1950년 12월 경의선 기차 편으로 황해도 사리원을 거쳐 개성을 지나 서울까지 피란민 속에 섞여 남한으로 왔다.

스무 살도 안 된 우리 형제는 막상 서울역에 내렸지만 어디로 가야 할지 앞길이 막막했다. 아무 연고도 없는 우리는 누구한테도 말 한마디 걸어 볼 수도 없었다.

그런 가운데 다행히 피란민 인솔자가 오갈 데가 없는 사람들은 따로 모이라고 했다. 우리 형제는 작은 피란보따리를 메고 사람들이 줄을 서서 가는 뒤를 따랐다. 피란민들이 따라간 곳은 임시로 마련된 비어 있는 서대문형무소였다.

거기라도 거처로 정해 주니 마음이 안정되었고 우리는 거기서 얼마간 머물렀다. 당분간 머물 곳이 있어 좋았지만 당장 호구지책이 문제였다. 형은 가지고 있던 얼마 되지 않는 돈으로 풀빵기계를 구해서 서울역 구석에서 풀빵장사를 하기도 했다.

그러나 그것도 잠깐, 당국은 1950년 12월 24일 피란민을 다시 파고다공원으로 집결시켰다. 그리고 거기 모인 사람들을 인솔하여 청량리역을 거쳐 남쪽으로 이동시켰다.

우리는 어디로 가는지도 모르고 다른 피란민들 속에 끼어 남쪽으로 향했다. 남양주 덕소를 거쳐 양평에서 남으로 남으로 걸어서 대구 팔공산을 지나 근 두 달 만에 부산 인근 어딘지도 모를 곳에 도착했다.

당시 나는 17세였고 형은 19세였다. 우리 형제는 그곳에서 다른 젊은이들과 함께 군에 입대하였다. 예비사단에서 기초훈련을 받고, 제주도 훈련소로 가서 또 군사훈련을 마치고 군복무를 시작했다.

처음 배치 받은 곳은 5사단 35연대가 주둔한 인제지역이었다. 거기는 훈련장이 아닌 살벌한 실전장이었다. 형과 나는 다른 부대로 배치되어 전투에 임했다. 나중에 들은 이야기로 형이 중공군의 포탄에 맞아 전사하셨다는 소식을 들었다. 빗발치는 총탄 속에서 싸우다가 중공군이 쏜 포탄에 맞아 목숨을 잃은 것이었다.

형을 잃은 비참한 상황 속에서 나도 적군의 공격을 받아 부상을 당했다. 나는 형의 시체가 어떻게 되었는지도 모른 채 대구 27군병원으로 후송되어 입원 치료를 받았다.

전쟁이 날로 심해져서 얼마 후 건강이 회복된 나는 2사단 32연대에 다시 배속되었다. 그리고 포병으로 전방지대 피의 능선으로 유명한 백마고지 전투에 투입되어 싸웠다. 그러다 새롭게 편성된 수도사단 기갑연대 대원으로 소속이 바뀌어 철원전투에 다시 투입되었다.

나는 당시 어린 나이에도 '상대를 죽이지 않으면 내가 죽는다'는 극한 상황을 의식하며 군인 목숨은 내 것이 아니라 나라의 것이라는 사실을 실감했다. 주야로 전운이 자욱한 전방 생활을 3년간 하는 동안 휴전을 맞았다. 나는 전쟁이 멈춘 상태에서도 제대를 하지 않고 군에 몸담고 근무하다가 상사로 진급했다. 이때 함께 근무하는 친구의 소개로 평생의 반려자 윤선애 씨를 만나 결혼을 했다.

1957년 제대할 때 이등상사로 특진했다. 아무런 대책 없이 만난 우리 부부는 말로 다할 수 없는 수난을 겪어야 했다.

호구대책이 막연한 중에 가까이 아는 사람이 나를 고물상에 일자리를 소개해 주어 고물상에서 열심히 일하다가 주변 사람의 인정을 받아 고물상 분점을 차려 독립하였다. 그러나 그것도 직접 해 보니 경영상 어려움이 이만저만이 아니었다.

1961년 고물상을 그만두고, 포천 송우리에 싸고 좋은 터가 있다는 소개를 받고 얼마 안 되는 돈으로 돼지 몇 마리로 양돈업을 시작했다. 돼지를 기르고 팔고 하다 보니 양돈보다는 양계업이 좋을 것 같아 양계업으로 전환했다. 그러다가 양계업에서 젖소를 기르는 사업으로 바꿨다. 역시 덩치 큰 소가 돈도 크게 쥐어 주었다. 차츰 축산업에 경험이 쌓이면서 날로 성장했다. 소 기르고 거두기에 노력한 결과 어느 정도 재산이 모아져 땅도 사고 집도 마련했고, 아내와 사이에 3남 1녀를 얻었고, 나는 어엿한 가장이 되었다.

나는 조부모님 때부터 독실한 기독교인 가정에서 자라 이런 일 저런 일을 하면서도 주일은 빠지지 않고 교회에 나갔고, 하나님께 간절한 소망을 말씀드리며 기도도 많이 했다.

믿음이 깊어지고 경제적으로 기반이 잡히자 지인들과 어울려 송우교회를 세웠다. 그러다 보니 나이도 들만큼 들고 인심도 얻어 신도들의 추천으로 장로가 되었다.

내 남은 인생에 세상에서 덕을 쌓고 하나님께 충성하는 원로장로로 충실히 살며 나라를 위해 죽도록 충성하리라 결심하고, 교회 일 외에도 애국운동에도 참여했다.

내 자랑이 되는 것 같아 부끄럽지만 여러 해 활동한 것을 정리해 보는 것도 의미가 있을 것 같아 간단히 기술해 본다.

북에 계신 부모님과 두 동생을 생각하면 가슴이 아프고 지금 당장 고향을 찾아가고 싶지만 어쩔 도리가 없는 현실에 가슴이 아플 뿐이다. 부모님은 이제 안 계실 것이고, 동생 둘이 살아 있다면 80대 늙은

이들이 되어 있을 것이다.

남한은 이렇게 잘살고 있는데 북한은 경제적 어려움이 많다고 하니 동생들의 식솔은 어디서 어떻게 지내고 있는지 궁금하기도 하고 걱정이 많이 되곤 한다.

나는 군에서 제대를 하고 사회생활을 하면서도 목숨 바쳐 대한민국을 지켜낸 모든 군인들의 애국심에 감사를 드리지 않을 수 없다. 그들의 희생이 있으므로 우리가 이렇게 편히 잘 지낼 수 있는 것이 아닌가.

그리하여 나는 기회가 있을 때마다 포천 일대의 군부대를 방문하여 병사들의 사기를 높여 주는 강연도 하고, 그들에게 필요한 물품을 구하여 나눠주는 활동을 십 수년째 하고 있다.

나는 1998년에 운전면허를 획득하고 직접 차를 몰고 어디든 내가 만나 도울 수 있는 곳이면 군부대를 찾아가 위문을 했다. 나는 인근의 군부대를 거의 다 방문했다.

포천시 이동면에 있던 8사단 신병교육대, 의정부 보충대, 5사단, 28사단 62연대, 수도사단 기갑연대, 판문점 1사단, 포천 소재 국군병원 등을 방문하여 강연도 해주고, 병사들의 애로를 들어주는 노력도 했다. 그리고 멀리는 광주 교도소, 춘천 교도소, 공주 교도소, 군산 교도소, 원주 구치소, 충주 소년원, 천안 소년원 등 어려움에 처한 청소년들의 교화활동도 꾸준히 해 왔다.

가는 곳마다 먹거리와 필요한 물품을 준비하여 나누어 주었고 군생활에 애로가 있는 장병에게는 인생 경험담을 이야기하며 용기를 북돋아주었다. 그러다 보니 내 이야기를 듣고 삶의 의욕을 얻고 새로운 출발을 하는 청년들도 있었다.

한번은 포천지역의 6·25전쟁 참전용사들을 모두 초청해 식사대접과 단합대회를 열어 친교를 다지는 기회를 주선하기도 했다.

1968. 1. 21일 북한군이 청와대를 급습한 사건이 발생하자 제대군인들을 모아 지역방위군을 편성하고 국토 방위역할을 자진하기도 했다. 포천군 내 각 면의 희망자들을 모아 지역방위군 활동을 했더니 당시 군수님이 아시고 위로와 격려의 말씀도 하여 보람을 느꼈다.

그리고 더 나아가 6·25동지회로 발전하여 6·25참전용사들의 환경운동 포천지회도 결성했다. 그 공로로 2020년 호국보훈의 달에 모범 국가보훈대상 상도 받았다.

사람들은 내 나이만 보고 노익장이라고 하지만 나라를 지킴에 있어서는 노소가 따로 있는 것이 아니다.

나 임석환은 2024년 92세 고령이라지만 대한민국 6·25참전유공자회 포천시지회 회장을 맡고 나라 사랑에 내 나름대로 앞장서고 있다.

내가 내 나라를 사랑하는 것은 당연한 일이지만 남의 나라 사람들이 우리를 위하여 피 흘리고 죽었다는 사실은 간과할 일이 아니다. 나는 미국이 우리나라를 위하여 선교사를 통한 기독교만 전한 줄 알았는데, 인터넷에서 다음과 같은 기사를 알고 그냥 넘길 수 없어서 내 살아온 이야기보다 아름다운 우방국 미국에 감사하는 말로 마무리 하려 한다.

말 잘하고 똑똑하다는 노무현이 대통령이 되어 미국 카터 대통령을 만나 준엄하게 항의를 했다는 일화다.

미국의 콘돌리자 라이스 국무장관(Condoleezza Rice)이 부시 대통령에게

"틀렸어요, 대통령님. 로마(Roma)는 루마니아(Romania)의 수도가 아니에요."라고 당돌하게 말했다는 라이스 장관은 흑인여성으로 31세에 대학 총장을 역임할 정도의 천재다.

노무현 대통령이 미국을 방문하여 의정부 미군 장갑차 사고로 숨진 두 여중생(심미선, 신효순)의 이름을 거론한 뒤, 한국에서는 그 사고로 촛불 시위가 한창이라며 미군에게 강하게 항의하자, 이 말을 가만히 듣고 있던 라이스 장관이 느닷없이 노대통령에게 "대통령님은 서해해전에서 전사한 한국장병들의 이름을 아느냐?"고 물었다.

노 대통령이 장병의 이름을 몰라 우물쭈물하자 라이스 장관이 다시 물었다.

"적군의 의도적 침공에 장렬하게 전사한 애국 장병들의 이름은 모르면서 혈맹의 군사훈련 중 실수로 사망한 여중생의 이름은 알고 항의하는 대통령께서는 적과 아군을 반대로 잘못 알고 계시는 것은 아닌지요? 그럼 미국의 젊은이들이 한국의 자유 수호를 위해 전사한 장병이 5만 명이라는 것은 기억하십니까?"

6·25전쟁에서 미군이 5만 명이나 목숨을 잃었는데도 미국은 아무것도 요구하지 않고 오히려 우리를 도와주었다. UN을 통해 군대를 파송해 주었고, 16개국이 한국에 올 때, 그리고 전쟁 중 발생하는 모든 비용을 미국이 다 부담했다. 뿐만 아니라, 우리나라 피란민 구호를 위해 엄청난 식량과 의복, 의약품 등을 공급해 주었다.

그뿐 아니라 6·25전쟁 중, 미국이 한국에 가축과 꿀벌을 보내 주었다는 놀라운 사실도 이제야 알았다. 미국에서 한국으로 가는 수송선에 전쟁 물자가 가득 실려 있었는데, 엉뚱하게도 카우보이들과 젖소, 황소, 돼지, 염소 등 약 3,200마리의 가축이 실려 있었던 것이다.

이 가축들은 미국의 비영리기관인 Heifer International이 한국에 보낸 것인데, 이 가축들을 돌보기 위해 카우보이들이 승선한 것이다. 이들 카우보이들은 약 7주간의 긴 항해 동안 동물들을 돌보았는데, 산더미처럼 밀려오는 파도에 멀미를 하고 나자빠져 있는 동물들을 돌보고, 끼니마다 무거운 건초 더미를 날라다 먹였으며, 물을 공급해 주었고, 병든 동물을 돌보아 주어야 하는 힘든 일도 감당하였다.

이렇게 1952년부터 1976년까지 총 44회에 걸쳐 약 300여 명의 카우보이들이 동물들을 한국으로 수송했고 한다.

1954년에는 캘리포니아 오클랜드 공항에서 특별기가 특별한 손님을 태우고, 하늘로 날아올랐는데, 이 비행기에는 약 150만 마리의 꿀벌이 벌통 200개에 들어 있었다.

6·25전쟁 중, 득실거리는 이, 빈대, 벼룩, 파리, 모기, 나방 등의 해충을 박멸하기 위해 하늘에서 비행기로 DDT를 마구 뿌려서 해충들은 거의 박멸되었지만, 동시에 나비, 꿀벌까지 죽어, 화분을 옮기지 못해 모든 과일과 작물들이 열매를 맺지 못했다. 이에 따라 미국에서 벌꿀 수송 작전을 벌여 꿀벌 150만 마리를 한국으로 수송했던 것이다.

Heifer International은 여러 동물들을 한국으로 이송하는 이 프로젝트를 'Operation of Noah's Ark for Korea'(한국을 위한 노아의 방주 작전)라고 명명(命名)하였다. 짐승을 싣고 가는 배(항공기)라 '노아의 방주'라는 이름을 붙인 것이다.

과거 우리가 6·25전쟁 때, 미국으로부터 받은 귀한 선물들을 생각하면 과연 미국이 얼마나 고마운 나라인가를 가슴에 새기지 않을 수 없다.

특히 미국 교회가 전쟁으로 고통 받고 있던 전쟁고아, 전쟁미망인, 장애인, 굶어 죽고, 병들어 죽어 가는 가련한 사람들을 위해 사랑의 선물을 그리스도의 사랑과 함께 보내 준 사실을 결코 잊어서는 안 될 것이다.

전쟁의 와중에 젖소를 보내 젖을 짜서 엄마 잃은 영아들에게 우유를 먹이고, 돼지나 염소를 길러 고기를 먹게 하였을 뿐만 아니라, 꿀벌까지 보내준 나라는 세상에 오직 미국밖에 없다.

다른 사람들은 몰라도 우리 그리스도인들은 6·25전쟁의 고난 속에서 그리스도의 사랑을 베풀어준, 미국 교회와 교인들, 그리고 일반 시민들에게서 받은 은혜는 결코 잊어서는 안 될 것이다.

6·25전생의 폐허 속에서 기적적인 선진국이 된 이 땅에서 하나님을 마음껏 찬양하며 교회 장로가 되었고, 미약하나마 힘껏 호국단체를 통해 나라 사랑과 그리스도의 사랑으로 봉사할 수 있음에 나는 하나님과 국가에 늘 감사하며 지낸다.

임석환

* 장로회성경신학 졸업
* 송우교회 원로장로
* 전우신문 포천지사장
* 6·25첨전 포천지회 회장

6·25 전쟁과 피란지에서의 보이스카우트 활동

인산 **김 영 백**

글을 시작하면서

나는 1949년 가을에 서울 YMCA 강당에서 열린 대한소년단 지도자 강습회에 등록하여 보이스카우트(Boy Scout) 지도자 자격증을 발급받았다.

나의 멘토인 김선목(金善穆) 선생이 나에게 보이스카우트 운동과 교회 청소년운동을 접목시키는 방법을 제안하면서 YMCA에서 개최되는 강습회 일정을 알려주었다.

나는 별로 관심이 없었지만 평소에 나를 지도해 주신 김 선생님의 권유를 거절할 수 없어서 그 강습회에 등록한 것이다. 이렇게 해서 나와 보이스카우트는 연결고리를 맺게 되었다.

대한소년단 구호대 본부에 참가

1950년 6월 25일에 북한군의 남침으로 이 땅에 전쟁이 일어났으며 3일 만에 수도 서울이 적군에게 점령당했고, 1950년 10월 25일 밤에 30만 명으로 추산되는 중공군이 인해전술을 쓰면서 한국전쟁에 참전하여 대대적으로 공격해 옴으로써 전세가 급변하여 압록강까지 진격했던 유엔군이 남쪽으로 후퇴하기 시작하였다.

따라서 수많은 피란민 행렬도 서울로 몰려오기 시작하였으며 그 피란민 행렬 가운데 개성에서 보이스카우트와 걸스카우트 대원들 60여 명이 이재은 대장 인솔로 YMCA 건물 안에 있는 대한 보이스카우트 중앙연합회(회장 白樂濬 박사)로 몰려왔다.

이들은 송도중학교와 개성상업학교 보이스카우트 대원들과 호수톤 여자중학교 걸스카우트 대원들이었다.

그 때가 12월 25일이며 사태가 매우 위급한 나머지 보이스카우트 간사장 이창호 목사는 그들을 용산에 있는 신광여자중학교에 수용하여 임시 피란민수용소를 개설하였다.

동시에 연합회 차원에서 구호대본부를 설치하기로 결정하고 대장 李昌鎬, 총무부장 金鍾鍵, 교도부장 金厚鐘, 훈련부장 龍憲植, 구호부장 金永伯으로 진영을 짜고 이 안을 문교부장관실로 회장 백낙준 장관을 방문하여 재가를 받고 정부 사회부에 단체 등록을 마친 후에 임원들이 사회부에서 근무를 시작하였다.

정부에서는 구호대 간부들에게 '전시요원증'을 발급해 주었다. 당시 사태가 점차 위급해지면서 정부 각 기관은 속속 남하하여 극소수의 인원만 잔류하여 간판만 유지하는 정도였다.

1950년 12월 27일 문교부로 피란할 선박 교섭을 갔던 이창호 대장이 급작스러운 소식을 전해 왔다. 오늘 밤 인천에서 출항하는 선박을 타고 남하하라는 소식이다.

이창호 대장은 즉시 신광여중에 이르러 개성서 내려온 대원들과 서울 경복중학교 보이스카우트 대원 김영호 등 대원들과 가족들 100여 명이 트럭에 몸을 싣고 캄캄한 밤중에 인천에 도착하여 추운 겨울밤을 USIS에서 밤을 지냈다.

12월 28일에 승선하리라 기대했는데 소식이 없는 가운데 수천 명의 피란민들은 인천중학교 임시수용소에서 추위에 떨며 지냈다. 이곳에서 우리 보이스카우트 대원들은 피란민들에게 DDT 소독작업을 하면서 봉사의 시간을 보냈다.

인천에 온 지 3일째 되는 12월 30일 오후에 승선하라는 기쁜 소식을 접하고 LST 선박을 타고 밤중에 바다 가운데서 다시 거대한 수송선 South Wind호로 갈아탔다.

이 선박에는 공무원과 경찰관 그리고 그들의 가족들이 타고 있었으며 다른 편에는 형무소 형무관과 죄수 등 모두 일만 명의 인원이 탑승하고 있었다.

1951년 1월 1일 신년을 맞아 구호대원들은 해풍을 마시면서 선상에서 애국가를 우렁차게 부르며 아침 조회를 가졌다. 거대한 수송선은 거센 파도를 가르며 힘차게 부산을 향해 달렸다. 저녁 시간에 멀리 제주도 한라산이 보였다. 우리가 탄 배는 부산항에 배를 정박할 장소가 없어서 2일간 바다를 배회하다가 1월 2일 오후에 드디어 부산항에 도착하여 정박할 수 있었다.

우리가 도착하자 대기하고 있던 미군 트럭들이 보이스카우트 일행을 부산진역 건너편 은영극장에 도착하여 내려주었다. 그곳에 임시 피란민수용소를 차리고 거의 1년간에 걸쳐 그곳에서 보이스카우트 봉사활동을 하였다.

우리가 도착하자 그 다음날 소년단 경남 도간사인 김희룡(金喜龍) 선생이 이창호 간사장을 찾아와 인사를 하고 앞으로의 활동에 대한 대책을 의논하고 돌아갔다.

우리는 우선 문교부와 경남도청을 방문하여 사회단체 등록과 피란민 수용소 등록을 마쳤다. 그런 후에 구호대 봉사활동을 시작하였는데 연말까지 구호대가 봉사한 사업은 대강 아래와 같았다.

1. 교통정리＝부산의 중요 교통요지에 보이스카우트 대원들이 조를 짜서 교통정리를 하였다.
2. DDT 살포＝피란민들에게 거리에서 또는 피란민 수용소에서 DDT 소독약을 살포하였다.
3. UN 묘지에서 국기게양식과 하강식 봉사＝부산시 남구에 위치한 유엔묘지는 1951년에 설치되었으며 한국전에서 전사한 유엔군들이 묻힌 묘지이다. 초창기 국기게양식과 하강식을 보이스카우트 대원들이 담당하였다.
4. 거제도 포로수용소 소년단 조직＝포로수용소에 수용된 북한군인 가운데 소년들이 많이 포함되어 있어서 보이스카우트를 조직하여 훈련과 교육을 실시하였다. 한번은 백낙준 장관을 모시고 보이스카우트 대원들의 훈련 모습을 보여드렸다.
5. 거제도 지세포에 고아원 설치＝부산거리에 소년 소녀 걸인들이 많아지자 경찰을 동원하여 그들을 강제로 붙들어 거제도 지세포 해변에 5개의 대형 천막을 치고 그들을 수용하였다.

이들을 위해서 소년단구호대에서 구호부장 김영백과 개성 소년대 구본창, 김복선 등 4명의 대원이 한 팀을 이루어 거제도로 파견되었다.

일행은 1월 31일(수) 거제도행 연락선 부두에서 YMCA 현동완 총무와 유영모 선생을 만나 일행이 되어 3시간여의 파도를 헤치고 거제도 장승포에 이르니 거제중학교 교장 진도선(陳道善)씨가 우리를 영접해 주었다. 진도선 교장은 거제도에서 유명한 유지로 YMCA와 보이스카우트와도 연관을 가지고 있어서 부산에서 피란생활을 하는 현동완 총무와 유영모 선생을 초청하였고 우리를 지세포(知世浦)고아수용소까지 안내할 책임을 맡고 있었다.

그날 밤에 지세포에 이르니 대형 천막 5개가 설치되었고 부산거리를 방황하던 고아 200여 명이 수용되어 있었다. 훈련이 되지 않은 걸인 소년소녀들의 거칠고 반항하는 아이들, 7-8세의 아이들이 어른 몫의 밥을 먹어치우는 대식가로 욕심이 많고 늘 불평과 불만으로 대원들을 괴롭혔다.

그러나 보이스카우트 대원들은 2개월간 그들을 단체생활에 익숙하도록 훈련을 시키고 동화를 들려주며 노래를 가르치며 그들을 훈련시키는데 전력을 쏟았다. 우리 수용소가 있는 지세포 시내에는 함경도 흥남 철수 작전으로 남하한 피란민들로 들끓었다. 2개월 후에 일행은 거제도를 떠나 부산으로 원대 복귀하였다.

대원들에게 귀대를 하면서 장승포에서 15분 거리에 있는 동백꽃의 만발한 아름다운 지심도를 구경시킨 것이 내가 대원들에게 준 유일한 선물이었다.

소년단 구호대원들 가운데 9월이 되자 대학에 입학하거나 친지를 찾아 떠나는 대원들의 수가 많아졌다. 여학생들은 주로 이화여자대학으로, 남학생들은 연세대, 성균관대, 감리교신학교로 입학을 하면서 수용소를 떠났다.

1951년 연말에 피란민 수용소가 문을 닫고 구호대가 해산되면서 보이스카우트는 본래의 조직으로 환원하여 총무간사인 전용환(全溶煥) 씨가 복직하였다.

한국 보이스카우트 역사에 있어서 6·25전시 하에서 일정기간의 조직체로 구호대본부의 눈부신 봉사활동을 잊어서는 안 될 것이며 특별한 기록으로 보이스카우트 정신의 아름다운 역사적 사건으로 오래 기억되었으면 한다.

잰사이 클럽 활동

부산 은영극장 피란민수용소에서 10개월간 같은 보이스카우트 대원으로 활동하면서 우정을 나눈 한 클럽이 있어서 기록에 남기려고 한다.

이 클럽의 이름은 젠사이 클럽이라고 불렀다. 그 유래는 젊은 나이의 또래들이 고달픈 피란생활을 하면서 자주 모여 인생을 이야기하고 문학과 음악과 사랑을 이야기하며 때로는 고향을 그리워하며 '내 고향 남쪽 바다'를 부르며 향수를 달랬던 장소가 부산진역 근처에 있는 젠사이(일본어로 단팥죽을 가리킴)를 파는 작은 상점으로 10여명 들어가면 더 들어갈 여지가 없는 좁은 공간 카페였다.

이들이 여기서 자주 모였기 때문에 젠사이 클럽이라 이름이 생긴 것이다.

모인 사람들의 면면을 보면 개성 송도중학교(6년제) 학도호국단 연대장 출신인 이재은과 서울 경복중학교 학도호국단 연대장인 김영호, 그리고 개성상업학교의 김문호, 같은 개성상업학교의 김춘배와 가끔 들러서 자리를 같이 한 안의섭 그리고 구호대 구호부장의 직책을 가진 김영백(金永伯)이 일행 중에 끼어 있었다.

연령이 비슷하였고 보이스카우트 출신으로 대화를 나누다 보면 사상적으로 공통점을 많이 발견할 수 있어서 그 우정이 오래 지속되었다고 볼 수 있다.

이재은(李在殷)은 은영극장과 근거리인 수정동 경남여고 앞에 임시건물을 세워 개교한 감리교신학교에 입학하여 졸업을 하고 감리교 목사로 군목을 지내고 미국 뉴욕에서 이민 목회를 하다가 정동제일교회 목사로 청빙되어 목회생활을 하다가 기독교방송국(CBS) 사장으로 선출되어 언론인으로 종사하면서 현 목동 청사를 건축하였다. 은퇴한 후에 현재 서울에 거주하고 있다.

김영호(金永皓)는 연세대를 졸업하고 KBS아나운서로 취직하여 인기를 끌었다. 그는 미남에다가 언변이 좋아서 많은 여성들에게 인기가 있었으며 미국 워싱턴에서 기독교방속국을 개설하여 활동하고 있으면서 한때 귀국하여 KBS아나운서 실장과 '11시에 만납시다' 프로로 유명세를 날렸다. 현재 워싱턴DC에 거주하고 있는 것으로 안다.

김문호(金文浩)는 성균관대학교 경제과를 마치고 공군장교로 복무하다가 제대 후에 명동화랑을 개설하여 화랑운동의 선구자가 되었다. 당시만 해도 그림을 파는 화랑은 돈 버는 직업이 아니라 일종의 문화사업이기에 아무나 덤벼들지를 못했다. 그러나 김문호에게는 중앙석유라는 선친의 재력이 있어서 가능했으며 인사동 명동화랑은 내가 자주 찾아가서 그림을 관상하고 내가 쉼을 얻는 휴식공간으로 이용하였다. 그는 안병무, 장하구 제씨와 같이 향린교회를 개척한 멤버이기도 하다.

김춘배(金春培)는 개성상업 출신이며 육군 경리사관 후보생으로 입대하기 위해 수용소를 떠난 후 소식이 없다.

안의섭(安義燮)은 서울 봉래초등학교 교사로 보이스카우트 대장을 역임한 스카우터이다. 부산 피란시절에 우리 수용소를 가끔 찾아왔고 젠사이클럽의 회원으로 자주 물주가 되기도 했다. 그는 만화 '두꺼비'를 신문에 연재하여 동아일보에 연재된 고바우와 쌍벽을 이루는 시사만화가로 유명하다.

김영백(金永伯)은 이재은과 함께 감리교신학교에 입학하였고 후에 나사렛성결교회 목사로 초지일관하게 목회자로 살았다. 그는 한때 이정선(李挺先) 목사가 보이스카우트 간사장으로 취임하면서 교도부 간사직을 제안 받았으나 사양한 일이 있다.

제1회 전국 잼보리대회에 제주도 대표로 참가/제주도 명진보육원 보이스카우트 대장이 되다

나는 감리교신학교 한 학기를 마치고 겨울 방학기간에 내가 가서 머물 곳이 없었다.

은영극장 피란민수용소는 이미 폐쇄되었고 부산시내에는 내가 거할 곳이 없어서 매우 난처한 입장에 처해 있었다. 그 때 제주도에서 소국민신보 발행인과 보이스카우트 도간사를 맡고 있는 김선목(金善穆)선생으로부터 전화가 왔다.

제주도 화북에 있는 명진보육원 총무와 전도사로 신성순 원장을 도와달라는 요청이었다.

나는 그의 요청을 수락하고 제주도로 건너가 명진보육원 총무 겸 전도사로 취임을 하였다. 명진보육원은 사변 전에 가끔 가서 여름성경

학교를 도와준 일이 있는 보육원이며 신성순(辛聖順) 원장과 허천만(許
千萬)설립자도 내가 익히 알고 있는 분들이라 나를 반갑게 맞아 주었
다.

회장 백낙준 문교부 장관과 제주도 대표 대원들

명진보육원은 제주읍에서 5킬로 정도 떨어진 화북리에 위치해 있었
으며 남녀 고아 200여 명을 수용하고 있었다. 원래는 서울에서 역사
가 오래된 보육원으로 알려졌으나 14후퇴 때 미군 수송기로 제주도로
피란한 보육원이다.

그런데 내가 취임한 후에 또 새로운 일이 나를 기다리고 있었다. 바
로 보이스카우트를 조직하는 일이었다. 제주도에 구세군 후생학원과
한국보육원에는 이미 소년단이 조직되어 있었다. 나는 바로 명진보육
원 보이스카우트 조직에 들어갔다.

대원 30명을 선발하여 교육을 실시하려고 하니 여학생들의 불만이

터져 나왔다. 그들에게도 걸스카우트를 만들어 달라는 것이다. 원장님과 의논을 했더니 즉시 조직하라는 명이 떨어졌다.

그런데 문제가 생겼는데 걸스카우트는 조직이 달라서 걸스카우트 본부의 승낙을 받아야 했다.

나는 걸스카우트 본부 김옥라(金玉羅) 간사장에게 공문을 보내 허락을 받고 대장에 제주보육원 교사인 김영화 선생을 채용하여 걸스카우트와 보이스카우트를 동시에 발족할 수 있게 되었다.

나는 보이스카우트 교육에 집중하였다. 그런데 보이스카우트 중앙연합회 출신의 지도자가 명진보육원 보이스카우트를 지도한다는 소식이 전해지자 국제민간인 구제단체인 CAC에서 사람이 찾아와서 보이스카우트의 훈련하는 모습을 유심히 보다가 나에게 다가와서 자기소개를 하였다.

그는 CAC책임자로서 영국군 대령 출신이며 보이스카우트 대장이었다고 자신을 소개하였다. 그는 그 후에도 자주 보육원을 찾아와서 아이들과 같이 놀며 즐거운 시간을 가졌다.

그 후 몇 달이 지나 대북과 소북을 포함한 악기 9가지를 기증해 주었을 뿐 아니라 대원들에게 악기를 다루는 방법도 가르쳐 주었다. 이렇게 해서 명진보육원은 보이스카우트와 걸스카우트 그리고 악단을 보유한 소년단이 된 것이다.

전국 잼보리대회 제주도 대표로 참가하다

그 해 1952년 8월 8-12일까지 경남 일광에서 한국에서는 최초로 제1회 전국잼보리대회가 개최되며 명진보육원 보이스카우트 대원들이 제주도 대표로 잼보리대회에 참가하기로 결정이 되자 우리는 그 준비에 열중하였다.

보이스카웃 제1회 전국잼버대회 / 1952년 8월 12~16일까지 경남 일광 해변가에서 열림/전국에서 500여명이 참가, 전쟁중에 모인 잼보리대회로 세상을 놀라게 함

명신소년대 30명의 대원들은 제주도를 대표하여 1952년 8월 8일에 일광 바닷가에서 열리는 한국 최초의 잼보리대회 개회식에 참가하였다.

개회식에는 전국에서 모인 보이스카우트 500명의 대원들과 회장인 문교부장관 백낙준 박사와 경남도지사, 부산시장 그리고 미국 초대 대사인 죤 무초(John Muccio)대사를 비롯한 외국 사신들이 참가한 가운데 성대한 개회식이 끝나고 6일간의 대회가 진행되었다.

우리 제주도 대표는 멀리서 참가했다고 해서 특별한 대우를 받았다. 도간사인 김희룡 선생이 특별한 관심을 가지고 여러 편의를 제공해 주었고 우리 대표단 숙소에 백낙준 장관과 무초 대사가 이창호 간사장의 안내를 받아 방문하여 고아들인 대원들을 격려하고 기념으로 사진도

같이 촬영하여 대원들의 사기를 크게 북돋아 주었다.

개회식에 참석한 회장 백낙준 문교부 장관과 무쵸 미국대사 등 내빈을 모신 임원들이

처참한 전쟁을 겪으면서 보이스카우트 잼보리대회를 개최했다는 것은 참으로 놀라운 역사적인 사건이라는 보도가 외신을 타고 우리 신문에 소개되기도 하였다.

우리는 6일간의 행사를 성공적으로 끝내고 제주도로 돌아가려고 부산항에서 배를 기다리고 있었는데 큰 태풍이 몰아오면서 우리가 타고 갈 배의 출항이 금지되었다는 연락을 받고 거기서 기다리던 승객들이 모두 실망에 빠져 발길을 돌리지 않을 수가 없었다.

이때에 가장 당황한 사람은 아이들 30명을 인솔해 온 대장인 내 처지가 말할 수 없는 곤경이 빠져 하나님 앞에 무릎을 꿇고 기도로 도움을 청할 수밖에 없었다.

다행히 이 소식을 접한 부산에 거주하는 제주도민회에서 2박 3일간의 여관비와 식비 그리고 여관에 갇혀 있는 어린 대원들에게 먹을 간식과 과일을 사가지고 와서 위로와 격려를 아끼지 않은 그 사랑이 얼마나 고마운지 아이들은 눈물을 흘리며 고마워했다.

참 고마운 분들 눈물겹도록 고마운 부산에 사는 제주도민들에게 진심으로 감사하며 그 은혜는 영원히 잊지 못한다.

김영백

* 한국크리스천문학가협회 회원
* 나사렛대학교신학과, 서울신학대학교 목회대학원. 미국 Mount Vernon Nazarene University 명예 신학박사 학위 취득
* 나사렛대학교 이사장 역임
* 나사렛성결교회 감독회장 역임
* 현) 남서울교회 원로목사

이녕의 밤손님

최 건 차

중국 후한後漢의 진식陳寔은 자기 집에 든 밤도둑을 양상군자梁上君子라고 했다. 우리나라에서도 밤도둑을 밤손님, 야객夜客이라고 불러주었던 때가 있었다. 이는 생계가 어려워 야밤에 도적질을 하는 자들을 악하게만 대하지 않았던 선대들의 후한 인심의 일면이었던 것 같다.

해방 직후 때만 해도 해가 진 이후 깊은 산길이나 호젓한 산모퉁이에서 도적이 나타나 장꾼들의 금품을 강탈해 가는 일이 종종 있었다. 한데 요즘은 백주에 차량으로 외진 시골의 노약자나 부녀자들이 사는 농가에 들어가 생명을 위협하면서 곡물이나 가축을 강탈해가는 자들이 설치고 있다.

내가 어렸을 때인 1945년부터 53년도까지 지리산과 일부 남부 산간지역에서는 이상한 밤손님들이 활동하고 있었다. 그들은 임꺽정 같은 의적이나 생계유지의 좀도둑이 아니었다. 해방을 맞아 수립된 대한민국을 전복하고 북한식 공산주의를 남한에 세워 보겠다고 투쟁하는 반역의 무리들이었다.

그들은 지역주민들의 형편과 동태를 잘 알고 있어 어느 때든 자기들의 요구에 비협조적이거나 불응하면 무자비하게 보복을 가했다. 때문에 순박한 양민들은 다치지 않으려고 그들을 밤손님이라고 우대해 주었다. 한편 그들에게 가족이 희생된 일부 경찰관들은 부득이한 상황을 고려하지 않고 적에게 동조했다는 것만으로도 일방적인 보복을 가했다.

1946년 이른 봄에 우리 집은 전라남도 장흥군 유치면 금성리 앞 행길가에서 살았다. 한밤중에 7-8명의 밤손님들이 보림사가 있는 가지산에서 내려와 금성리에 잠입해 들었다. 그들은 이장里長을 마당으로 끌어내어 몽둥이로 패고 죽창으로 찔러 죽였다.

뒷문으로 달아난 유치지서 경찰관인 그의 큰아들을 용소 앞까지 추격하여 냇가에서 처참하게 때려죽였다. 이후에도 밤이면 그들이 마을 곳곳에 나타나 닭을 잡고 밥을 지어 먹어가면서 식량 반찬거리와 일용품을 챙기고 소를 끌고 가기도 했다.

그들은 점점 규모가 커져 어떤 때는 지서를 습격하여 경찰관을 살해하고 무기를 탈취해 군대처럼 무장을 갖추면서 빨치산이라는 이름으로 투쟁을 일삼았다.

한낮에도 만만한 곳에서는 지서를 공격하고 유력한 민간인을 납치해갔다. 1947년 봄 어느 날 밤이었다. 1922년에 개교된 유치초등학교 교감으로 재직하는 사촌 외숙이 학교 관사에서 그들에게 납치돼 갔다. 사건의 발단은 마르크스레닌 사상에 깊이 빠져든 자가 광복이 되면서 입산하여 장흥지역 빨치산 두목으로 활약하면서였다.

그는 인척인 교감에게 입산을 권유하였으나 듣지 않자 어느 날 밤 부하들을 시켜 강제로 끌어간 것이다. 우리 집은 친 외가가 장흥재판소와 경찰 계통인데다 아버지가 면의 호적서기였기에 그들의 감시 대상으로 분류되어 위태로웠다.

1948년 내가 초등학교 1학년이었던 여름 어느 날이었다. 그들에게 희

생당한 경찰관의 장례식에 참석하려고 외가 친척인 면장과 지서장 경찰
관들이 3/4톤 경찰트럭을 타고 영암군 금정면 상가로 가는 도중이었다.
한낮이고 무장한 호위경찰관들이 타고 있었는데도 금정면 덤재를 넘다가
습격을 당해 전원 살해되었다.

그들은 죽은 경찰관들의 무기를 탈취하고 차량에 붙어 있는 스페어 통
의 휘발유를 차량과 시신에 뿌려 불태워버린 끔찍한 짓을 저지르고 산속
으로 사라져버렸다.

이에 광주에 주둔하고 있던 국방경비대 1개 중대가 급히 달려왔다. 학
교 주변에 주둔하면서 연일 소탕작전을 폈으나 번번이 기습을 당해 희생
자가 늘어나 1개 중대가 더 내려왔다. 어느 날 광주에서 대대장이 내려
와 활동사진을 보여준다고 면민들을 학교운동장에 모이게 했다.

대대장은 "우리국군은 선량한 양민을 보호하기 위하여 빨치산들을 토
벌하고 있으니 잘 협조해 달라"는 연설을 했다. 이어서 뉴스 영화를 돌리
다 기계고장이 나 더 볼 수 없게 되었다. 주민들은 짧은 몇 분이나마 움
직이는 화면을 처음 보았고, 나는 일본에서 무성영화를 본 기억을 떠올렸
다.

그해가 가고 이듬해 국방경비대의 여순반란사건이 발생했다. 주둔했던
20연대 군인들이 반란군을 진압하러 떠난 그 사이에 도망쳐 온 반란군들
이 나타나 기존 빨치산과 합세하여 그 세력이 더 막강해졌다. 이때부터
이 지역에서는 밤손님을 반란군이라고 부르기도 했다.

그들은 지서를 무력으로 빼앗고 유치면 산간 일대를 그들의 해방구로
지배했다. 6·25전쟁이 발발한 이후 유치면 탐진강 상류 지역은 그들의
치하가 되어 군경공비토벌대와 대치하는 와중에 민간인들이 많이 희생되

었다.

1951년에 들어서면서 빨치산과 인민군 패잔병을 소탕하기 위한 대규모의 토벌작전이 전개되었다. 군경의 강력한 토벌작전으로 빨치산에 흡수된 인민군 패잔병들은 더 깊은 산중으로 밀리기 시작했다. 그들의 사령부가 있던 암천리가 토벌대에게 함락 당하면서 수많은 사상자가 발생했는데 핵심 분자들은 지리산으로 들어갔다고 했다. 나머지 잔당들은 가지산에 은거해 있다가 가끔 야음을 틈타 우리 마을에도 나타나곤 했다.

1952년 여름밤 남루한 군복차림을 한 빨치산 세 명이 우리 집에 들이닥쳤다. 잠을 자는 우리를 깨워 놓고 "우리는 민족해방을 위하여 투쟁하는 사람들이니 안심하고 먹을 것을 있는 대로 내놓으시오"라는 것이다. 그렇지만 그때 우리 집은 양식이 다 떨어지고 없어 굶주리고 있었다.

그들이 다 뒤져보고 다른 곳으로 가버렸는데, 그때 우리 집에 나타난 빨치산들이 내가 본 마지막 밤손님이었다.

1953년 봄 보림사 뒤의 가지산에 공비 잔당이 은거하고 있다는 정보가 입수되었다. 식량을 구하려고 인근 마을에 나타난다는 것을 알게 된 경찰특공대원들이 저녁때 공비를 잡으려고 우리 농네 앞을 지나가는 것을 보았다. 그날 밤 특공대원들은 식량을 구하려 내려오는 길목에 잠복해 있다가 한 명을 사살하고 두어 명을 놓쳤다고 했다. 그때가 유치면에 남아있던 공비들의 마지막 활동이었던 것이다.

아침에 전투경찰 대원들이 키가 큰 빨치산의 시신을 가마니로 만든 들것에 담아 하필이면 우리 동네 앞 길가에 놔두고 가버렸다. 봄비가 추적추적 내리는 다음날 어떻게 수소문이 되었는지 이웃 부산夫山면에 산다는 그 가족들이 시신을 수습해 가면서 오열하는 것을 보았다.

이후는 마을에 찾아드는 공비들이 없었다. 참혹한 일을 겪고 목격한 후 우리 집은 그 고장을 떠나 부산으로 이주했다. 사회가 점차 안정되면서 반세기가 훌쩍 넘은 지금 우리나라와 북한을 비교해 보면 엄청난 차이가 생겼다. 그런데도 근자에 와서 비참하게 용도 폐기된 공산주의사상을 이 땅에 다시금 부활시켜 보려는 자들이 움직이는 게 현저하다.

누구의 힘을 믿고 그러는지 때를 지어 다니면서 국론을 분열시키려고 설쳐댄다. 철없는 짓들을 하는구나 싶지만 점점 정도를 벗어나고 있어 나라의 근간이 흔들리는 것 같다.

일단 6·25를 전후해서 공산주의 이념으로 활동하던 밤손님들의 역사는 끝났다. 그들이 어떻게 최후를 마치면서 괴멸되었는가를 나는 어릴 때 목격해서 잘 알고 있다. 월남전에 참전해서도 베트콩들의 투쟁과 고달픈 삶을 직접 목격했다. 그들은 고대했던 통일을 이룬 후에 북쪽 월맹으로부터 아무런 보상도 받지 못했다.

오히려 숙청의 대상으로 몰려 목숨을 잃고 일부는 보트피플이 되어 바다를 떠돌다 죽음을 맞기도 했다. 생계수단의 밤손님들은 형편에 따라 동정을 받을 여지가 있었지만, 대한민국을 파괴 전복하려는 이념의 밤손님들은 반역의 일당일 뿐이다. (2007년 2월)

최건차

* 월간 「한국수필」, 「창조문예」 등단
* 베트남 참전 유공자(육군 대위)
* 실크로드역사탐방 단장(역임)
* 수필집 『진실의 입』, 『산을 품다』 외
* 한국문협, 한국수필문학가협회 이사
* 수원 샘내교회 목사

‖ **동화로 쓴 6.25 증언** ‖

수리산 숲속에 울리는 소리

신 건 자

늦여름 어두컴컴한 새벽.

밤나무와 도토리나무들이 빼곡한 수리산기슭 숲속은 새벽인데도 무덥습니다.

사람 기척도 없고, 수다스런 새소리, '야옹'대던 길고양이소리도 들리지 않습니다. 그 고요함을 깨고,

"잘 살아야 혀~~ 잘 살아 잉!"

철조망울타리 안 아파트마을에서 들려온 소리입니다.

70년 전에 들었던 엄마의 소리와 같습니다.

"엄마가 살아있는 거야?"

철조망울타리 밖 비탈진 숲에 서 있는 떡갈나무 떡강이 가슴이 툭툭 튑니다. 넘겨다보려고 고개를 길게 뺍니다. 하지만 컴컴한 데다 키 큰 잣나무들이 가리고 있어 보이지 않습니다.

"아냐, 엄마는 70년 전에 폭격을 맞고 죽었잖아. 내가 잘못 들은 거야."

떡강이는 툭툭 튀는 가슴을 쓸어내립니다. 그 때 철조망울타리를 넘나들던 청설모가 쪼르르 달려와 알려줍니다.

"며칠 전에 이곳 아파트로 이사 온 미친 할머니가 그러는 거야. 머리가

하얗게 셌는데 대식이 누나래."

"뭐? 대식이 누나?"

떡강이가 깜짝 놀라 몸을 부르르 떱니다.

떡강이란 이름은 강하고 튼튼하게 자라라고 70년 전에 고목나무인 엄마떡갈나무가 지어준 이름입니다.

6·25전쟁이 일어난 1950년 겨울이었습니다.

수리산 계곡 바위굴속에 북한에서 온 인민군들이 진을 치고 있었습니다. 계곡물이 얼어붙은 바위굴 속에서 인민군들은 추위에 떨었습니다. 양식도 바닥이 나 배가 고팠습니다.

"철이동무는 배 안 고프간?"

몸을 웅크리고 언 손을 비비던 나이 많은 인민군이 15살 백이 인민군 철이를 보고 말했습니다.

"밝은 낮에 흰 눈 위를 댕길래믄 하얀 행주치마를 들쓰고 댕겨야 될끼야. 인민군복장으로 댕기다가 발각되믄 폭격 맞아 죽어야. 그러니끼니 마을로 내려가 하얀 행주치마를 얻고 먹을 것두 얻어 오자우."

인민군이 철이를 데리고 초가집들이 옹기종기 모여 있는 산 아래 마을로 내려갔습니다. 전쟁 중이라 농사를 제대로 못 지은 마을사람들도 양식이 모자랐습니다. 집집마다 밥 짓는 연기가 굴뚝으로 꾸역꾸역 올라오던 마을이었는데 지금은 굴뚝에서 연기 나는 집이 몇 안 됩니다.

인민군이 연기 나는 집들을 가리키며 말했습니다.

"철이동무는 어려서리 아녀자들이 잘 대해 줄끼야. 그러니끼니 철이동무가 요령껏 하얀 행주치마와 먹을 것을 얻어 오라우. 나는 저기 고목나무아래서 기다릴끼야."

철이는 인민군이 시키는 대로 마을 가운데 있는 큰 기와집으로 갔습니다. 대문을 삐그시 밀고 안을 들여다보았습니다. 마침 청솔가지를 때 밥을 짓다가 아궁이에서 나오는 연기가 매워 눈을 비비며 나오던 젊은 아낙과 마주쳤습니다.

"넌 누구냐?"

아낙이 놀라서 물었습니다. 철이도 놀라 대답을 못하고 힐끔 아낙을 쳐다보았습니다. 놀랍게도 북한에 있는 엄마와 닮았습니다. 그래서 마음이 놓인 철이는 떠듬떠듬 사정을 말했습니다.

"에구 딱해라. 어쩌자고 어린애까지 인민군이 되어 전쟁터에 딸려 왔누."

아낙이 혀를 차며 철이를 부엌 아궁이 앞으로 데리고 가 불을 쪼이게 하고 밥상도 차려주었습니다. 인민군 말대로 아낙은 어린 철이를 잘 대해주었습니다. 가서 먹으라고 밥과 반찬도 싸주었습니다.

"이거 드시라요. 나는 배불리 먹었씨요."

신바람 나게 음식을 들고 와 내미는 철이를 보고

"참 장하다야. 앞으로 철이동무만 데리고 다니믄 굶어죽진 않겠다야."

인민군이 활짝 웃으며 밥과 반찬을 우걱우걱 먹습니다. 그때

"빨리 잡아요. 놓치면 안돼요."

철이 또래의 남자아이가 긴 막대기를 들고 달려오며 소리쳤습니다.

"이거이 무슨 소리가? 우릴 잡으라는 소리가?"

인민군이 벌떡 일어서는 앞으로 토끼 한 마리가 뛰어옵니다.

"토끼래요. 산토끼."

"산토끼? 맞다. 잡자."

후다닥 툭탁 부딪고 쓰러지며 마침내 철이가 산토끼를 잡았습니다. 철이가 산토끼 두 귀를 잡고 높이 쳐들었습니다, 그러자

"그거 내꺼다. 내놔라."

산토끼를 몰고 온 남자아이가 울상을 지었습니다.

"내가 잡았으니까 내꺼지 왜 네꺼간?"

철이도 만만찮게 대꾸했습니다.

"너 인민군이지? 마을사람들한테 일러서 잡아가게 할 거야."

남자아이가 씩씩거리며 몸을 돌렸습니다.

"이보라. 이 토끼 너 줄 테니 대신 매일 저녁마다 먹을 것 좀 이 고목나무 아래 갖다 놔라. 안 그러고 가면 총으로 쏠끼야."

철이가 손가락으로 총 쏘는 시늉하는 걸 빤히 쳐다보던 남자아이가 대답했습니다.

"열 번만 갖다 놓을 게."

"그래 좋다. 느이 집 어느 거야?'

철이가 묻자 남자아이가 마을 가운데 있는 기와집을 가리켰습니다.

"좀 전에 밥 얻어먹은 집이구나야. 니 오마니 우리 오마니랑 닮았어. 마음이 고운 분이드만."

이렇게 만난 남자아이는 약속대로 저녁마다 마을사람들 눈을 피해 엄마가 싸준 음식을 고목나무인 떡갈나무 아래에 놓고 갔습니다.

약속이 끝나는 열 번째 날입니다. 한 번도 만나지 않고 음식을 얻어갔던 철이는 직접 만나 고맙다는 말을 하려고 남자아이를 기다렸습니다.

남자아이가 다른 날보다 음식을 많이 싸왔습니다. 마지막이라고 생각했기 때문인가 봅니다.

"그동안 고마웠어야. 근데 네 이름이 뭐간?"

"대식이야. 넌?"

"철이."

　대식이가 씩 웃으며 철이 손을 잡고 말했습니다.

　"내일 한 번 더 올 거야. 내일 우리 집 고사떡 만들거든. 고사떡 만들면 엄마가 이 나무한테 가져다 바친다. 우리 마을 수호신이라 그런데. 네 떡도 갖고 올게 기다려."

　손을 흔들며 내려가는 대식이 뒷모습을 멍하니 바라보던 철이가 고목나무를 올려다봅니다. 나뭇잎이 다 떨어진 고목나무꼭대기 가늘게 휘어진 가지 끝에 열매 한 개가 매달려 있습니다. 바람이 심하게 흔드는데도 떨어지지 않고 있습니다.

　"저거 도토리구만. 왜 안 떨어지고 혼자 매달려 있는 거야?"

　철이의 말을 열매가 들었습니다. 듣고 보니 열매 자신도 이상합니다. 고목나무인 엄마떡갈나무가 알아채고 열매에게 말해 줍니다.

　"너를 강하고 튼튼하게 자라게 하려고 그래. 강하고 튼튼하게 자라려면 추운 걸 견뎌내야 해. 그래야 엄마인 나처럼 오래오래 수리산 숲속을 지킬 수 있어."

　"아. 그럼 추운 겨울뿐 아니라 다른 어려운 것들도 다 견뎌내야겠네요."

　"그렇지!"

　엄마떡갈나무의 말에 힘을 얻은 열매는 높은 가지 끝에 매달려 추위를 견뎠습니다.

　다음날 오후입니다. 약속대로 대식이가 엄마와 같이 고사떡을 가지고 와 고목나무인 엄마떡갈나무 앞에 놓고 두 손 모아 빕니다.

　"고목나무님. 우리 마을을 잘 지켜주시고 우리 가족도 잘 보살펴주십시오."

　빌기를 마친 대식이엄마가 따로 싸온 떡을 철이에게 주었습니다.

　"대식이오마니. 은혜 잊지 안카씨오."

철이가 울먹였습니다. 그때

"기다려요. 나도 소원을 빌게 있어요."

여자아이가 헐떡이며 뛰어왔습니다.

"누나로구나."

엄마는 달려온 대식이 누나 손을 잡고 다시 고목나무인 엄마떡갈나무 앞에 서서 고개를 숙였습니다.

그때, 어마어마하게 무서운 일이 벌어졌습니다.

"우르릉 슉 슉 다다다다다 픽! 픽! 꽝! 우르르르 쓔웅~ 펑! 꽝! 다다 다다……"

전투폭격기가 날개를 바짝 세우고 몰려와 수리산 전역에 폭격을 했습니다. 수리산이 흔들리고. 뒤집히고. 흙먼지가 하늘로 치솟고, 모든 나무들이 뿌리째 뽑혀 꺾이고 자빠지고 흙구덩이에 거꾸로 처박히고……

고사떡을 받은 엄마떡갈나무도 뿌리가 뽑혀 하늘로 붕 떠오르면서 가지 끝에 매달고 있던 열매를 산 아래 마을 쪽으로 높이 던지며 있는 힘을 다해 소리쳤습니다.

"떡강아~ 넌 살아야 해. 잘 살아~~."

말을 남기고 폭격에 패인 흙구덩이에 거꾸로 박혀 대식엄마와 함께 묻혔습니다. 철이와 대식이는 흙구덩이 위로 삐죽이 나온 엄마떡갈나무 뿌리를 움켜잡고 피를 흘린 채 눈을 감았습니다.

"엄마~~!"

대식이 누나가 외마디 소리를 지르며 무너져 내리는 흙더미에 싸여 산 아래로 굴러갔습니다.

다음날입니다. 사방이 죽은 듯 고요합니다.

마을이 가까운 산비탈에 떨어져 누워 있는 열매 떡강이 귀에 사람들

소리가 들렸습니다..

"수리산속에 진 쳤던 인민군들이 몰살을 했대요. 하얀 행주치마를 들쓰고 죽은 인민군들도 있더래요,"

"하얀 행주치마?"

엄마떡갈나무 뿌리를 움켜잡고 눈을 감은 철이 위에도 하얀 행주치마가 덮여 있었습니다. 그 무섭던 겨울이 지나고 봄이 왔습니다.

폭격으로 산이 뒤집혀 벌거숭이가 된 수리산속 여기저기에 죽은 나무들이 떨어뜨린 열매들이 싹을 틔웠습니다. 작은 풀씨들도 싹을 틔워 연초록으로 산을 덮었습니다.

산비탈에 누워 있던 열매 떡강이도 눈을 번쩍 뜨고 싹을 틔웠습니다.

그 후 70년이 흘렀습니다.

대식이네가 살던 산 아랫마을이 아파트마을로 변했습니다. 아파트마을을 둘러싼 철조망울타리 밖 산비탈 숲에는 엄마떡갈나무의 소원대로 우람한 떡강이가 서 있습니다.

"잘 살아야 혀~~ 잘 살아라 잉!"

미친 대식이 누나의 소리입니다. 자기 때문에 죽은 엄마와 대식이가 이 근처 고목나무 아래 묻혔다면서 새벽부터 나와 큰 나무들을 어루만지며 하는 소리입니다.

"6·25전쟁이 대식이 누나를 저렇게 만들었어."

목이 메인 떡강이가 소리 나는 쪽으로 몸을 기울입니다.

"안돼요. 고꾸라지면 뿌리가 뽑혀 죽어요."

주변에 서 있던 나무들이 소리쳤습니다.

날이 밝아옵니다. 빼곡히 서 있는 수리산 숲속 나무들을 산안개가 하얗게 피어올라 감싸고돕니다.

밝은 햇살도 나뭇잎들 위에 내려앉아 반짝입니다.

"잘 살아야 혀. 잘 살아~~잉!"

70년 전에 들었던 엄마떡갈나무소리가 대식이 누나를 통해 수리산 숲속을 맴돕니다.

"그래, 튼튼히 살아서 수리산이 어떤 폭격을 맞아도 민둥산이 안 되게 지켜야 해!"

떡강이가 가지를 힘차게 펴고 우뚝 섰습니다.

"그래요, 그래요. 우리 모두 튼튼하게 잘 살아서 수리산 숲속을 지켜가요."

크고 작은 나무들의 화답소리가 수리산 숲속 가득 울려 퍼집니다.

—2022. 제43회 한국동화문학상 수상작—

신건자

* 「시와 의식」 등단.
* 수필집:『미루나무가 서 있는 풍경』, 『그곳에서 꽃밭을』, 『겨울 숲』외.
* 동화집: 『만세 정전은 끝났다』외.
* 한국문협, 한국크리스천문협, 한국수필문학가협 회원.
* 아동문예작가회회장. 한정동아동문학상 수상

‖ 희곡으로 증언 6·25의 참상 ‖

국기에 물든 어머니의 피

이 상 열

6월이면 40여 년 전 연출했던 연극 「국기에 물든 어머니 피」라는 작품이 떠오른다. 6·25 전쟁으로 지금은 북한 땅이 된 강원도 통천군 총석정 작은 바닷가 마을에 강 장로와 가족에 얽힌 사연을 담은 실화 연극이다.

실향민 호국 중앙회 후원으로 제작된 작품으로 이승만 대통령 정권에서 교통부 장관을 지낸 문봉재 회장과 이홍범님의 증언을 토대로 구성한 작품은 전국 순회공연을 목적으로 한 반공 극이었다.

3개월 동안의 연습을 끝내고 첫 공연의 서막이 올랐다. 극장 안은 개막을 기다리는 관객들의 기대감으로 넘쳤다. 전율과 기대감을 주는 음악이 흐르고 서서히 막이 올랐다.

무대 세트는 이북5도청에서 제작한 사진첩에 있는 강원도 통천군 총석정 해변 마을을 보고 제작한 입체 세트가 몇 십 년이 흘렀지만 눈에 선하다. 멀리 보이는 바다에는 중앙으로 돌출한 해안의 암벽이 자리 잡고 그 위에는 동그마니 세워진 정자와 그 옆으로는 노송 몇 그루가 보인다.

앞에 해안의 암벽 사이에는 흰 포말이 보이기도 하고 우상 수로는 큰 노송 몇 그루가 용트림하면서 자태를 드러내고 있다. 좌수 중간쯤에는 크고 작은 바위와 그 사이에는 해송 몇 그루가 자리 잡고 있다.

언덕 위에는 교회가 아름답게 자리 잡고 옆으로는 나무로 된 종탑에 종치기 줄이 길게 걸려 있다. 조명이 꺼지면 칠흑같이 어두운 무대가 된다. 어둠 속에서 채찍을 휘두르는 소리가 멀리서 혹은 가까이에서 이어진다.

잠시 후 채찍 소리를 밀어내며 교회 종소리가 들리고 새벽을 알리는 여명이 밝아온다. 고통을 가하고 참는 자를 상징하는 농악놀이패가 포악하고 절박한 모습으로 빠르고 때로는 느린 춤을 추며 무대 중앙으로 등장했을 때 종소리는 끝나고 무대가 밝아온다.

군중의 소리가 멀리서 '만세! 대한 독립 만세!' 하는 소리가 점점 가까워지면 춤을 멈추고 귀를 기울이며 무용수 같은 동작으로 급변한다. 지금까지 고통을 받던 자세가 바뀌어 당당하여지고 고통을 가하던 사람은 무릎을 조아리며 어찌할 바를 모른다. 이때 동네 청년이자 강 장로의 아들 철민이, "해방되었다! 일본이 항복했다!" 하고 외치며 등장한 후 무대를 돌며 "우리나라가 해방이 되었다. 만세! 대한 독립 만세!"를 외친다. 강철민은 춤을 추듯 두 손을 번쩍 들어 외치다가 생각이 난 듯 "빨리 가서 알려야지" 하고는 급히 마을 쪽으로 퇴장한다. 무대는 잠시 암전되었다가 다시 무거운 조명으로 바뀌면서 좌수 쪽에서 붉은 불길이 타오른다.

스모그가 깔리고 불안을 상징하는 음악이 흐르고 그 위에 총소리가 여기저기서 작열한다. 많은 사람의 아우성과 군화 발자국 소리가 진동한다. 더 고통스럽고 절박한 음악이 빠르게 흐르고 총소리와 라이트 불빛이 사방에서 번득인다.

다시 군인들의 힘차게 행진하는 군화 발자국 소리, 채찍 소리, 비명이 합세하여 들리며 그 위에 어느 남자의 소리가 들린다.

"반동분자를 타도하자! 제국주의 앞잡이 부르주아를 색출 타도하자!"

이어서 다른 남자의 소리와 군중의 소리가 연이어 들린다.

"우리 영웅 김일성 장군님 만세!"

"만세 김일성 장군님 만세!"

무대가 서서히 밝아지고 군중의 소리에 이어 종탑에서는 강 장로의 종을 치는 모습을 롱 핀으로 잡는다. 일본으로부터 해방과 6·25전쟁, 국군과 인민군의 전진하고 밀리는 장면이 암시되었다가 고조되는 음악과 함께 서막이 암전된다.

1막 1-2장

이렇게 막이 오른 연극은 1막 1, 2장에서 동족 간의 이념과 사상 속에 신앙을 지키기 위해 몸부림치는 강 장로의 역경과 갈등, 음모, 사랑, 배신 속에 당시의 현실을 무대 위에서 숨 가쁘게 전개된다.

1막이 진행되는 내용 중에는 총석정 교회 집사이자 청년회장이었던 장혁은 강 장로에게 많은 도움을 받은 아들 같았던 그가 공산당 인민위원장이 되어 으스대며 나타났다.

그들은 공무원, 지주, 종교인, 청년회장, 구장(이장) 그리고 신교육을 받은 지식인들은 모두 잡아갔다. 죄도 없는 그들을 반동분자라는 이름을 붙여 신문하고 고문했다. 김일성 장군은 인민을 해방시키고 다 같이 잘 살 수 있는 세상을 만들 위대한 영웅이라고 치켜세우며 찬동하라고 강요했다. 말을 듣지 않으면 무자비하게 고문하고 학살했다. 강 장로는 새벽종을 지키기 위해 교회 종탑 줄을 당긴다. 장혁이 무대로 등장하여 종을 치는 강 장로 앞으로 오만하게 다가선다.

"동무, 지금이라도 늦지 않았으니 예수를 버리고 위대한 김일성 장군과 함께 조국 통일을 위해 한 몸을 바치는 영웅이 되시라요."

강 장로는 말없이 종 줄을 당긴다.

'땡땡, 땡그랑 땡!'

장혁은 종탑 주위를 돌며 비웃기도 하고 달래기도 하며 예수를 버리면 옛정을 생각해서라도 살려 주겠다며 협박한다. 강 장로는 그때서야 치던 종 줄을 멈추면서,

"난 그럴 수 없네! 이 불쌍한 사람아, 자네야말로 이성을 되찾고 주님 품으로 돌아오게. 자네는 하나님께서 기뻐하시던 우리 교회 집사이자 청년회 회장이었지 않나?"

그렇게 설득하고 타일러도 소용이 없고 그는 더욱 포악해져만 갔다. 장혁은, "지금까지 동무 같은 위선자들에게 속아 예수라는 사기꾼을 섬긴 세월이 한스러울 뿐이야!"하고 울분을 토해냈다.

"늦게나마 민족의 태양이며 우리 민족의 영웅이신 김일성 수령을 알게 된 것은 생애 최대의 기쁨이야!"

그렇게 말하며 종을 치고 있는 강 장로를 설득하려 한다. 끝내 말을 듣지 않자 채찍으로 위협을 가하며 '동무가 살아날 수 있는 길이 하나 있다'며 평소의 본성을 드러냈다.

"동무의 딸 옥순 동무를 내게 주시오!"

붉은 완장을 가리키며 이 완장이 동무도 살릴 수 있다며 쥐꼬리만 한 권력을 앞세워 능글맞은 웃음을 흘리며 속셈을 드러냈다. 그러나 강 장로의 딸 옥순이는 이미 서울에 있는 한상민과 약혼을 한 사이다.

그것을 알면서도 장혁의 *끈질긴* 협박은 계속되었고 강철민과의 갈등과 사랑에 얽힌 불꽃 튀기는 비정의 관계가 스릴 있게 전개된다.

이때 강옥순의 약혼자 한상민은 육군 장교가 되어 유엔군에 속한 통역관으로 북진하여 평양과 함경북도까지 점령했다. 통일이 눈앞에 있다고 생각했을 때 해방군이란 이름으로 중공군이 개입해 옴으로 유엔군은 개마고원 일대에서 벌어진 장진호 지역에서 에드워드가 이끄는 미 10군단이 기습공격을 하면서 시작되었다. 혹독한 추위 속에서 17일간 이어진 전투 끝에 겨우 퇴로를 마련했다.

흥남부두에 베러디스 빅토리아호가 선장 레너드 라우(Lednavd P.Larue)의 결단으로 모든 전쟁 무기를 바다에 던지고 북한 피란민들을 철수시키기 위한 준비에 들어갔다. 생명을 귀히 여기고 자유를 사랑하는 선장의 참모습이었다. 여기에는 국군 1군단장 김대길 장군과 통역원 현학봉의 끈질긴 설득과 희생이 있었기에 선장과 선원들은 피란민 승선을 허락하게 되었다. 당시 선원 2명이 생존해 있다고 한다. 그 중 일등 항해사였던 루니는 라우 선장은 훌륭한 뱃사람일 뿐 아니라 위대한 가치와 사랑의 소유자였다고 증언하고 있다.

한상민 대위는 사랑하는 약혼자와 가족을 살리기 위해 흥남부두에서 통천군 부근 바닷가 마을까지 작은 배를 몰고 잠입해 들었다.

강 장로는 가족과 상의 끝에 앞으로의 희망이 없음을 알고 떠나기로 마음먹는다.

"하나님, 당신의 몸 된 교회를 지키지 못하고 떠남을 용서하시고 갈 길을 인도하옵소서."

새벽을 기해 부두 변두리에 숨겨 놓았던 작은 배를 타고 흥남부두를 향해 떠났다. 아침이 되어 장혁은 당원들을 데리고 위풍당당하게 오늘은 가만두지 않겠다는 마음으로 교회에 찾아왔으나 강장로 가족은 이미 떠나고 없었다.

당원들은 각 길목과 부두를 살피도록 하고, 장혁은 분노에 차 무대 중앙으로 나오며 울분을 터트리며 광적인 모습으로 변한다.

"반역자 예수쟁이 강장로 동무! 뭐? 예수는 우리에게 세상의 빛, 세상의 소금이 되라 하였고 또 보복하지 말라, 원수를 사랑하라 했고 그러고도 부족하여 오른뺨을 치거든 왼쪽 뺨마저 내놓고, 속옷을 달라거든 겉옷까지 주며 오리를 함께 가자거든 십리까지 가 주어라 하였소. 이런 감언이설로 우리 같은 인민을 끌어들여 착취해온 위선자, 사기꾼 예수쟁이! 만민에게 평등과 평화와 기아를 해결할 수 있는 분은 오직 위대한 김일성 장군 뿐이야! 아아!"

(머리를 감싸며 울분을 토해낸다.)

침울하고 광적인 음악이 고조되면서 무대는 암전된다.

2막 1-2장

무대는 중앙 후면으로 대형스크린에 흥남부두에 정착하여 있는 유엔군 수송선 매러디스 빅토리아(Meredith)호가 북한 피란민들을 태우기 위해 정박해 있다. 대형스크린 앞으로는 피란민들을 실어 옮기는 작은 수송선도 몇 대가 보인다. 무대 좌우로는 군용 천막이 있고 '위험한 물질' '접근 금지'라는 붉은 글씨 표지판이 선명하다.

칠흑 같은 어둠 속에 천둥과 번개가 하늘을 가르고 천지가 진동한다. 바다에서 불어오는 찬바람과 파도 소리가 간간이 들리고 눈발이 날리는 모습이 부두를 밝히는 가로등을 통해 약간씩 보인다.

무거운 경음악이 흐르다가 애절하고 소름 끼치는 두려운 사운드 음악으로 바뀌어 객석을 공포로 몰아넣는다. 무대가 밝아오고 중앙 후면 대형스크린에는 빅토리아호 우측면에는 피란민들을 태우기 위한 임시 설치해 논 굵은 그물망이 보이고 피란민들은 서로 먼저 오르기 위해 처절한 몸부림이 계속된다.

또 다른 영상으로 모여든 피란민들의 밀고 밀리며 아우성치는 모습이 무대와 객석을 채운다. 부모·형제 자식과 헤어져 울부짖는 사람들, 어린 자식을 업고 배에 오르기 위해 많은 사람들 사이를 비집고 있는 어머니, 밟혀 죽거나 병든 마누라를 업고 사람들 틈에서 어찌할 바를 몰라 하는 애처로운 장면도 있다.

무대에는 피란민으로 분장한 연기자들이 좌우 무대를 누비며 나름대로의 절박한 동작과 간절한 부르짖음이 빠른 동작으로 진행되고 흐르던 음악이 잦아지면서 강옥순의 약혼자 한상민 대위 친구 박 대위가 초조하게 바다 쪽을 바라보면서 친구와 가족을 기다리고 있다.

이때 강철민과 한상민 대위가 강 장로와 어머니 약혼자 강옥순을 데리고 급히 무대로 뛰어든다. 자신들을 기다리고 있는 친구 박 대위를 발견하고 달려가 포옹한다.

"나는 자네가 못 오는 줄 알고 얼마나 마음을 졸였는지 모르네 한 대위. 박 대위 정말 미안하네."

그리고 옆에 계신 강 장로 부부를 가리키며 옥순 씨의 부모님이라 소개하고 끝으로 오빠를 소개하면서 서로 인사를 나눈다. 박 대위는 긴 이야기는 나중에 하기로 하고 시간이 없으니 빨리 저 수송선에 올라야 한다고 서두른다.

"빅토리아호는 정확히 2시 45분에 출발이네."

"그렇게 빨리?"

"빨리라니(피란민들을 가리키며) 저 수많은 피란민들을 보게. 사람은 많고 타고 갈 배는 한계가 있는데 지금도 정원에서 몇 배를 태운 상태야."

박 대위와 강장로 가족은 서로 인사할 겨를도 없이 빅토리아호로 이동할 작은 배에 올랐다. 빅토리아호 양옆 굵은 그물망에는 서로 오르려는 피란민들의 필사적인 몸부림이 진행되고 있다.

가끔씩 오르다가 힘에 지치거나 서로 오르려고 몸싸움을 치다가 그물망을 놓치고 바다에 떨어지면서 울부짖는 소리가 허공을 가르는 순간 하늘은 먹구름으로 덮이고 눈발이 굵어져 무대를 덮는다.

강 장로와 가족들은 강옥순의 약혼자 한상민 대위와 친구 박 대위의 지시에 따라 그물망에 매달리기 시작했다. 서로 조심하라는 다짐과 함께 배에 올라서 만나기로 약속을 하고 그물망에 매달렸다.

그중에서도 어머니는 사람들에게 밀려 빅토리아호 후면 그물망에 겨우 기어오르기 시작했다. 무대 위는 더욱 혼란스러워진다.

배가 곧 떠난다는 급박한 상황에서 그물망에 매달려 서로 밀치고 싸우며 고성이 오간다. 무대 양옆 동영상에서도 피 튀기는 생존 싸움이 전개되고 있다. 피란민들로 분장한 연기자들의 실감 나는 동작이 이어지고 긴박함이 감돈다.

절박하고 위급함을 알리는 웅장한 경음악이 무대와 객석을 채우고 이어서 톱 연주와 드럼이 가세한 절박한 효과 음악이 흐르고 그 위에 애절한 트럼펫 소리가 객석을 울릴 때 갑자기 공중을 타고 긴박한 음성이 들린다.

어머니의 목소리

"악, 여보 - 철민아 옥순아"

피란민들의 소리

"사람이 바다에 떨어졌어요."

강장로

"(다급하게) 여보!"

옥순이 : "어머니(사람들에게) 우리 어머니 좀 살려 주세요. 어머니
　　　　흑흑."

강철민 : "어머니, 어머니! 흑흑(한 대위에게) 어떻게 된 일인가?"

그렇게 물으며 바다로 뛰어들려고 한다. 한상민 대위와 친구 박 대위가 급히 달려들어 붙잡고 몸싸움을 한다.

"놔! 어머니를 구해야 해. 우리 어머니를 구해 주세요."

강옥순도 오빠와 같이 한 대위에게 매달리며

"어머나- 우리 어머니 어떡해요. 흑흑."

바다로 뛰어내리려는 철민과 옥순이를 말리는 한 대위와 박 대위의 몸싸움이 치열하게 전개된다.

한상민 대위(강철민과 약혼자 옥순이를 붙잡고)

"우측에 있는 그물망에 매달렸는데 서로 오르려고 몸싸움을 하다가 힘에 부쳐 그물망을 놓치신 것 같아."

강 장로와 자식들은 가슴을 치며 어머니를 챙기지 못한 죄책감에 흐느낀다. 무대에는 피란민들이 담긴 영상과 연기자들이 합세한 웅장하고 절박한 가운데 애절한 동작과 울부짖음의 처절한 분위기가 객석

을 공포로 몰아넣는다. 다시 음악이 바뀌어 절박하고 다급한 음악이 흐르고 그 위에 불안을 조성하는 빠른 북과 톱 연주와 트럼펫이 가세하여 무엇인가 예언을 하듯 무거워질 때 갑자기 하늘을 가르는 폭격기가 굉음을 내면서 자지러지게 다가온다.

천지를 진동시키고 검붉은 연기가 흥남부두를 뒤덮고 미처 배에 오르지 못한 피란민들은 놀라 사방으로 흩어지고 숨을 곳을 찾을 때 무대 위는 포성과 검은 연기 라이트 불빛으로 번득인다.

양면에는 스모그가 깔리고 온통 불길과 연기가 피어오른다. 검붉은 조명이 스모그 연기에 합쳐 불꽃으로 변해 타오른다.

배 갑판 위와 양옆 창문에는 피란민들이 안도의 숨을 쉬면서 온통 불바다가 된 흥남부두를 바라보고 있다. 세찬 바닷바람과 함께 눈발이 날린다. 적막한 가운데 파도 소리와 갈매기 끼룩 소리만 정적을 깬다.

강 장로와 자식들은 어머니를 잃은 슬픔에 가슴을 치며 오열한다. 이때 스피커를 통해

"여러분을 태우기 위해 흥남부두에 내려놓은 무기와 모든 군사기밀을 적군에게 넘겨주지 않기 위해 폭파했습니다."

하고 방송을 끝내고 피란민을 태운 베러디스 빅토리아호는 자유대한민국을 향해 출발했다. 흥남부두에는 우렁찬 폭음이 여기저기 터지고 검붉은 연기가 하늘 높이 치솟는다.

배 위에 날리는 눈발은 더욱 굵어지고 그들의 슬픔을 아는 듯 갈매기의 울음소리가 피란민들의 마음을 파고든다. 불바다를 이룬 흥남부두 위에는 아직도 살려 달라는 애처로운 함성이 허공을 맴돈다.

'굳세어라, 금순아' 노래가 깔린다.

눈보라가 휘날리는 바람찬 홍남부두에
목을 놓아 불러 봤다, 찾아를 봤다.
금순아 어디로 가고 길을 잃고 헤매였더냐
피눈물을 흘리면서 일사이후 나 홀로 왔다.

수송선은 점점 멀어져 가고 강 장로와 자식들이 부르는 "여보! 어머니!" 소리만 아득히 바다 위를 덮는다.

메러디스 빅토리아호는 선장 래니스 라우의 판단과 결단에 의해 1950년 12월 15일부터 피란민들을 구출하기 위해 철수작전을 준비하고 있었다.

수송선 빅토리아호에 실려 있던 전쟁 무기와 보급물자를 바다에 던져 버렸던 선장의 용기는 자유와 생명을 중히 여기고 피란민들을 사랑하는 마음이 전쟁에서 승리와 생명을 담보할 보급물자를 바다에 버릴 수 있었다.

UN군 수송선 안에는 이미 유엔군(미 10군단) 장병과 한국군 1군단 인원을 태운 상태로 정원에서 2000명을 초과하고 있었다.

한 생명이라도 더 살려야겠다는 선장과 선원들은 목숨을 걸고 기적을 바라는 마음과 기도가 1만 4천 명의 피란민들을 구할 수 있었다.

그때 당시 유엔군 소속 통역관인 현학봉 씨의 증언에 의하면 빅토리아호 외에도 한국 해군 소속 LST 3척이 홍남부두에 들어왔고, 일본 수송함 6, 7척이 급히 내항하여 북한 피란민들을 승선시키기 시작하였다. 이때 수송된 피란민들의 총수는 9만 1천 명(또는 9만 8천

명)으로 기록되어 있으나 포함되지 않은 유아까지 합산하면 10만 명이 넘는 것으로 추상한다. 무리하게 승선을 한 수송선은 무게를 이기지 못하고 삐걱거리고 한쪽으로 기우는 것 같았다. 항해 중에 잘못되지나 않을까 하는 두려움에 모두가 공포심에 떨고 있었다.

그러나 선장과 선원들은 모든 것을 하나님께 맡기고 육중한 수송선 빅토리아호는 기적을 울리며 서서히 바다의 물결을 헤치고 남으로 향하고 있었다.

강원도 통천군 총석정 해변가 마을을 탈출해온 강 장로 가족들도 어머니를 잃은 슬픔과 죄스러운 마음으로 피란민들 틈에 끼어 하염없이 멀어지는 흥남부두를 바라보고 있었다. 강 장로는 부인을 보호하지 못한 자책으로, 자식들은 어머니를 차가운 겨울 바다 눈보라 속에 남겨두고 떠나야 했던 괴로움으로 비통함에 젖어 있었다.

흥남부두를 1950년 12월 23일에 출발하여 25일 거제도에 겨우 도착할 수 있었다. 거친 겨울 바다 물살을 헤치며 두려운 마음으로 항해하던 수송선은 가까스로 거제항에 도착하자 일제히 함성이 터져 나왔다. 선장과 선원 미군 병사들 한국군 그리고 피란민들은 서로 얼싸안고 하나님께 감사했다.

한쪽에서는 '대한 독립 만세!' '미국 만세!' '선장 만세!' 만세를 부르며 기뻐하고 환호했다. 그러나 강 장로 가족은 기뻐할 수만도 없었다. 두고 온 어머니 생각에 탄식하며 괴로워했다. 그들은 거제에서 며칠을 보낸 뒤 한상민 대위를 따라서 부산으로 왔다. 부산에는 전쟁 중이라 전국에서 모여든 피란민들로 가는 곳마다 북적거렸다. 살기 위해 몸부림치는 각계각층의 남녀가 섞여 움직이는 사람들의 모습은 생존을 위한 인간 시장이었다.

일자리를 구하기 위해 거리를 헤매는 인파, 장사하는 사람들, 구걸하는 고아와 거지들로 도시는 항상 난장판이었다. 거리를 헤매다 굶어 죽어간 사람들은 얼마인지 헤아릴 수가 없다. 강장로와 가족들도 타관에서 살기 위해 닥치는 대로 일을 했다. 강장로는 어렵고 절박한 환경에서도 사명을 잊지 않고 중단했던 신학교육을 다시 받기 시작했다.

전쟁은 길어져 1953년 7월 27일 우리 민족이 원하는 통일은 안 된 채 강대국들에 의해 휴전되고 말았다. 실향민들과 강장로 가족은 아쉬운 마음을 달래야 했다. 생각하다 못해 고향이 멀지 않은 강원도 속초시로 자리를 잡을 것을 정하고 자식들에게 말을 꺼내자 마침 강철민과 한상민 대위가 휴전선 근방으로 전근하게 되었다며 잘되었다고 했다. 최종적으로 속초로 가기로 결정하고 곧바로 실천에 옮겼다.

3막 1장

큰아들과 강옥순의 약혼자 한상민 대위는 3.8선 휴전선에서 국방을 지키는 믿음직스럽고 씩씩한 장병으로 최선을 다했다. 이사한 지 얼마 안 되어 자식들은 결혼을 하고 강 목사 옆에서 새살림을 꾸렸다.

속초시에 자리를 잡은 것은 잊을 수 없는 고향 통천군 총석정이 같은 강원도 땅이었고, 가까운 거리에 있기 때문이었다. 그리고 북에 고향을 둔 실향민들이 모여 살다 보니 자연적으로 '아바이 마을'이 되었다. 강 장로님은 이곳에 고향 이름을 딴 총석정 교회를 세우고 열심히 기도하면서 전도에 힘썼다.

강철민 남매는 느티나무 아래 동네 정자에 나란히 앉아 북쪽 하늘을 바라보며 '고향이 그리워도 갈 수 없는 땅' '강원도 통천군 총석정 해변마을 '참으로 아름다운 마을이었는대' 남매는 말을 주고받으며 고향을 그리워했다.

강옥순이 먼저 고복수 씨의 타향살이를 부르고 그 뒤를 따라 철민이 따라 부른다. 목이 메고 눈물이 흐른다.

잊으래야 잊을 수 없는 우리 어머니 흥남 추운 겨울 바다에 묻고 온 어머니를 생각하며 끝내 흐르는 눈물을 훔친다. 강 장로와 가족들은 어머니와 함께 오지 못한 자신들의 죄책감으로 괴로워했다.

무대는 실향민들이 모여 사는 속초시에 있는 '아바이 마을'이다.

우측으로는 아름답고 정겨운 총석정 교회와 철탑으로 된 종탑이 높이 세워져 있고 교회 정면으로 이어진 언덕길과 십자가가 보인다. 중앙에는 마을로 들어오는 계단과 골목길, 강 장로가 살고 있는 사택이 교회와 마주하고 있다.

강 장로는 어려운 환경 속에서도 신학교를 졸업하고 목사고시에 합격하여 총석정 교회 담임목사가 되었다. 계단 옆에는 작은 포장마차가 있고 천막에는 순대, 떡볶이, 국수, 붕어빵이라는 메뉴가 적혀 있다.

뒤쪽으로 절반쯤 보이는 딸 옥순네 집이 보이고 강 목사 집 앞에는 동네 분들이 이용하는 정자가 느티나무 우거진 가지를 지붕 삼아 자리 잡고 있다. 마을 뒤쪽 계단 너머에는 속초시의 높고 낮은 건물들이 보이고 바다와 어울려 아름답다.

무대가 밝아오면 강 목사는 종탑 밑에서 종줄을 당긴다. 울려 퍼지는 종소리 한참 동안 이어진다.

땡그랑 땡 땡그랑 땡 ~~~

흥남부두 겨울 바다에 묻고 온 부인을 잊지 못해 아침저녁으로 올리는 종소리는 기도의 소리였다. 회한의 탄식이며 통곡의 소리이기도 했다.

강 목사는 목회의 사명을 감당하면서 한편으로는 실향민들의 애환을 사랑으로 함께 하여온 등대 같은 일을 대신해 왔다. 무대 위에서는 강 목사 목회 생활과 자녀들이 행복하게 살아가는 장면들이 전개되고 때로는 갈등과 사랑 그리고 어머니를 잊지 못해 자책하는 마음이 감동적으로 펼쳐진다.

다시 조명이 바뀌며 무대는 저녁을 알리는 약간 어두운 조명이 든다. 강 목사 종탑 밑으로 나오며 종 줄을 당긴다.

땡그랑 땡, 땡그랑땡 ~~

부인을 잊지 못해 종 줄을 당기는 간절하고 애처로운 모습이 롱핀에 잡힌다.

"전능하시고 영원하신 하나님, 오늘도 하루가 저물어 갑니다. 북에 두고 온 집사람을 위해 기도합니다. 모든 것이 제 탓이옵니다. 저의 부족으로 집사람을 보호하지 못했습니다. 차디찬 바다 속에 묻고도 어쩔 수 없었다는 핑계로 저희들만 살아왔습니다. 함께 죽었어야 마땅할 제가 면목 없이 기도합니다. 죄가 큽니다. 용서하시옵소서. 부디 당신의 여종 집사람의 가엾은 영혼을 거두어 주시옵소서."

종 줄을 당기며 입으로 기도를 하던 강 목사(아버지)는 치던 종줄을 멈춘다. 이어서 동네 입구 계단 가로등에 불이 켜지고 부대에서 퇴근하는 큰아들 강철민이 들어선다.

종탑에서 내려오던 강 목사와 아들 강철민이 마주친다.

강 목사 : "이제 오는구나."

강철민 : "네. 지금 부대는 비상이에요."

강 목사 : "비상이라니?"

강철민 : "네, (사이) 국제간첩 마하타리가 대만 일본을 거쳐 한국에
　　　　잠입했다는 정보예요. 그것도 속초시로 잠입했다는 거예요."

강철민은 들고 있던 신문을 펼쳐 보인다. 신문을 보던 강 목사는 놀
라며 뒤로 물러선다.

강 목사 : "아니, 이건 너의 어머니와 닮지 않았느냐?"

강철민 : "네, 아버지 저도 놀랐어요. 하지만 닮은 사람이 하나둘인
　　　　가요. 더구나 신문에 실려 있는 사진은 옆얼굴이라~"

이때 불안한 음악이 깔리며 뭔가 일어날 것 같은 효과 음악 공포스
럽게 무대 위를 덮는다.

강 목사 : "그렇지 죽은 사람이 어떻게 살아 있겠느냐?"

강철민 : "그렇지요. 그럴 리가 없지요?"

강 목사 : "기적이라도 일어나 너의 어머니가 살아 있다면 좋겠다."

강철민 : "우리 어머니, 어머니 흑흑흑."

강 목사 : "철민아, 들어가자꾸나. 내일은 성탄예배와 실향민 위로
　　　　공연을 해야 하니……."

강철민 : "네."

눈물을 훔치며 강목사 뒤를 따라 집으로 향한다.

무겁고 예리한 무엇인가 일어날 것 같은 경음악과 타악기의 연주가
튀어나오면서 무대는 암전된다.

3막 2장
3막의 내용을 암시하는 음악이 흐르다가 고조되면서 막이 오른다.

성탄절(12월 25일)을 맞아 '성탄 및 실향민 위로공연' 현수막이 무대 동네 입구 느티나무 아래 자리 잡은 정자 뒤로 붙어 있다.

조명은 꺼지고 성탄 캐럴송이 흐르다가 다시 오색 조명과 상드리가 무대 전체를 호화롭게 만든다. 무대로 등장하는 전 악극단 출신인 포장마차를 운영하는 박 집사가 정장 차림에 나비넥타이를 매고 정중히 등장하여 관중석을 향해 인사를 한다.

박 집사(사회자) "안녕하십니까? 오늘 진행을 책임진 소생 ○○○ 인사드립니다. 오늘은 우리 주 되시는 예수님께서 이 땅의 죄인 된 우리를 위하여 처녀 마리아 몸에 잉태하시고 태어나신 성탄일입니다. 우리 모두 감사와 축하를 드리고 실향민 여러분들의 위로와 은혜가 넘치는 아름다운 시간이 되시기 바랍니다. 그럼 지금부터 본격적으로 성탄 축하와 실향민 여러분의 위로의 밤 행사를 진행하겠습니다."

잠깐 사이를 두었다가 계속한다.

"참으로 계절은 빠른 것 같습니다. 불붙어 타오르던 야산 진달래도 한철 가버리고 무더운 여름철과 수확의 계절 가을을 보내고 12월 25일 성탄일을 맞이했습니다. 오늘 성탄 축하와 실향민 위로공연을 준비하여주신 목사님과 관계자 여러분께 감사드립니다. 지금부터 본격적으로 본 행사의 막을 올려드리겠습니다. 오늘 이 무대에 첫 테이프를 끊으실 분은 특별초청 가수로 동남아 순회를 끝마치고 방금 귀국한 꾀꼬리 같은 음성의 소유자 ○○○씨를 소개하겠습니다."

이어서 가수의 노래와 찬양과 중창단공연에 이어 무용과 간단한 코미디 공연이 진행된다.

공연에 따라 연출자나 사회자 재량에 따라 내용 변화와 3,40분 동안 공연된다. 30여 분 공연이 진행되었을 때 사회자 박 집사가 망토를 두르고 등장하고 흰색 저고리에 검정 치마를 입은 부인이 등장하여 유랑 악극단에서 공연되었던 이수일과 심순애가 코믹하게 재연된다.

박 집사(사회자, 변사조로)

"달빛 유유히 흐르는 대동강 백사장에 아리따운 두 청춘 남녀가 나타났으니 그는 동경 유학을 마치고 돌아온 이수일과 그의 사랑하는 심순애였다."

장한몽 노래가 무대에 흐른다.

심순애 "수일 씨 한 번만 용서해 주세요."

그러면서 수일 씨의 옷자락을 잡는다.

이수일(뿌리치며) "놓아라. 놓지 않으면 이 다 떨어진 구둣발로 꽃 같은 너의 가슴을 차 버리겠다."

심순애 "차세요. 그렇게 해서라도 마음이 풀린다면 수일 씨 마음대로 하세요." (수일 씨의 발을 잡는다)

이수일 "정녕 놓지 못하겠느냐?"

심순애 "수일 씨!"

이수일 "산이 변하여 바다가 되고 바다가 변하여 산이 될지언정 영원히 변치 말자고 손가락 걸며 우리는 굳게굳게 맹세했다. 맹세한 이 손가락을 잘라내고 싶구나."

심순애(발을 보며) "어머, 수일씨 수일씨. 양말에 구멍이 났네요."

이수일(발가락을 움츠리며) "돈 없이 공부한 고학생 양말에 구멍이 난 것은 지금이라도 바늘과 실이 있으면 꿰매 신을 수 있지만 네 몸에 난 구멍은 산소 용접을 해도 안 된다."

심순애 "수일 씨, 한 번만 용서해 주세요."

이수일 "용서라니 김중배가 준 다이아몬드 보석 반지가 그렇게 탐이 나더냐?"

심순애 "수일 씨, 김중배가 준 다이아몬드 보석 반지는 가짜 유리알 반지였어요."

이수일 "가짜든 진짜든 보석에 눈이 먼 널 용서할 수 없다. 비켜라." (뿌리치고는 무대 밖으로 사라진다.)

심순애(쫓아가며) "수일 씨- 수일 씨-"

(장한몽 음악과 함께 잠시 암전되었다가 다시 조명이 든다.)

이때 갑자기 동네 스피커 방송을 통하여 "마을주민 여러분 지금 신문에 보도되었던 국제간첩 마하타리 일당이 이곳으로 잠입했다고 하오니 속히 가정으로 돌아가시기 바랍니다."

"다시 말씀드리겠습니다."

같은 방송이 연이어 나온다. 갑자기 불안을 주는 무거운 경음악이 흐르고 그 위에 톱 연주와 드럼을 가세한 연주가 튀어나오며 뭔가 터질 것 같은 분위기를 만들고 그 위에 총소리 두어 방이 들린다.

놀란 마을주민들은 우왕좌왕 다급하게 움직이며 골목을 빠져나간다. 군인들의 소리

"저쪽- 아바이 마을 쪽이다."

다급한 군화 발자국 소리가 들리고 연거푸 몇 발 총소리가 들린다. 공연하던 무대와 객석은 빠져나가려는 아우성으로 난장판이 된다. 순식간에 텅 빈 무대가 되고 조명이 바뀌고 불안한 경음악이 무대와 객석을 채운다.

그때 무대로 뛰어드는 국제간첩 마하타리와 장혁이 다급한 동작으로 어찌할 바를 모르다가 포장마차를 발견하고 급히 몸을 숨긴다.

효과는 더욱 급박한 음악으로 바뀌며 불안하게 만든다. 총소리는 간간이 들리고 특무대장을 선두로 대원들이 총을 든 채 다급히 뛰어들며 무대를 살핀다. 대원들은 무대 여기저기를 살핀 다음 중앙특무대장 앞으로 다가와 서며 절도 있게 거수경례를 한다.

대원 A "아바이 마을을 다 뒤졌지만 여기는 없는 것 같습니다."

대원 B "교회 쪽도 없습니다."

특무대장 "이리로 잠입하진 않은 것 같으니 다음 동네로 철수하라."

대원(일동) "네 넷!"

하고는 중앙 계단을 넘어 사라진다. 이어서 군복 차림에 총을 든 강철민 특무대원이 무대로 뛰어든다. 여기저기 살피다가 포장마차 쪽을 돌아서는 순간 목소리가 들리며 장혁이 나타난다.

장혁 : "꼼짝 마라, 손들이! 강철민 동무 오랜만이군. 으하하."

강철민 : "아니, 넌 장혁이."(하며 몸을 돌리려 하자)

장혁 : "손들고 그대로 서! 움직이면 쏜다."

강철민과 장혁은 다가서고 밀리며 무대 중앙으로 나온다.

장혁 : "맞아, 친구를 배신하고 조국을 배신한 강철민 동무. 그래 그동안 잘 있었나? 으하하 -"

강철민 : "그럼 신문에 보도된 국제 간첩단이 바로 너?"

장혁 : "동무 맞아. 지금 우리는 군사 특급 비밀과 동무와 동무의 아버지를 데려가기 위한 임무를 띠고 목숨을 걸고 이곳까지 온 거야. 으하하하 - 만일 여의치 않으면 동무들의 가족 목숨을 없애도 좋다는 명령을 받고 온 것을 잊지 말아 으하

하!"

강철민 : "장혁이 지금도 늦지 않았네. 대한민국에 자수하게 그럼
살 수도 있고 행복하게 살 수 있네! 장혁아"

장혁 : "거짓말, 오로지 위대한 김일성 장군만이 인민을 해방시키고
남녀가 평등하고 부자도 가난도, 높은 자도 낮은 자도 없는
평등한 삶을 살 수 있다. 강철민 동무."

강철민 : "그건 모두 허위고 거짓말이야 제발 정신 차리고 자수하게나."

장혁 : "지난날 친구이고 친구의 아버지 동무라 살려 주려고 했었는
데 배신을 하고 도망쳐 온 배신자 반동분자 죽여버리고 말
겠다. 손들어!"

동시에 소리치며 다가선다.

강철민 : "주님께서는 말씀하셨다. 누구든지 제 목숨을 구하고자 하
면 잃을 것이요. 나의 목숨을 위하여 제 목숨을 잃으면 구
원받으리라 하셨다. 내 지금 네 손에 죽는 것은 두렵지 않
으나 네가 너무 불쌍하구나. 자! 죽여라."

장혁 : "그래 끝내 우리말을 듣지 않으면 죽여주마."

(총을 더 가까이 댄다.)

이때 포장마차 뒤쪽에서 급히 달려 나오며 장혁이를 막아서는 마하
타리(어머니).

마하타리 : "쏘면 안 돼! 철민아, 내가 네 어미다!"

강철민 : "아니, 어머니라니(자세히 살피며) 흥남부두 앞바다에 빠
졌던?"

마하타리(어머니, 다가서며)

"그래, 그때 작은 어선에 발견되어 구사일생으로 살 수 있었단다.

철민아, 흑흑."

　어머니라는 말과 직접 확인이 끝난 강철민은 걷잡을 수 없는 슬픔과 아픔 기쁜 표정이 겹치며 울고 웃으며 권총을 어머니에게 빼 든다.

　강철민 : "어머니, 당신이 간첩이라고요? 아버님은 어머님을 잊지
　　　　　못해 아침저녁으로 저 종을 울리며 못 모시고 온 것을 자
　　　　　책하시면서 매일 기도하고 계세요."

　마하타리(어머니)

　"철민아. 흑흑"(다가선다.)

　강철민 (단호히 총으로 위협하며)

　"물러서! 가까이 오지 마! 어머니가 국제 간첩단 마하타리 일당이라고요? 나는 오랑캐와 마땅히 싸워야 하고 체포해야 할 육군 특무대원, 꼼짝 마라!"

　강철민이는 어머니에게 총을 겨누고 다가서고 어머니는 손을 반쯤 들고 뒤로 물러선다.

　마하타리(간곡하게)

　"철민아, 네 총에 맞아 죽는 것은 원통치 않으나 죽어가는 어미한테 엄마라고 한 번만 불러주려무나, 철민아 흑흑." (다가섰다 물러난다.)

　강철민 : "당신은 나라의 원수요, 하나님을 저버린 불신자이자 우리
　　　　　자식들까지 배신한 국제간첩! 내가 체포해야 할 적입니다.
　　　　　지금이라도 늦지 않았으니 자수하여 광명을 찾으세요."

　마하타리(어머니) 애절한 마음으로,

　"내 사랑하는 아들 철민아, 이 에미가 어찌 너희들을 잊겠느냐. 사실은 이렇게 해서라도 우리 가족을 만날 수 있었기에 마음을 숨기고 간첩 교육을 받고 국제 간첩단 마하타리라는 이름으로 예까지 올 수

있었단다."

　강철민 : "어머니, 그게 정말이세요?"

　마하타리(애절하게) : "그래, 철민아"

　강철민 : "어머니, 그런 줄도 모르고."

　어머니(아들을 껴안고 운다) "흑흑흑"

　장혁이 그 장면을 지켜보다 총을 어머니에게 겨누며 포장마차 뒤에서 급히 다가서며 위협한다.

　"에잇!(총을 겨누며) 이 배신자, 당과 수령을 위해 한목숨 바치자고 맹세해 놓고 이제 와서 배신을 해?"

　마하타리 : "그래 맞아, 나는 내 남편과 자식을 만나기 위해 마음을 속이고 이곳까지 온 거야. 그리고 잊고 있었던 예수님을 찾기 위해서 그 어려움과 수모를 참아가며 이곳까지 왔다. 장혁이 우리 자수하자. 이념과 사상 같은 거 다 버리고 욕심, 집착, 탐욕 다 내려놓고(간절하게) 우리 자수하여 광명을 찾자. 하나님 품으로 돌아가자. 장혁이……."

　장혁 : "그 따위 얼빠진 소리 말라우. 인민을 지켜줄 분은 김일성 수령뿐이야. 에잇! 배신자!"

　순간 여러 악기가 합세하여 터져 나오고 위험을 알리는 북소리가 빠르게 그 위에 깔린다. 장혁이 총을 마타하리를 향해 발사하자 간발의 차이로 강철민의 총구가 장혁을 향해 불을 뿜는다.

　탕~ 탕!

　장혁 : "배신자!"(총을 쏜다.)

　총에 맞은 어머니와 장혁은 바닥에 쓰러지고 철민이 들었던 총을 떨구며 어머니를 껴안는다.

강철민 : "어머니, 용서하세요. 흑흑."

강 목사와 사위가 총소리에 놀라 뛰어나오며 어머니를 부둥켜안고 오열하는 철민이를 발견한다.

강 목사 : "철민아, 신문에 보도되었던 그 얼굴이 진짜 너의 어머니란 말이냐"

강철민 : "네, 아버님이 그렇게 못 잊어하시던 돌아가신 줄만 아셨던 어머니예요. 아버지 흑흑흑."

강 목사 : "여보, 이게 무슨 일이오. 죄 많은 나를 용서하구려, 여보."

강옥순 : "아버님이 당신의 영혼을 위해 종을 울리시며 날마다 기도하셨어요. 어머니 흑흑, 부디 좋은 곳으로 가세요."

식구들이 어머니 시신을 붙들고 통곡한다. 총소리에 놀란 특무대장과 대원들이 무대로 등장하여 시신 옆으로 둘러선다.

특무대장 : "여보게, 철민 군. 어떻게 된 일인가?"

강철민 대장에게 매달리며

강철민 : "대장님, 어쩌면 좋겠습니까? 우리 불쌍한 어머니를 살려 주세요. 불초하게도 그렇게 보고파 하던 어머니에게 총을 겨누었습니다. 흑흑. 어머니는 제가 죽인 것이나 다름없습니다. 저 우리 어머니 시신을 우리 대한민국 땅에 모셨으면 좋겠습니다. 네? 대장님 흑흑."

강 목사, 장혁 시신 앞으로 가서

강 목사 : "아, 이 사람아. 어째서 믿음을 저버리고 고아인 자네를 보살폈던 어머니 같은 분에게 총을 쐈단 말인가? 에이 몹쓸 사람, 흑흑흑."

장혁, 총 맞은 가슴을 움켜잡고 가까스로 오른손을 들고.

장혁 : "하십시오, 강목사님, 그들의 감언이설에 속아서……. 영웅
    심리에 그만…….

(어머니 쪽을 향해) 죄 많은 저를 용서하시라요.(들었던 손을 떨구
며 숨을 거둔다.)

강 목사 : "저 세상에서나마 회개하고 좋은 곳으로 가기 바라네."

특무대장 : 애들아, 태극기를 높이 들고 강철민 대원의 어머니를 평
    화로운 대한민국 양지바른 땅에 모셔라."

대원들 : "네, 넷!"

강철민, 울음을 그치고 일어나 품고 다니던 태극기를 꺼내 관중을
향해 '대한민국 만세'를 외치며 국기를 어머니 시신 위에 덮는다. 동시
에 국기에 붉은 피가 배어난다.

특무대원들은 간이침대를 가져와 어머니와 장혁을 싣는다. 특무대
원, 교인들, 강 목사, 강철민, 강옥순 사위는 자연스럽게 우리의 소원
은 통일 노래를 부른다.

우리의 소원은 통일

꿈에도 소원은 통일

통일이여 오라……

노래를 부르다 목이 메어 끝내 부르지 못하고 흐느낀다.

이어서 교인들의 입에서 '하늘가는 밝은 길이' 찬송가가 울려퍼진다.

노래는 점점 목이 메고 흐느낌으로 변한다.

특무대장 : "여봐라, 이 어머니 시신을 모셔라!"

대원들 : "네, 네."

시신을 태운 간이침대가 대원들의 손에 들려나가고 가족이 뒤따른다.

강철민 : "어머니, 그렇게 가시면 우리는 어찌합니까? 흑흑."

강 목사, 강옥순 외 식구들

"어머니!"

강철민(쫓아가며) "어머니~"(가다 쓰러지며)

"어머니- 어머니- 흑흑."

애절하게 어머니를 부르는 강철민의 음성이 에코 되어 무대 안을 채운다.

"어머니~"

무대는 서서히 암전된다.

이상열

* 「수필문학」 등단, 저서 『기독교와 예술』 외 다수
* 한국문인협회 회원, 바기오예술신학대학교 총장 역임
* 한국문화예술대상, 환경문학상, 현대미술문화상 외
* 극단 '생명' 대표/상임연출
* 로빈나문화마을 대표

내가 겪은 6·25전쟁 전후

최 강 일

뿌리가 있어야 나무가 성하듯 조상님들이 계셔서 오늘의 우리가 있음은 자명한 일이지만, 일반적으로 조상님들의 은공을 잊고 지내기 쉽다.

우리 충주 최씨 가문은 충주에 근거를 두고 시조님을 모시고 전국에 퍼져 살지만, 우리 전서공파 포천파는 경기도 양주에서 터를 잡고 사시던 전서공의 둘째아드님이 포천으로 입향하시어 터를 잡으신 때가 세종조였으니 어언 500여 년의 세월을 포천에 터를 잡고 살아오고 있는 셈이다.

우리 고조부께서 2대 독자로 7세에 부친께서 세상을 뜨셨다. 그후 실망하고 가정을 꾸리지 않으셨다면, 지금의 우리 가문은 이 세상에 존재하지 못했을 거라는 생각과 조상님에 대한 고마움을 느끼지 않을 수 없다.

조부께서 포천시 이동면 노곡리에서 4남 1녀를 두시고 가문을 이루신 후 농토도 마련하셔서 안정적인 일가를 이루었다. 그러나 1945년 해방이 되고 나서 외세의 압박으로 인해 38선을 경계로 남북이 갈라지면서 이동면은 북한 땅이 되고 말았다. 공산당이 집권하자마자 지주들의 농토를 강제로 몰수하여 땅 주인들을 타 지역으로 추방하고 집과 농토를 빼앗고, 그 가족을 못살게 괴롭혀서 할 수 없이 1948년에 목숨을 걸고 야밤에 38선의 경계지역이던 포천시 이동면 낭유리 낭유천을 건너 월남해야 했다.

그러다 발각되면 죽음을 면치 못할 처지이므로 비밀리에 준비하여 한밤중에 식구들만 데리고 몸만 빠져나와야 했다. 그때 형은 나이가 여덟 살로 이북 치하에서 초등학교 2학년 때였다. 일동을 거쳐 포천시 가채리 지역으로 빠져나와 어려운 생활을 꾸려야 했다. 그때 부모님의 심정이 어떠셨겠는가!

형이 여덟 살이고 둘째인 내가 여섯 살, 막내 셋째가 막 태어난 때였다. 집과 논밭전지를 북에 두고 몸만 빠져나왔으니 다섯 식구의 호구지책을 어떻게 해결할 것인가는 심각한 문제였다.

부친께서 백방으로 노력하시고 애쓰시며 어렵게 지내던 1950년 6월 25일은 일요일이었는데, 점심식사를 할 때 낯선 굉음이 들렸다. 궁금하여 나가 보니 인민군 전차가 포천 시내를 지나면서 포를 마구 쏘아대고 있었다.

전쟁이 터진 것이었다. 식사 중 난리에 놀란 우리 가족은 서둘러 우선 인근의 왕방산 속으로 피신을 해야 했다. 그날은 비가 내렸다. 가족이 모두 비를 맞으며 산속에서 밤을 보내고 다음날 옆 동네 자작리를 통해 집으로 와보니 구둣발로 짓밟힌 집안은 마구 뒤진 흔적으로 아수라장이었다.

우리 가족사진을 모두 떼어가 벽이 비어 있었다. 대북 정보원으로 활동하던 아버지의 사진을 증거물로 삼으려는 것으로 보였다. 정보원으로 활동하시던 큰아버지와 아버지는 우선 체포 대상이었다. 그래서 서둘러 피신을 해야 할 처지라 어머니에게 가족의 안위를 맡기고 우선 떠나서야 했던 것이다.

전쟁은 터졌고 인민군들은 38선 관내에 있던 포천을 지나 의정부를 거쳐 3일 만에 수도 서울을 유린하고 말았다. 당시 한국 정부가 얼마나 허술하게 대북경계를 방치했는지 알 수 있는 것이 아니겠는가.

전쟁이 발발하였지만 피란이라 마땅히 갈 곳도 없고, 돈도 없는 처지로 어떻게 할 도리가 없었다. 그러나 어머니는 포천시 창수면의 광산김씨 가문의 딸로 마침 포천시 군내면 유교리에 광산김씨 일가가 산다는 사실만 알고 무작정 그곳으로 찾아갈 수밖에 별다른 도리가 없었다.

갑작스럽게 전쟁이 발발하니 모두가 놀라고 정신이 없었지만 당시에는 인정이 있어서 뒷방, 건넌방을 비워주시며 당분간은 같이 지내게 해주었으나 형편은 결코 녹록치 않았다.

어린 삼형제를 부양해야 하는 어머니는 어쩔 수 없이 광주리에 간단한 생활용품을 머리에 이고 이곳저곳을 돌아다니며 팔아서 좁쌀이나 밀가루 등 먹거리가 됨직한 것은 무엇이나 받아 와야 했다.

가산면 근방으로 장사를 나가시면 장남이었던 형은 마중을 나가 어머니 짐을 나누어 가지고 오곤 했다. 가끔씩 끼니가 해결이 안 될 때에는 어머니와 형은 바가지나 깡통을 들고 이웃 민가를 찾아가 먹던 밥이나 반찬 같은 것을 동냥해 와야 하는 경우도 적지 않게 있었다.

그러다가 한 식구라도 덜고 식사문제를 해결하려고 형은 어린 나이였지만 이웃집에 머슴살이를 나가기도 했다. 그렇게 어렵게 피

란살이를 지내던 중에 큰어머니께서는 포천시내 장에 다녀오시다
가 비행기 사격 총탄에 맞아 유명을 달리해야 하는 비극을 겪기도
했다. 그래서 어린 자녀들 네 명은 할머니께서 돌봐야 하는 처지가
되고 말았다.

얼마 후 조부께서 뒷동산 방공호에 군이 빌려간 이불을 찾으러
가셨다가 그곳에 있던 수류탄을 잘못 건드려 폭발하는 바람에 온
몸이 찢어지는 사고로 돌아가셨다. 피란처에서 가족을 잃는 끔찍한
사고를 두 번이나 겪고 말았다. 전쟁터는 사방에서 우리를 위협하
고 있었다.

1950년 9월 28일에 맥아더 장군의 인천 상륙작전의 성공으로
서울을 되찾고, 이어서 38선을 넘어 평양을 지나 평안북도 초산까
지 진격했다. 중국 모택동이 엄청난 수의 중공군을 투입, 전쟁에
개입하면서 인해전술로 밀고 내려오자, 전세가 불리해져 후퇴를 거
듭해야 했다.

1951년 1월 4일 다시 수도 서울을 적군에게 유린당하는 1.4후
퇴의 상황이 되고 말았다. 그때 공산당 치하에서 3개월을 살아본
경험으로 몸서리쳐지는 공포정치에 질린 주민들은 너나할 것 없이
무조건 남쪽으로 피란길에 올랐다.

우리 가족도 피란민 대열 속에서 남쪽으로 향해 지금의 화성시
남양만 근처에 당도했다. 그곳에서 피란생활을 하며 전쟁 중의 모
든 고초를 겪어야 했다.

그 사이 미리 피신했던 큰아버지와 아버지는 포천 고향으로 돌
아와 가족의 행방을 사방으로 찾았으나 어디로 갔는지 전혀 단서가

없으니, 일단 가족 찾기는 뒤로 미루고, 포천시 일동면 주변에서 이동, 일동, 화연면 일대의 반공청년들을 규합하여 지역의 안보를 확보하고, 미처 도주하지 못하고 남아있던 공산군 잔당들을 토벌하기 위하여 독수리유격대를 결성했다. 60여 명의 대원이 당시 그곳에 주둔 중이던 2사단 17연대와 협력하여 수색활동을 하면서 전투에 참여하셨다. 그러는 중에 중공군의 개입으로 1.4후퇴라는 상황이 벌어지자 충주지구까지 부대이동을 하고 충주, 단양, 제천과 경상북도 일원에서 공비토벌작전에 참여했다.

그후 다시 북으로 진격하면서, 양평, 가평, 철원, 김화지구 전선까지 진격하여 2사단 32연대 수색대의 일원으로 배속되어 전투에 참여하셨다. 치열한 고지 쟁탈전에서 많은 사상자가 발생하여 63명의 대원 중 16명이 전사하고 많은 부상자가 발생했다.

당시의 고지전은 철원평야를 차지하려는 양측의 막바지 필사적인 전투라 많은 희생을 치러야 했다. 그 결과로 국군이 국지전에 승리하여 오늘날 철원평야는 대한민국이 차지하게 된 것이다. 당시의 격전 지역은 지금 비무장지대여서 그때 전사한 분들의 시신도 찾지 못한 채 오늘에 이르고 있다.

몇 년 전에 그곳을 방문해서 그리 멀지 않은 곳에 빤히 보이는 북한 초소를 볼 수 있었다. 당시에 전사하신 분의 자녀를 만났다. 그 사람은 선대의 시신이나 유골이라도 찾으려 했으나 아무것도 찾지 못한 채 안타까운 심정으로 현장만 살펴보고 간다는 말을 듣고 안타까운 생각이 들었다.

큰아버지와 부친께서는 다른 세 분의 간부들과 충주지구에서 전사하셨다는 소식을 전쟁 후 생존해 돌아온 대원을 통해 듣게 되었다. 남편의 생환을 학수고대하시던 어머니는 하늘이 무너지는 끔찍한 소식에 얼마나 절망하셨을까! 올망졸망한 어린 삼형제를 거느린 어머니는 당시 28세 새댁이었다.

1953년 7월 27일 휴전협정이 체결되어 전쟁은 멈췄으나, 전쟁을 겪은 대한민국은 온통 전쟁의 참화 속에 굶주린 백성들의 호구지책을 해결해야 했으니, 그 당시 나라가 얼마나 어렵고, 국토가 얼마나 황폐화 되었는지 짐작이 갈 것이다.

수복이 되었다고 고향을 찾은 주민들은 폐허로 변한 고향에서 넋을 잃고 말았지만 어쩔 도리가 없었다. 다시 논밭을 일구고 생활 터전을 만들면서 삶을 이어가야 했다. 전쟁 전에 조부께서 분자전이라고 논 세 마지기를 주셨는데, 어머니는 셋째아들의 며느리로서 그 이외는 아무런 혜택도 받을 수가 없었기에 어머니는 온갖 고생을 하면서 어린 세 아들을 기르셨다.

형은 어린 나이였으나 장남의 입장에서 어머니를 도와 노력해서 조금씩이나마 삶의 터전을 키워 갔다. 방앗간에 일꾼으로 나서서 일하고, 나무도 해다 팔고, 동네의 도급일도 맡아 하면서 밭도 조금 마련하게 되었고, 그 후 생계수단을 농업에서 상업으로 바꾸면서 차차 생활이 안정되어 갔다.

평생 고생하며 애써 오시던 어머니는 말년에 몇 년간 병고에 시달리시다가 78세를 일기로 한 많은 세상을 하직하셨다. 올곧게 자식들을 키우려고 애쓰신 은덕으로 우리 삼형제는 제대로 성장하고 나름대로 노력하고 애써서 버젓하게 일가를 이루고 의좋게 지내고 있다.

어머님의 은혜는 이 세상을 하직하는 날까지 잊지 못할 것이다. 나도 그간의 어려움들을 극복하며 고학의 과정을 거쳐 중고교와 대학을 졸업하고 교직에 몸담아 열심히 살아왔고, 동생도 쉽지 않은 삶의 굴곡을 이겨내고 이제는 철제상회를 열어 안정을 되찾고 잘 지내고 있다. 우리 삼형제는 어머님의 훈육으로 세상을 올곧게 살아왔음을 나름대로 자부하고 있다.

어느새 어린 삼형제가 모두 나이 칠십을 넘어섰으니 세월이 흐르기도 많이 흘렀다. 서로 염려하고 위해 주면서 이 세상을 살아가는 자식들을 저 세상의 부모님들이 내려다보신다면 '전쟁을 겪고 고생하며 살았던 지난 세월이 헛된 삶은 아니었구나.' 하고 마음 놓고 기뻐하시리라고 믿고 싶다.

최강일

* 「한국크리스천문학」 수필등단,
* 한국크리스천문학가협회 회원,
* 고려대학교 영어영문학과 졸업,
* 남강고등학교 교사로 정년퇴임,
* 옥조근정훈장 - 대통령표창 수상

환란의 터널 저편

이 용 덕

나를 버린 세상(나는 누군가?)

● 가정의달 특집 - 이용덕
사회복지법인 명신원 대표이사

**진정한 복지인으로서
지역발전에 공헌 할 터**

제86회 어린이날 유공자 대통령상 포상
고(故) 이성덕 어머니 뜻 이어 받은 어린이 사랑 50년

우리 집은 종로5가 동대문 앞 청계천으로 흐르는 개천 옆 마당 넓은 일본 철도 관사 주택이었고 나는 거기서 소년기를 보냈다.

아버지가 해방 전까지 증기기관차 기관사로 일하시고 가끔 집에 오실 때는 고기통조림, 오렌지주스, 과자 등을 가져오셨는데 나는 눈깔사탕과 유리구슬을 제대로 구별하지 못했다.

그뿐 아니라 고급 소꿉 장난감도 가져 오셨다. 그러나 밤에만 가끔 오셔서 그랬는지 아버지 얼굴이 기억나지 않는다. 어린 나는 장난도 좋아해서 알이 동글동글 잘 구르는 주판을 타고 차 놀이도 하던 생각이 어제처럼 난다.

어머니는 막내여동생(영자)을 늘 업고 사셨고 바로 밑에 남동생(용일)은 아장아장 걸어 다녔다. 그 애가 혼자 세수를 하면 잘했다고 칭찬해 주던 기억도 생생하다.

그때는 친할머니하고 살았는데 아버지가 언제부터인지 오시지 않았다. 그래서 생활이 많이 어려웠던 것 같다. 나중에 어렴풋이 들은 이야기다. 아버지는 북쪽을 찬양하며 할머니한테 곧 좋은 세상이 온다고 하며 북으로 가겠다고 해서 할머니가 그러면 안 된다고 꾸짖으시며 가지 말라고 하셨는데 그 이후로 아버지가 보이지 않았다.

할머니와 어머니, 누나(용희) 나(용덕) 그리고 동생 둘, 이렇게 있으니 생활이 곤궁하게 되자 고모네 가족이 우리 집으로 들어와 함께 살자고 하여 그렇게 되었다. 고모님은 바느질을 하시고 큰형은 문간방에 양말틀을 구해다 차려놓고 양말을 짜서 내다 팔곤 하였다. 그러나 그 일도 잘 안 되어 리어카에 어묵꼬치 장사를 하며 생계를 꾸렸다.

작은형은 중학생이었다. 이렇게 사는 중에 할머니가 돌아가셨다. 누나는 상여가 나가는 뒤에서 붙잡고 방방 뛰며 울며 우리는 어떻게 살라고 가시냐고 통곡하던 모습이 지금 생각해도 눈물겹다.

철부지 나는 뒤에서 멍하니 바라만 보았다. 8살짜리였던 나는 죽음
이 무엇인지도 모른 채 그냥 방방 뛰며 우는 누나를 바라보았다.

1950년 6월 25일 일요일 뒤늦게까지 자던 우리 자유대한 군대는
허겁지겁 임전 태세를 갖추었으나 허사였다. 북한 괴뢰군의 기습 남침
에 38선 일대의 아군은 무너지고 순식간에 자유대한은 다음날 오후
서울이 함락 위기에 빠졌다. 국군이 아무리 발 빠르게 전투태세를 갖
추어도 기습공격을 막기엔 역부족이었다.

그런 상황 속에서 나는 전쟁을 겪었고 모든 것을 보았다. 갑자기 당
한 난리에 동대문 앞 우리 동네도 야단법석이었다. 공동으로 방공호부
터 팠다. 동네 사람들이 우리 집 옆 마당에 땅을 깊게 파고 굵은 나무
를 걸치고 그 위에 가마니를 얹고 흙을 덮었다. 그리고 동네 사람들이
모두 그 방공호 속으로 들어갔고 우리 가족도 들어갔다.

어린이 노인 할 것 없이 남녀 어른들이 한꺼번에 몰려들었다. 그 가
운데는 환자까지 업고 온 사람도 있었다. 좁은 방공호는 숨이 막힐 정
도로 비좁았다. 어른 아이 모두 쪼그리고 엎드린 채 겁에 질린 얼굴로
숨을 죽이고 벌벌 떨었다.

그때 포탄이 날아와 떨어지기 시작했다. 청계천 개울에 꽝꽝 떨어지
는 포탄 소리에 방공호가 무너질 것만 같았다. 포탄 소리가 그치자 또
다시 우박이 떨어지는 듯 요란한 소리가 우르르, 우르르 이어졌다. 방
공호 입구에 흙먼지가 풀썩풀썩 일어나며 금방 무너질 것만 같았고 머
리 위에서는 쿵쾅거리더니 다시 딱쿵딱쿵 하는 총소리가 요란하게 울
려 퍼졌다. 한동안 그러더니 얼마쯤 지나자 조용해졌다.

방공호에 피해 있던 동네 사람들이 밖으로 조심스럽게 나왔다. 나도

따라 나왔다. 우리가 만든 방공호 위와 마당 여기저기에 폭탄 파편이 마당에 질펀하게 널려 있었다.

우리 집 앞 담 옆 대추나무 밑에서 총을 쏘던 인민군이 마을 사람을 향해 소리쳤다.

"저기, 빨리 불을 끄라오!"

인민군은 불타고 있는 집을 가리키며 소리쳤다. 바로 우리 뒷집이 불에 타고 있었다. 동네 사람들은 물통과 대야에 물을 퍼다 부었다. 불은 거기만이 아니라 동대문시장과 동대문 뒤쪽 마을 사방이 불바다였다.

그동안 퍼부었던 포탄으로 청계천 다리 밑에 피신했던 사람들이 피살되어 죽은 시체가 여기저기 어지럽게 나뒹굴었다. 눈뜨고 보기 힘든 처참한 광경이었다.

밤에 방공호에 피해서 살아 나온 사람들이 다리 밑에서 총에 맞아 시체가 된 가족을 끌어안고 땅을 치며 통곡하는 소리가 온 동네에 가득했다.

그 후 나는 누나와 고모네 식구와 우리 집에서 함께 살았다. 그런데 어머니는 두 동생을 데리고 나가서 보이지 않았다. 나는 후에 알았지만 나를 낳아주신 어머니는 내가 세 살 때 세상을 떠나셨다고 한다.

지금 어머니는 동생 둘을 낳고 어려운 난리 통에 다른 데로 가시었다고 한다. 이후 고모네 식구와 우리 두 남매는 고모 밑에서 사는데 먹고 살기 어려워 우리 남매를 다른 곳으로 보내려 하였다. 그래서 동대문 뒤 용두동 근처에 있는 고아원으로 보냈다.

그러나 누나와 나는 거기서 도망 나왔고 그 후 고모는 나를 돌봐 주기 어려운 모양이었고 나를 어디론가 보내려고 했다. 고모는 나를 미워하고 구박하시며 우리 부모의 고향인 개성 친척에게 보내려 하셨다.

하루는 고모가 우리를 불러 놓고 우리가 지금 먹고 살기 어려우니 고향 개성 친척 집에 가면 어떻겠느냐고 물었다. 누나는 주저하는데 나는 고모가 싫어하는 눈치라 간다고 했다.

고모 눈치 보기 싫어서 떠나고 싶은 생각이 들었던 것이다. 7월 8일 누나(용희)하고 신촌역 철로를 따라 개성을 향해 철도 받침목을 밟으며 이틀 동안 걸었다. 임진강을 건너 강가에 친척이 되는 홀로 사시는 할머니 댁을 찾아갔다. 해가 지고 어둑해질 무렵 할머니 댁에 도착했다. 할머니가 반기시며 보리밥을 해주셨는데 얼마나 맛있게 먹었는지 잊을 수가 없다.

할머니 댁에서 나는 곯아떨어져 잠이 들었다. 다음날 곁에 있어야 할 누나가 보이지 않았다. 할머니 말씀은 누나가 서울로 갔다고만 하셨다. 그리고 며칠 뒤에 할머니는 나를 뒷동네에 자식이 없는 집에 양자로 보냈다.

나는 그 집에서 즐겁게 배도 안 곯고 편히 지냈지만 가끔 나를 여기까지 데려다 놓고 밤사이에 서울로 돌아간 누나 생각이 났다. 그리고 이 집에 온 지 2달 후 11월 밭에서 배추며 크게 자란 무를 뽑다 김장을 하느라 바쁜 날이었다.

그 날 양엄마가 햅쌀밥을 지어 깨소금 주먹밥을 해주신 맛은 지금도 잊을 수가 없이 맛있었다. 하루는 양엄마가 장난기 어린 미소를 지어 보이시며 물었다.

"용덕아, 너는 이제부터 내 아들이야. 그러니 이담에 커서도 서울

가지 말고 엄마 아빠가 된 나와 잘 살자. 그래도 누나를 기다릴 거 니?"

그러나 나는 서슴지 않고 대답했다.

"서울서 누나가 올 때까지 기다릴 거예요. 그리고 누나하고 살 거예요."

내 말에 곁에서 지켜보시던 양아버지가 실망한 듯 또 물었다.

"정말 서울 갈 거야?"

"네, 서울 우리 집에 누나 있어요!"

나는 자랑스럽게 대답했다. 그리고 며칠 동안 양부모는 아무 말씀도 안 하시더니 하루는 이렇게 말했다.

"용덕아, 네 친척집이 재 너머 동네에 있다. 그리 데려다줄 터이니 거기서 잘 있다가 서울 가서 누나 만나거라."

그 한 마디를 하시고 나를 원적 친척들이 모여 사는 동네로 데려다 주었다. 그러나 그 동네에 친척들이 있었지만 어느 집에서도 나를 받아주지 않았다. 같은 또래 아이들은 '서울 띠기 서울 놈'하며 자기 집에 오는 것을 싫어하며 가라고 내쳤다.

또 다른 어른들은 쌀 동냥이라도 해오면 밥해 주겠다고 할 뿐 아무도 반기지 않았다. 게다가 전쟁 중이라 남자는 인민군으로 끌려가고 농사일도 못하는 여자들만 있어서 집집마다 사정이 딱했다.

아무도 나를 받아주지 않고 문전박대하여 나는 거지 아닌 거지꼴이 되었다. 그런 나를 불쌍히 본 혼자 사는 넙죽 아주머니가 나를 데려가셨다. 할머니는 내 발을 만져보시고 얼었다면서 주물러 주시며 재워 주셨다.

그 다음날부터 나는 이집 저집 큰집 작은집 돌아가면서 얹혀살았는데 온 동네 눈총은 다 받았다. 어떤 집에서는 자고나면 "애! 요강 오줌 버리고 씻어 놔!"하기도 했고 이 동네 저 동네 자루를 들고 다니며 동냥도 했다. 그렇게 해야 겨우 밥을 주곤 했다.

친척 동네라고 찾아왔는데 이렇게 받아주는 사람도 없이 박대하여 서러워서 더 이상 견딜 수가 없었다. 추운 밤을 설치다 어린 마음에도 이런 곳에 더 있을 필요가 없다고 생각하고 무작정 서울로 가 보자 생각하고 길을 떠났다.

결심을 하고 나서긴 했는데 앞길이 막막한 어린 나는 길 건너 동네 언덕에 서서 발을 방방 구르며 엉엉 소리를 내어 울어댔다.

새벽이 밝아오는 아침, 동네 이집 저집 굴뚝에서 아침밥 짓는 연기가 모락모락 오르고 있었다. 밥 짓는 연기가 피어오르는 박시네 마을이지만 나를 받아주기는커녕 박대하며 돌보아주는 사람이 없었다. 나는 슬프고 외롭고 의지할 데 없는 몸이라 서럽기가 한이 없어서 더욱 큰소리로 울어댔다,

전쟁이 우리 가정을 쑥밭으로 만들고 부모도 나를 버렸고 우리 집에서 사시는 고모도 나를 버렸고 누나마저 나를 이 개성 땅에 버리고 달아났다. 나는 누군가? 어디로 가야 하나?

너무 억울하고 슬퍼 서 동네를 향하여 악악대고 울며 방방 뛰어도 누구 하나 내다보는 사람이 없었다. 그렇게 한참 동안 소리치며 울다가, 가끔 집에서 재워주셨던 넙죽이할머니한테 들든 못 들든 큰소리치며 떠난다는 인사는 해야겠다고 생각되어 동네를 향하여 할머니한테 소릴 질렀다.

"아주머니! 할머니! 나 가요!"

그리고 무작정 길을 달렸다. 어딘지 방향도 모르면서 아무데고 길을 따라가면 서울 가는 길이 나오겠지 하고 가면서 이 동네 저 동네 지나면서 아무집이나 들어가 밥 좀 달라고 구걸했다. 그렇게 길을 걷다가 지뢰를 밟을 뻔도 하고 사람이 죽어 들것에 들려 나가는 모습도 보았고 어린 인민군이 총이 길어서 끌다시피 다니는 모습도 보았다.

비행기 4대가 편대로 떠다니며 여기저기 폭격하는 장면을 두려운 마음으로 바라보며 헤매다가 산 언덕길 옆 작은 동네를 지나게 되었다. 바로 길옆 작은집 마당에 젊은 두 부부가 앉아 이야기를 나누고 있었다. 초라한 내가 그 집에 들어서니 아주머니가 물었다.

"애, 넌 누구냐?"

"네, 저는 서울 가려고 하는데 배도 고프고 잘 곳도 없어서 지나다 들어왔어요. 밥 좀 주세요."

"넌 집이 없어? 부모님은 어디 계시니?"

"집은 있는데 엄마와 아버지를 잃었어요. 서울에 누나가 있어요. 그래서 서울 가려고 해요."

그들 부부는 먹던 옥수수를 주면서 나를 바라보더니 아저씨하고 무슨 이야기를 나누다가 물었다.

"애, 너 이름이 뭐니?"

"예, 저는 용덕이에요."

"그래! 용덕아, 우리 집에서 우리 아들하고 같이 살자. 우린 식구가 없어."

우리 아들 하자는 이 말 얼마나 고마운 말씀인가.

나는 당장 어디도 갈 데가 없어 이 집에서 살기로 했다. 이 집은 결혼한 지 7년이 되도록 자식이 없었다. 그러던 차에 나를 만나게 된 것이다. 우리 소식을 들은 동네 이웃집에서도 반가워했다. 자식이 없어서 많이 걱정했는데 저렇게 잘생긴 아들이 생겼으니 얼마나 좋으냐고 했다.

며칠 동안 이름을 어떻게 할까 하면서 어른들한테 이름을 지어달라고 부탁하여 내 이름을 지어 오셨다.

"용덕아! 너 이제부터 네 이름이 용덕이가 아니고 양재복이라고 해, 좋지?"

"네."

나는 이때부터 양재복으로 다시 태어나게 되었다. 이때는 동네에 포탄이 터지고 비행기 폭격으로 밤이면 방공호에서 자곤 했다. 뒷집이 비행기 폭격으로 불기둥이 솟아오르고 검은 연기가 들판을 덮었다. 인민군은 폭격할 때마다 하얀 치마를 뒤집어쓰고 눈 덮인 논두렁 밭두렁을 기어가며 피신했다.

누나를 기다리며

1951년 1월 4일에 우리는 피란길을 나섰다. 군인들의 안내를 받으며 서울로 내려오는 중에 피란민에게 주먹밥을 나누어 주어 받아먹기도 했다.

임진강에 도달하니 군인 배로 강을 건네주고 군인트럭에 피란민을 태워 주었다. 그리운 서울이 가까워졌을 때 나는 뛸 듯이 기뻤다. 내가 살던 고향 서울! 얼마나 정든 곳인가. 피란민 차가 고개를 넘다가 잠시 쉬었다. 그때 멀리 내려다보이는 곳에 전차가 보였다.

어딘지 모르지만 너무 반가워서 돌을 들어 멀리 전차가 보이는 곳을 향하여 "야아! 전차야!" 하며 돌을 힘차게 던졌다. 트럭은 계속해서 우리 식구와 피란민을 태우고 한강을 건너 영등포에 내려 주었다.

양부모와 나는 가족 친지가 있는 영등포 기와집 가게 뒷방을 하나 빌려 구멍가게도 하며 배급으로 살게 되었다. 우리 식구는 배급만 타고 먹고 살기가 너무 어려웠다. 좁은 방에 엄마 아빠가 자고 나는 발치에서 자야 했던 쪽방이었다.

하루는 구멍가게에 사기꾼이 들어와 사기를 쳐서 우리는 쫄딱 망하여 더욱 어려워졌다. 나는 서울에 왔으니 우리 집을 찾아 누나를 만나야겠다고 한강을 건너려고 했는데 전쟁 중이라 한강을 건너지 못하게 막았다.

나는 꽁꽁 언 얼음판으로 강을 건널 수 있을 것 같아 여의도에서 마포 쪽을 바라보았다. 한강 물이 꽁꽁 얼어서 건널 수 있을 것 같았으나 선뜻 건너지 못하고 바라만 보고 있다가 집으로 돌아오곤 했다. 하루는 밤에 자다가 양 엄마 아빠가 내가 자는 줄 알고 작은 소리로 나누는 소리를 들었다.

"여보, 저 재복이가 서울에 오니깐 누나를 보고 싶어 저렇게 나갔다 들어왔다 하잖아! 우리도 어려운데 재복이가 누나 찾아가게 합시다. 저렇게 누나를 보고 싶어 하는데 나가도록 내버려 둡시다."

조심스럽게 이야기하는 것을 다 들은 나는 그날로 나와 영등포 시장에서 얻어먹는 거지가 되었다.

2월인데도 너무 추웠다. 영신상가 지하에서도 다른 걸인들도 같이 잠을 자기도 했고 자고 나면 뭐 먹을 것이 있나 길에서 흘려버린 뭐라도 있나 둘러보곤 했다.

아침에 길가에 동상으로 죽어 가마니에 덮여 뉘어 놓은 시체도 가끔 보았다. 그리고 양색시도 많았다. 길가에는 피란민들이 팥죽을 끓여 작은 항아리에 담아 포대기로 싸서 팔기도 하고 수수 팥 전병을 파는 아주머니들이 즐비했다. 나는 아주머니한테 사정도 해보았다.

"아줌마, 팔다 남으면 저 좀 주세요. 네 아주머니."

그렇게 졸라서 굶주림을 면하기도 했다. 다른 걸인 아이들이 빈 깡통을 들고 식당에 다니며 얻어먹는 것을 보고 나도 깡통을 얻어 쌀가게 옆 설렁탕집에 가서 밥 좀 달라고 구걸했다.

손님이 보고 밥 한 술에 국물만 있는 설렁탕을 내 깡통에다 부어주었다. 건더기도 없는 설렁탕이지만 그렇게 맛있는 것은 처음 먹어 보았다.

1951년 2월 5일 밤이 되어 자야 하는데 눈 붙일 곳도 없었다. 쌀가게에 가서 잘 곳이 없다며 쌀가마니를 달라고 하여 시장 골목 처마 밑에 가서 가마니 속에 들어가 누웠는데 너무 추워서 울고 말았다.

배도 고파 아래윗니를 맞부딪치고 달달거리며 울댔다. 지나가는 사람들이 내려다보며 불쌍해 불쌍해하면서도 그냥 지나갔다. 신사나 아주머니들이 걱정만 하고 지나갔다. 그런데 한 사람이 들여다보며 안타까운 듯 말했다.

"저러다 오늘 또 얼어 죽겠어."

이때 지나가던 아가씨가 다가와 물었다.

"추워서 어떡하니. 밥은 먹었니? 나는 가진 게 없다. 자, 이거밖에 없어 이거라도 먹어 봐."

아가씨는 초콜릿을 주고 갔다. 그 아가씨는 양색시라는 것을 알 수 있었다. 화려한 옷에 굽 높은 구두를 신고 화장을 짙게 한 것으로 보아 그런 사람으로 보였다.

나는 그 누나의 따뜻한 마음이 너무 고마워하면서 초콜릿을 받아 입에 물고 쌀가마니 속에서 새우잠을 청했다. 너무 추워서 아귀가 덜덜 떨리고 아프고 온 몸이 굳는 것 같았다. 나는 나를 버린 엄마 아빠 누나를 그리며 잠이 들었다. 그런데 걱정했던 것과는 반대로 잠을 포근하게 단잠을 자고 깨었다. 포근하게 솜이불을 덮고 잔 것같이 좋았다. 가마니 속에서 깨어 눈을 떠보니 하얀 빛밖에 아무것도 보이지 않았다.

내가 머리를 내밀자 찬 눈이 얼굴에 떨어졌다. 고개를 빼고 보니 하얀 눈이 내 가마니 위에 소복이 쌓여 있었다. 그래서 포근한 잠을 잘 수 있었던 것이다. 눈이 오지 않았으면 나는 얼어 죽었을지도 모른다.

부스스 일어나 웅크린 채 시장 골목을 돌았다. 사방이 조용했다. 길에 떨어진 과자라도 있나 두리번거렸지만 모두 눈에 덮여 아무것도 보이지 않았다. 해가 중천에 떠올라 눈이 좀 녹고 있으나 갈 곳 없는 나는 진흙탕 길바닥에 서서 눈물을 흘리며 소리도 못 내고 울었다. 그때 어느 낯선 형이 보였다. 그 형은 잘 모르던 사이인데 날 알아보는 듯 물었다.

"너 용덕이 아냐?"

"응, 나 동대문 집에 가서 누나 보고 싶은데 강을 못 건너가게 해. 형이 가면 나 여기 있다고 말해줘."

그 형도 그랬다.

"나도 못 건너고 있어. 동대문에 가면 누나한테 너 봤다고 얘기할
게. 나 바빠서 간다."

나는 진흙탕에 빠진 채 그대로 서서 울며 꼼짝도 못하고 있었다. 그
때 한 아주머니가 와서 물었다.

"애, 너 거기서 아직도 울고 있니? 어서 나 따라와. 내 집에 가자."

아주머니가 나를 끌었다.

나는 아주머니를 따라갔다. 집에 들어서자 젖은 짚신과 솜바지 저고
리 진흙탕에서 젖어 솜이 뭉쳐서 따로 노는 옷을 벗겼다. 아주머니는
내가 벗은 옷을 하수우물가에 내던져 놓고 나를 따뜻한 물에 대충 씻
기고 아주머니 잠옷을 입혀주셨다.

잠옷 팔 자락이 길어서 늘어졌지만 잠옷 바지는 접어 입혀 따뜻한
아랫목에 앉혀주었다. 그리고 내 발을 보고 놀라셨다. 발이 동상에 걸
려서 발등이 통통 부어 오른 것을 보시고 시장에 가서 콩을 사오시더
니 신주머니에 넣고 발을 담그게 하셨다. 이렇게 해야 언 발이 녹는다
면서 나를 보시고 "애야 고생이 많았구나" 하시며 지그시 눈을 감고 눈
물을 훔치며 기도하셨다.

이 천사는 '사마리아 사람' 영등포 중앙감리교회 전도사로 계시며 전
쟁이 끝나지 않아 돌아가지 못한 피란민을 위해 소규모 여인숙을 운영
하고 있었다.

나를 살려주신 천사 전도사님

이 전도사 성함은 이성덕(이봉림) 전도사님시고 평양고등 성경학원을 졸업하고 여러 교회를(1902년 4월 11년생, 서울 신촌에서 출생하여 1933년부터 홍성교회 담임 1936년 충주감리교회 1939년 영월감리교회, 1942 영등포 중앙교회 전도사로 사역하시다 1950년도에 영등포제일교회를 창립하였다.

전도사로 영등포 제일교회를 섬기는 중에 1950년 3월에 신입생 12명이 입학식을 하고 덕성성경학원이라는 이름으로 학원을 설립하였다.

이하는 이성덕 전도사님이 남기신 일기장

1951년 2월 7일 아침에 영등포시장 앞길 진흙탕에 어린 아이가 서서 울고 있었다. 나는 누군가가 저 아이를 데려가겠지 하고 시장을 보고 나오는데 그때까지도 울고 있었다.

나마저 이대로 두고 가면 안 되겠다 싶어 내가 운영하는 여인숙으로 데려왔다. 당시는 각 지방에서 들어온 학생이 주로 어려운 환경이므로 힘들었지만 1학기를 마치고 1950년 6월 20일 방학을 하여 각 지방 집으로 보내고 25일 주일날 가벼운 마음으로 교회에서 예배를 드리는데 갑자기 동쪽에서 대포 소리가 울려 왔다.

예배를 드리던 교인들이 어찌할 바를 몰라 웅성거렸다. 예배를 대충 드리고 밖에 나와 보니 이상하게도 동네 사람들이 웅성거리며 두려움에 떨고 있었다. 이대로 그냥 있으면 안 되겠다 싶어서 짐을 꾸리려고 집으로 들어갔다. 그리고 짐을 챙겨 들고 피란민 대열을 따라 길을 나섰다.

이런 상황에 어떻게 해야 하나 하고 교회 담임 양 목사님을 찾아갔다. 담임 목사님과 사모님이 나를 보자 서둘러 말했다.

"어서 피란을 가셔야 합니다. 이대로 있다간 총에 맞아 죽어요."

이때 동쪽에서 펑펑 소리가 나며 총알이 쌩쌩 지나갔다. 피란을 어디로 가야 할지 망설이고 있을 때 다른 사람들은 수원 쪽으로 간다고 했다. 목사 사모님 말씀이 집에 가서 감출 것이 있으면 감추고 피란 갔다가 오자고 했다.

나는 교회에 가서 교회 풍금과 벽걸이 전화와 작은 서랍장 등을 챙겨다 우리 집에다 옮겨 놓았다. 목사님은 피란 가시고 나는 김희여 씨와 함께 방향도 목적도 모르고 피란 가는 사람들을 따라 나섰다.

피란길에 아는 사람도 만나고 빈 집에 가서 쌀독을 찾아 피란민과 함께 밥도 해 먹었다. 그러면서 마냥 어디로 가는지 알 수가 없어서 나는 영등포로 다시 발길을 돌렸다. 안양을 지나고 시흥을 지나 돌아오는데 포격 소리와 함께 눈뜰 사이 없이 논이고 밭이고 포탄이 비 오듯 퍼부었다. 비행기 소리만 나면 아무 집이나 뛰어들어 피신하며 집에까지 돌아와 보니 폭격 바람에 울려 집 벽이 울려 다 무너졌다.

집에 들어서자마자 인민군들이 불러냈다. 그리고 이것저것 일을 시키는데 못하겠다고 할 수도 없고 하여 배가 아파서 일 못하겠다고 핑계를 대고 피했다. 집안을 치우고 청소를 하다가 교회로 가보니 인민군들이 차지하고 있었다.

다시 집으로 돌아오니 한 청년이 찾아와 교회 주인이 누구냐고 물었다. 그리고 목사를 찾아오라고 했다. 내무부에서 빨리 찾아오라고 하니 찾아오라고 윽박질렀다. 나는 혼자 어찌할 바를 몰라 정순모 장로를 찾아가 여쭈어보았다. 장로님은 한 마디로 모른 체하라고 펄쩍 뛰었다. 그 소리만 듣고 다시 집으로 돌아왔다.

그때 청년들이 몰려와 이제는 13조목을 내놓고 그대로 하라고 하며 첫째 목사를 찾아와라, 안 찾아오면 그땐 모두 죽인다고 한다. 이때 윤병렬이라는 청년하고 그의 어머니가 우리 집으로 피란을 와 있는데 내가 제일교회를 개척하여 세울 때 함께 예배를 드린 청년이었다.

이 두 사람한테 청년들이 이것저것 꼬치꼬치 물어보더니 나를 내무서로 오라고 했다. 할 수 없이 내무서가 있는 영등포 경찰서로 들어갔다. 경찰서 입구에 들어서니 인민군이 총을 메고 물었다.

"여기는 왜 왔소?"

"내무서로 오라고 어느 청년이 말해서 왔소."

그 군인이 명령조로 말했다.

"빨리 돌아가시오. 여기는 죄인을 죽이는 곳이야요."

그러면서 2층으로 올라가라고 했다.

나를 오라고 한 청년은 없고 40세쯤 보이는 사람이 앉아서 사무를 보는데 그 사람이 묻는 것도 그 청년과 같았다. 그러면서 구로동에 가면 내무소가 있고 내무 소장이 있으니 거기 가서 목사를 못 찾았더라도 사정을 하면 금방 죽이지는 않을 것이오. 그리고 한 달 안으로 목사를 못 찾아오더라도 사정을 하여 용서해 달라고 사정을 하라는 것이다. 그래서 내무소를 찾아갔는데 내무소장이라는 사람이 몸이 뚱뚱하고 얼굴이 큰 사람인데 위엄 있어 보이려는지 가죽 혁대를 널따란 것

두 개를 포개서 차고 보기에도 무시무시하게 나를 보더니 안으로 들어
오라 했다. 의자에 거만하게 생긴 사람이 이승만이 외국에 가서 자기
가 자칭 왕 노릇한다는 말을 한다.

외국 사람을 황후로 삼았으니 그런 사람이 무슨 정치를 한다는 거
야. 하고 흉을 보더니 인미군 정치는 평등하고 공평하게 살게 하고 남
녀간의 65세면 일 안 해도 먹여 살리고 어쩌고 하며 한참 떠들었다.

만약 제 시간에 모든 것을 그때에 실행을 못하더라도 용서해 주시
면 힘껏 찾아보겠습니다. 하고 인사를 하고 돌아오면서 속으로 생각했
다. 너네들이 아무 말을 한다 해도 나는 곧이듣지 않고 너희들이 아무
리 애를 쓰고 이기려 해도 몇 날이 못 되어 쫓겨날 것이라는 생각이
들었다.

그렇게 어려운 고비를 지내고 나서 집에 와 있는데 날마다 동맹회
를 한다고 나오라 하는 것을 이 핑계 저 핑계를 대고 나가지 않았다.
그러는 중 인민군들의 움직임이 수상했다. 저희들끼리 불안해하고 있
는 눈치였다. 우리 국군이 쳐들어오는 것 같았다. 총소리가 나며 폭격
기가 공습을 했다.

미군 비행기가 용산 바닥을 불바다로 만들고 한강에 배 타고 오는
사람이 있으면 폭격을 하여 마구 죽이는 때였다. 인미군들은 물러가고
국군들이 들어와 아무 집이나 들어가 있는 건 다 가져갔다. 하루는 순
경들이 와서 배고파서 왔으니 밥 좀 해 달라고 했다. 그러더니 순경들
이 쫓기는 눈치였다. 그리고 빨리 이곳을 빠져나가려 했다.

그래서 물어보니 지금 막 전투중이라 곧 여기도 포탄이 날아올 거
라고 했다. 그럼 나는 어떡해요? 하니 그냥 집에서 솜이불을 덮고 있

어요 했다. 그리고 도망을 가고 잠시 후 총알이 우박 쏟아지듯 집으로 날아오고 길 건너 극장(영보극장)이며 길가며 우리 집 마당에 우두두 두 쏟아졌다.

나는 이불을 푹 뒤집어쓰고 있다가 좀 조용해지는 틈을 타서 나가 보았다. 당산동 일대가 다 쓰러지고 시체가 널브러져 있었다. 한 옆에 시체가 수백 구가 산처럼 쌓여 있다는 말들을 했다. 다시 우리 집에 와서 영보극장을 바라보니 인민군이 밀물처럼 들어와 우글대고 있었다. 주민들은 너무 두려워 다시 피란을 떠났다. 그대로 있으면 모두 죽는다는 것이었다. 모두 평택까지 가자고 했다.

그러나 중공군이 떠나지 말라고 한다. 앞으로 더 잘 살 것이라고 했다. 중공군은 밤이면 산에 굴을 파고 숨었고 낮이면 여자들을 꼬셨다.

그러나 중공군들은 억세긴 해도 여자들을 겁탈하지는 않는다고 했다. 그러나 밤이면 잠을 자지 못하였다. 중공군들은 해만 지면 나와서 쌀라쌀라 떠들며 호각을 부르고 다니며 아무 집이나 들어가 양식도 달라고 하고 소나 돼지나 개, 닥치는 대로 잡아다 먹는 짓을 했다.

그래서 나도 평택으로 가려 했다. 평택으로 가는 동안 많은 사람을 만나 말씀 증거하며 여러 사람을 만나 의지하다가 다시 영등포 집으로 돌아오니 군대군데 인민군이 숨어 있었다.

하루는 예배당이 어떻게 되었나 하고 가서 보니 인민군들이 쓰던 벽걸이 전화기, 침대, 책장, 책상은 그대로 버려두고 다 도망가고 없었다.

옆집에 가서 우리 교회 좀 잘 봐주세요 하고 떠나려 했는데 인민군들이 숨어 있다가 교회로 들어와 교회에 두고 간 물건을 다 어디로 숨겼느냐고 호통 치며 교회 주인이 어디 있느냐고 인민군 세 사람이 와서 나를 닦달했다.

옆집 영감님이 내가 들어오려니까 저 사람들이 교회 주인이요 하며 주인이 누구냐고 하기에 당신이라고 하고 데리고 왔으니 보시오 했다. 죽어도 할 수 없다 하고 나가니 인민군 세 사람이 총을 들고 섰는데 독이 났는지 얼굴이 붉고 눈이 벌겠다.

그들이 나를 보더니 세 사람이 동시에 총으로 나를 겨누었다. 그리고 가운데 선 나한테 물었다.

"당신이 교회 주인이오?"

나는 벌벌 떨면서 그렇다고 했다.

"당신은 죽을 줄 아시오."

그러면서 총을 쏘려고 하는데 동쪽에서 갑자기 총소리가 귀청을 찢으면서 총탄이 앞에 떨어쳤다. 그러자 그 자는 총을 쏘지 못하고 슬그머니 총을 내리며 극장에 올려 있는 태극기를 떼어 오라고 했다.

그것을 못 한다고 하면 나를 죽일 것 같았다. 그리고 자리에서 물러서면 돌아서는 순간 총을 쏠 것 같아서 주저하고 있는데 우리 집 옆에 사는 덕순이 고모가 보고,

"아주머니, 그 자리만 떠나세요!"

했다. 돌아선 다음 총으로 쏠까 봐 무서운 것을 참고 억지로 돌아서서 극장으로 달려가 보니 극장 문 앞에 한 사람이 서 있었다. 그 사람을 보고

"저기 인민군이 극장에 가서 태극기를 떼지 않으면 죽인다는데 어떻게 해요?"

하고 물었다. 군인이 대답했다.

"아주머니, 그런 염려는 마시고 저 안으로 들어가 계셔요."

나는 벌벌 떨며 극장 안으로 들어섰다. 거기는 부인들이 모여서 태극기를 만들고 있고 남자들은 총과 칼을 준비하느라 바빴다. 인민군 몇이 무릎을 꿇고 있었는데 전혀 딴 사람이 되어 있었다.

한쪽에서 남자 한 사람이 기다란 막대기에 창을 끼고 있어서 내가 물었다.

"예배당에 가서 보니 총탄도 많고 포도 많이 있던데 그것 가지고 와도 되겠어요?"

그 사람이 대답했다.

"지금 우리한테는 무기가 없어서 그리로 갈 수가 없습니다. 잠시 후에 총이 올 텐데 그것을 가져올 수가 없습니다. 아주머니 저리 가 계셔요."

그렇게 말하는 사람은 먹지도 못하고 세수도 못하고 머리 빗질도 못한 채였는데 누가 툭 치면 픽 쓰러질 것만 같았다. 힘이 빠진 그 사람은 보기 흉측했다. 몸이 지칠 대로 지쳐 비실비실한 채 걸음도 제대로 걷지 못하지만 어떻게든지 잘 먹이면 힘을 낼 것이라 생각하고 교회로 가서 일을 하겠다 교회로 가보니 이북에서 피란 온 사람들로 교회 안이 꽉 들어차 있었다.

이 사람들이 교회를 차지하고 있으니 오갈 데 없는 이들에게 교회에서 나가라고 할 수도 없지 않은가. 그래서 교회를 더럽히거나 상하지 않도록 해달라고 부탁하고 성경말씀을 준비하여 피란 갔다가 돌아온 사람들을 심방했다. 한편 중앙교회는 예배 인도자가 없어 예배를 못 드리니 우리끼리 모여 예배드리자고 했다. 그래서 주일날은 목사님이 안 계시므로 내가 예배를 인도했다.

오갈 데 없는 여러 모양의 피란민이 몰려들지만 그들을 돕자면 돈벌이가 있어야 하는데 별 방법이 없어서 여인숙을 시작하였다. 어떤 사람은 며칠 있다가 돈이 없다며 후에 농사지으면 팔아서 갚겠다고 하는 사람, 몰래 도망치는 사람, 어려운 처지의 환자도 찾아왔다.

나는 쉴 새 없이 바빴다. 어려운 사람이 한둘이 아니고 수십 명을 겪어야 했다. 세상 별별 사람을 다 겪으면서 보상받을 것은 기대하지는 않았다. 그저 좋은 일 하는 것이려니 생각하고 맨입으로 가는 사람한테 군말 없이 그냥 안녕히 가시라고 내보내 주었다.

그렇게 세월을 보내다 찬거리를 사러 시장에 나갔다. 음력으로 2월 7일, 양력으로는 3월이었다. 길바닥이 겨울눈이 놓고 언 땅이 녹아 땅이 몹시 질었다. 영등포는 별명이 비가 오면 진등포 날 맑으면 먼지포라는 말이 있을 정도였다.

겨우내 내린 눈이 얼었다 녹아서 질퍽거리는 길바닥에 우마차 바퀴가 빠지곤 했다. 그렇게 질퍽한 길을 찬거리를 사가지고 돌아오는데 웬 어린아이가 진흙에 빠져 울고 있었다.

꾀죄죄한 옷에 짚신인지 뭔지 모를 것을 신고 진흙에 빠져 코를 흘리며 망연히 서 있었다. 손등은 벌겋게 터져 부어올랐는데 그것으로 흘러내리는 눈물을 닦으며 울고 있었다.

한심하고 기막힌 상황에 버려진 이런 아이를 그냥 두고 지나갈 수가 없었다. 전쟁에 부모를 잃고 구걸하는 어린 거지 아이가 한둘이 아니던 때였지만 더 불쌍한 아이였다. 누군가가 좀 데려가지 않을까 하고 가슴을 태우며 바라보는데 한 어른이 지나가며 꾸짖었다.

"이놈아, 왜 그러고 서 있어. 비켜나!"

도와주지도 않으면서 그렇게 한 마디 하고 지나갔다. 그것을 보고
발길이 떨어지지 않았다. 나는 그 애 가까이 다가갔다.

"애, 이리
나와."

그러면서
내가 손을
내밀자 거지
꼴에 좋아하
며 손을 내
밀어 나를
잡는데 눈빛
은 비둘기
같고 양같이
순한 희망의
빛이 돌았다.
얼굴에 좋아
하는지 빛이

이성덕 전도사님이 나를 만나시던 날 일기

가득했다. 그 손을 잡는 순간 그 애 못지않은 마음의 기쁨이 나를 감
쌌다. 아이는 기쁜 얼굴로 진흙에 신발이 빠진 채 맨발로 다가왔다.

아이를 데리고 집에 와서 보니 바지에는 솜이 뭉쳐서 뒤룩뒤룩했다.
저고리도 솜이 뭉쳐 있었는데 벗겨놓고 보니 그 비쩍 마른 것을 파먹

겠다고 이가 득실거렸다. 옷을 벗기자마자 문밖으로 내놓고 물을 데워 발가숭이를 씻겼다.

손이 얼어서 벌겋게 부어 있고 발은 동상이 걸려 있었다. 나는 급히 나가 콩을 사다가 신발주머니에 발을 넣고 녹이도록 했다. 그리고 교회에서 나누어 주려고 모아놓은 구제품 중에 하나를 골라 입혔다.

그렇게 하여 당분간 데리고 있다가 손과 발이 치료된 뒤 고아원에 데려다 주어야겠다고 생각하고 상도동 언덕 위에 있는 신희망고아원으로 데려갔다.

이때 아이들은 넓은 산으로 올라갔다. 그것을 보고 있다가 고아원 사무실로 들어가 사무 보는 선생을 만나 이야기하려니까 바쁘다고 그냥 나갔다. 그래서 뒤따라 올라가니 그곳에 사무실이 있었다. 그곳 선생한테 이 아이를 받아 달라고 했다.

그러나 지금은 자리가 없어서 받아줄 수 없다고 했다. 그러면서 집을 확장하면 오시라고 했다. 그래서 할 수 없어 다시에 집으로 돌아오는데 배가 고파 지나는데 엿장수가 있어서 엿 세 가락을 사주니 하나를 나에게 주면서 "이거 하나 잡수세요." 했다. 그리고 땅이 진흙이었는데 그리 가려니까 아이가 "아주머니 거기는 질어요. 이쪽으로 오세요." 했다.

이 아이는 사람 될 어린이다. 집에 다시 와서 지내는데 날마다 놀러 오는 할머니는 이 아이에게 하는 말이 "아주머니 할머니 하지 말고 어머니라 해!" 하고 가르치니까 이 아이는 이 어른말 대로 나를 어머니라고 했다.

어머니라는 말을 들으니 사람의 욕심인지 마음이 흐뭇하고 사랑스러워 보였다. 그리고 저녁이면 나 혼자 쓸쓸하게 보내는데 아이가 생겨서 조근조근 이야기를 하는 것이 얼마나 재미있었는지 새로운 가정이 생긴 기분에 웃음이 넘치고 행복감도 생겼다.

그래서 내가 생각하기를 나는 누구에게 저렇게 이야기를 해서 남의 마음을 살 수 없었는데 이 아이는 참 재미있는 아이다 하고 모든 것을 물어보았다. "너 학교 다녀 보았니?" 하고 물으니 학교라고는 문에도 못 가 보았다고 대답했다. 그럼 '가' 자도 모르니? 하고 종이와 연필을 내어 주면서 여기에다 '가' 자를 써 보아라 하고 내어 주니까 돈짝 만하게 가짜를 써 놓았다.

그것을 보자니 걱정이 되었다. 내가 이 아이 엄마가 되었으니 공부를 시켜야겠다고 생각했다. 그 후 열흘이 되었을 때 놀러 나가더니 종일 돌아오지를 않았다. 그러나 들어오려니 하고 기다리고 있으니 옆집 종순이 어머니가 "아주머니, 그 애가 어디로 도망간 거 아닐까요. 나가서 찾아보세요." 했다.

그래서 나가 여기저기 찾아보았지만 보이지 않았다. 다시 돌아 찾다가 사람이 모여 있는데 가보니 서커스가 들어와 선전하는데 거기서 구경하고 있었다. "애, 예서 뭐 해? 가서 저녁 먹자."하고 집에 돌아와 저녁을 먹으면서 "뭘 했느냐." 물었더니 대답이 이랬다.

"서커스 하는 사람들이 집에 가서 엄마 아빠를 모시고 와서 서커스 구경하라고 했어요. 어머니, 우리 가서 구경하세요." 했다. 나는 원래 서커스 그런 거 보고 싶지 않았다. 그렇지만 아이가 보고 싶어 하니 "그래 구경 가보자." 했다. 아이는 아주 좋아했다.

그래서 아이 손을 잡고 가보니 벌써 사람들이 많이 와서 앞을 막아

보기가 어려웠다. 그래도 나는 볼 수 있었으나 이 아이는 키가 작아서 보이지 않는다고 얼굴을 찌푸렸다. 그래서 번쩍 들고 안아서 보게 해 주었더니 어쩔 줄 모르고 좋아했다.

이 아이는 부지런하고 심성이 착했다. 그래서 사람을 별도로 두지 않고 조석을 잡수시겠다는 손님 잔심부름은 그 애에게 맡겼다. 심부름이 끝나면 양동이를 가지고 나가 펌프질을 하느라 낑낑댔다. 그렇게 하여 물을 가까스로 퍼서 반통 정도 차면 들고 와 물독에 물을 채웠다. 그것을 바라보고 있자면 기특하기도 하고 안쓰러워서 그만 해도 된다고 말렸지만 이렇게 낑낑거리며 마침내 물독에 물을 가득히 채워 놓고야 그쳤다.

이렇게 충성스럽게 나를 돕는 것을 보고 이 아이는 참 좋은 아이구나 하고 감사하며 하나님께서 나에게 보내 주신 선물이라고 생각했다. 저녁이면 여관 손님들이 잠들어 조용할 때는 마주앉아 성도 물어보고 이름도 물어보면 조근조근 대답을 잘했다.

마침내 우리는 두 식구가 되었다. 학교를 보내야겠다 싶어 민 통장을 찾아가 사실을 털어놓으니 "예, 그러세요. 사무소로 찾아가셔서 등록하세요. 창고 앞에 사무실이 있습니다."

그 말대로 사무실로 찾아가 "어린 아이를 입학시키려고 왔어요." 하니 담당이 "어서 오세요." 하고 사무원에게 이야기를 했다. 이때 민통장이 와서 설명했다.

"이분이 세운 교회에서 배우다가 지금 이곳으로 왔어요." 하는 이야기를 들은 사무원은 "염려 마시고 그 아이를 여기 학교로 보내세요." 하며 "아이의 성과 이름, 생년월일을 알아 오세요." 했다. 이때 나는 돌아

나오면서 나는 참 바보다. 생전 아이를 학교에 입학시켜본 적이 없어서 입학시키기 많이 어려운 줄 알았는데 이렇게 쉽구나 하고 생각했다. 그런 것을 통장에게까지 청을 드렸구나 하며 기쁜 마음으로 돌아 왔다.

누가 이 어린이들을

지금 영등포는 시장 거리는 아직도 포탄 파편조각이 널려 있고 전쟁으로 파괴된 건물과 물건들이 너저분하게 있는데 장사하는 피란민들이 생계를 위해 길에서 떡장사, 팥죽장사, 수수팥 전병 등을 파느라 고생한다.

등에 업고 나와서 물건을 팔다 등에 업힌 아기가 울면 땅바닥에 내려놓고 물건을 팔면 아기가 땅에 기어 다녀서 하얀 먼지를 뒤집어쓰고 운다. 영등포는 비가 오지 않으면 먼지포라는 별명을 듣는 곳이다 어른이나 아이나 머리로부터 온 몸에 먼지를 뒤집어 쓴데다가 비를 맞으니 길바닥의 아이는 더욱 볼 수가 없다.

누가 이 아이들을 돌봐줄 수 있을까 생각해 본다. 가끔 밤이면 밖에서 아기 우는 소리도 들린다. 양색시가 검은 아기 흰둥이를 낳아 집 대문 밖 길가에 버린다. 그런 아기를 자주 보게 되는데 이런 현실이 너무 애처롭기 한이 없다.

우리나라 이 민족 앞에 장차 닥쳐올 고난을 어떻게 감당할 것인가? 착잡한 심정으로 교회로 들어가니 양 목사님하고 정순모 장로님 두 분이 앉아 교회 일을 걱정하고 있었다. 그 모습을 보고 내가 이렇게 말했다.

"제가 시장을 둘러보고 오는데 피란민들이 생계를 위해 길에서 아기를 들쳐 업고 고생을 하는데 우리 교회에서 탁아원을 하면 어떨까요"

내가 이렇게 건의하자 양 목사님은 한 마디로 부정했다.

"못해요 그 치다꺼리를 누가 한단 말이오."

그러자 정순모 장로님도 거들 듯 말했다.

"그러자면 돈이 있어야 하는데 무슨 돈이 있어서 하겠습니까."

나는 총리원에 가서 도와 달라고 하면 되지요 하고 대답했고 장로님은 총리원에 무슨 돈이 그렇게 많은 줄 아세요? 지금 부산에서 직원들도 돌아오지 못하고 여기 영등포에서 한강을 건널 수도 없어요. 총리원에는 도강증 없이는 못 가는데 거길 어떻게 갑니까 했다.

모두 못한다고 하는데 내 마음은 간절했다. 시장에서 고생하는 사람들과 그 어린 애들이 눈에 밟혀서 더욱 봐주는 곳이 있어야 한다고 생각했다. 그래서 고생이 되어도 나 혼자라도 해야겠다고 하면 마땅치 않게 생각하는 정 장로님이 방해할 것 같았다.

과연 내가 생각한 대로 장로님은 "우리 교회에서는 못합니다." 하며 반대했다. 그럼 내가 혼자라도 할 터이니 목사님과 장로님이 후원이나 해 주세요 하니 "그렇게 하세요." 하고 쉽게 대답을 하셨다.

'그래, 나 혼자라도 그 아이들을 위해 탁아사업을 해 보자.'

이렇게 결심하고 시장에 나가서 사람들한테 "당신 아기를 나에게 맡기세요. 내가 보아 주리다." 하니 고마워하며 아이를 데려왔다. 그 날부터 시장에서 아이들이 몰려왔다.

1951년 8월 19일. 아이를 보아 달라고 데려 오기시작 하였는데 그 중에 전쟁 중에 놀라 정신이 온전치 못한 여자가 어린 아기를 데려오더니 이렇게 말했다.

"내가 아이들 보살피는 보모 역을 해드릴 테니 우리 아이도 받아주세요."

또 이런 사람도 나타났다. 자기 사촌 형님네 외손녀 딸 삼형제가 부모를 잃고 왔다면서 사정했다.

"어린 것들이 나를 찾아와 할머니 우리들 좀 살려 주세요. 아버지는 6·25전쟁에 국군들의 총에 맞아 죽고 엄마는 피란 갔다 왔는데 동네 사람들이 와서 빨갱이가 돌아왔다고 끌어내어 얼마나 때렸는지 앓다가 죽고 오빠들은 다 군에 나가고 우리는 살 길이 없어서 할머니를 찾아왔어요."

그러기에 그들을 받아주게 되었다. 그러다 보니 좁은 여인숙 방에서 이 많은 고아들을 수용할 수가 없었다. 장소가 좁아서 큼직한 집(탁아시설)이 필요하다고 생각하고 있을 때 마침 영등포시장 뒤에 비어 있는 한옥이 이천 원에 전세로 나와 있다고 했다.

찾아가 보니 과연 집이 컸다. 방이 다섯이 다 넓고 널찍한 정원이 있어서 맘에 들었다. 전에 부자가 살던 집으로 보였다. 나는 그 동안 제대로 먹지도 못하고 입지도 못하며 한푼 두푼 벌어 모았던 돈을 꺼내어 그 집을 전세로 얻어 탁아원을 시작하였다.

집 앞 대문에 크게 명신탁아원이라 달았다. 그랬더니 순경들은 길에서 울고 다니는 아이들을 데려오고, 양 색시들은 아기를 낳아 떠맡겼다. 그런 아이들은 흰둥이 검둥이 가지각색 인종이었다. 그뿐 아니라 길에 버려진 아기를 사람들이 안아오는가 하면 길에서 구걸하던 아이들도 고아원도 아닌데 데려와 부탁했다.

간판을 탁아원이라고 단 것을 보고 구청장, 경찰서장과 백합회 회장이 찾아왔다. 회장은 쌀 1가마니를 가져오고 구청장과 경찰서장은 다과를 한 상자씩 가져왔다.

낮에는 교회 성도 심방을 밤에는 집안 돌보기에 매우 바빴다. 나 혼자 감당하기 힘들어지자 월급을 주기로 하고 보모를 두었다. 그들에게 주는 월급은 여인숙을 해서 지불하고 여유가 생기면 그 돈을 가지고 시장에 나가 분유와 찹쌀을 사다 찹쌀 죽을 쑤어서 유아들을 먹였다.

우유를 끓여 찹쌀 미음을 타서 먹이고 주르르 뉘어 놓고 내려다보면 어린 것들이 빤짝빤짝한 눈으로 나를 쳐다보는 것이 마치 살려 주세요 하고 애원하는 것 같아 불쌍한 마음을 주체할 수 없어 눈물을 흘리며 다짐했다.

'알았다. 버려진 너희들을 살려주기 위해 최선을 다하마.'

그러면서 한편으로는 큰 아이들의 먹거리를 사러 시장으로 나가 쌀을 사서 머리에 이고 왔다. 그리고 땔나무를 사서 머리에 이고 오기도 했도 미군 부대에서 나온 각목을 구해다 군불을 지폈다.

세월이 가자 어린것들이 자라서 먹새가 세어졌다. 그래서 먹일 돈이 부족했다. 여인숙 운영으로는 턱없이 부족했다. 정부에 도움을 청했더니 사설이라고 공식 허가를 내야 한다고 했다. 어린 것들이 모두 40명이나 되었다. 구청에 허가 신청을 했더니 어린 아기도 있고 다 큰 고아도 있어서 허가를 해 줄 수 없다고 했다. 그러면서 시청에 가 보라고 했다. 시청을 가려니 도강증이 있어야 했다. 구청에 사정하여 힘들게 도강증을 받아 시청으로 가서 사정했다.

시청 담당은 탁아소인지 고아원인지 분명치 않아 허가가 어렵다고 했다. 그러나 정부의 도움 없이는 어린이들을 어떻게 먹여 살릴지 걱정이 이만저만이 아니었다. 이 아이들을 어떻게 먹이고 입힐 것인지 여기저기 다니며 사정도 하고 애원도 했지만 방법이 전혀 없었다.

게다가 갑자기 아이들에게 홍역이 돌았다. 아기들이 열이 펄펄 나서 며칠 앓다가 죽었다. 나로서는 어쩔 수 없고 당할 수 없을 정도로 아이들이 죽었다. 검둥이와 흰둥이가 더 쉽게 죽었다. 그 애들 장사를 치러야 하는데 돈이 없어서 사람을 살 수도 없었다. 이러지도 저러지도 못고 살리려고 애써서 보살핀 애들의 주검을 내가 직접 묶어 안고 삽을 들고 여의도 비행장 언덕으로 가서 묻기도 하였다.

1951년 7월 영등포 실길동(도신동)에 일본 사람이 배나무 과수원을 하던 일본 사택(주인;백낙연)을 전세를 얻어 고아원을 이사하게 되었다.

안방에는 과수원 집주인이 살고, 뒷방 2개와 마루방에는 수용된 남자 어린이가 살았으며, 별채엔 부엌도 있어 여자 어린이들을 수용했다. 그리고 곁에 양철지붕 창고는 과수원 일꾼들이 기거하며 농기구를 보관하던 건물이었다. 어린이들의 생계는 미군부대에서 도와주어서 생활할 수가 있었고 부족할 때는 부대에서 미군들이 먹고 남은 음식, 꿀꿀이죽이나 우유죽을 타다 먹곤 했다.

아이들한테 육신의 삶도 중요하지만 하나님의 돌보심을 받아 살아야 한다고 가르치며 매일 아침저녁으로 예배를 드렸다. 그리고 주일에는 멀리 떨어져 있는 영등포제일교회까지 어린이들을 데리고 갈 수가 없어서 거기에 개척교회를 세워 어린이들에게 신앙심을 길러주려 했는데 가까운 지역 주민도 찾아왔다.

그래서 처음에는 애 어른이 함께 예배를 드리도록 했다가 안채 방에서 남자들이 따로 예배를 드리게 되어 원로 목사님을 초대하여 주일

설교를 부탁했다. 목사님은 가끔 오셨다. 이렇게 예배를 드리는데 주인 할머니가 예배를 못 드리게 방해했다. 예배드리는 남자 방에 들어가지 못하게 문을 막고 아이들에게는 지팡이를 휘두르곤 했다.

아이들이 찬송을 부르며 예배드리려 하니 똥바가지를 뿌리겠다고 호통을 치셨다. 그래서 여자들 자는 방 옆 창고 땅바닥에 가마니를 깔고 예배드리고 잠도 흙바닥에 가마니를 깔고 자곤 했다. 바닥에서는 벌레가 나오고 쥐도 돌아다녔다.

보리타작 시기에는 감리교 선교사(닥터 목사도)님이 오셔서 어린이들에게 노래와 율동도 가르치고 가셨다. 여기 일본 사택에서 나와야 할 지경이 되었다. 그래서 동네 마당에 여의도 비행장 미군 부대에서 임시로 군용 천막을 2채를 지어주었다.

하나는 여자아이들이 기거하고 또 하나는 남자 아이들이 기거하라고 설치해 주었다. 동네의 방해가 있어서 어려움도 있었다. 그러나 고아들이 천막 하나만 사용하고 또 하나는 교회로 사용하도록 하여 예배를 드리도록 하였다.

그러다 당산동에 있는 미군 병참 부대에서 고아원을 지어주도록 미군 군인부대 교회(스미스 목사)병사들이 우리 고아원을 위해 주일마다 헌금하여 모은 돈으로 20평짜리 방 2개를 지으라고 했는데 50평으로 지어 몇 년 동안 고생했다.

완성하지 못한 건물은 문 창문도 못 달고 천막 군인 담요로 창문을 막고 나무가 없어서 불도 땔 나무가 없어서 냉골에서 잠을 재워야 했다. 하루는 고아들 먹일 쌀이 없어서 밥하는 보모는 저녁부터 굶어야 한다면서 발을 동동 굴렀다.

이때 나는 하루 종일 양식거리를 구하려고 사방을 쏘다녔다. 쌀 상회에 가서 외상으로 줄 것을 구했으나 모두 거절했다. 그래서 하는 수 없어 재봉틀, 구제품 등을 내다 팔아 양식을 구하려 했으나 팔지 못해 쌀을 구할 수가 없었다.

전쟁 만난 자의 구원과 축복

여기서부터는 내가 어머니를 모시고 지내며 보고 들은 이야기다.

어머니는 다락에 홀로 들어가 무릎을 꿇고 눈물로 하루 종일 눈물로 기도하셨다. 아이들은 배고파 밥 달라고 아우성이었다.

어머니는 밤새도록 주무시지도 못하고 기도하는데 고아들과 보모들은 날이 밝아졌는데도 지쳐서 일어나지 못했다. 망연히 절망에 빠져 있을 때 누군가가 큰소리로 외쳤다.

"미국 사람이 왔다!"

그 소리를 따라 과연 미국 사람이 나타났다. 그들은 여기를 처음 왔는데 큰 길에(영등포에서 안양으로 가는 국도) 명신보육이라는 간판이 보여서 찾아왔다고 했다.

이분들은 서울선교센터에 왔다가 안양으로 가는 길이었는데 고아원이라는 간판이 눈에 띄어서 찾아왔다며 원장님을 찾았다. 그리고 이분들은 어머니한테 고생하신다고 하며 미국 돈 20불을 주시며 말했다. "어제 밤 꿈에 길을 가다가 고아원 간판이 보이거든 원장 할머니를 만나보고 가라 하는 음성이 은연히 들렸는데 마침 지나가다 간판이 보여 들어왔습니다."

그들이 돈을 주고 간 뒤에 어머니는 아이들을 끓어 안고 울며 말씀하셨다.

"봐라! 하나님은 살아 계신다. 하나님은 너희들을 굶기지 않으신다."
어머니는 눈물을 닦으시고 밥하는 보모에게 쌀을 사다가 아이들에게
밥을 먹여야지 하시고 두 손 모아 엎드려 기도했다.

"하나님 아버지 감사합니다!"

정부의 도움이 없이는 아이들을 보육할 수 없었다. 고아원 운영 허
가가 없어 어느 구호단체에서든지 도울 수가 없다고 하여, 이후 여러
지인의 협력과 도움을 받아 1964년 6월 24일 사회복지법인 명신원이
라는 명칭으로 법인 허가를 받아 운영하게 되었다

하나님은 이 어머님을 통해 나를 살리시고 구원하셨다. 그리고
6.25전쟁으로 부모를 잃은 수많은 고아들을 보육하시고 지금까지의
모든 복지사업과 선교사업을 하셨다.

나는 어머님이 하시는 사업을 돕고 배우며 신학을 하고 1971년 3
월 6일 결혼하여 한 가정을 이루게 되었다. 1976년 우리 고아원에서
설립한 신풍교회 부담임 전도사로 파송 받아 교역하다 1977년 고척동
에 덕성교회를 개척하고 담임으로 목회하며 어린이집을 설립 운영하
였고 고척동 군종담당관(향목)에 임명되어 (제1991부대장 준장 조주
태) 예비군 훈련에 정훈교육 강의도 하는 등 활동했다.

그러던 중 어머님이 쇠약해지셔서 더 이상 일을 하시지 못하는 처
지가 되어 내가 들어가 어머님이 운영하시는 법인 명신원을 이어받지
않으면 안 될 처지가 되었다. 그래서 1980년도에 사회복지법인 명신
원 대표이사로 취임하였다. 같은 해 1980년도 KBS방송 이산가족 찾
기 방송에 나가 그렇게 찾던 누님을 30년 만에 만나 감격스러운 해후
를 했다. 전쟁 중에 버려진 아이들을 위해 지금까지 고생하신 어머님

평택대학교 동문회 회장으로 인사말

은 많은 선교사업과 보육사업에 큰 업적을 남기셨다. 그렇게 사랑으로 보살피시던 어머님은 1980년 12월 1일 향연 79세에 천국으로 가셨다.

그 후 나는 목회사역을 할 수 없어서 1984년도에 신풍감리교회 장로로 피택, 오늘에 이르고 2000년도에는 평택종합대학 총동문회 회장이라는 영광의 축복을 받았다

어머님이 일구어 놓으신 사업을 이어받고 2010년도 어린이날 40년 복지사업공로로 대통령 표창장을 받았다. 어머님은 하늘나라에서 하나님께서 주시는 큰 상을 받았으리라.

이용덕

* 「문예사조」 수필, 등단
* 한국크리스천문학가협회 운영이사
* 나사렛대학교 평생교육원 문창과 수료,
* 사회복지법인 명신원대표이사,
* 영등포구아동의원협의회 회장, 한국민족문학가협회 총재,
* 신풍감리교회 장로

누나를 기다리며

최 용 학

고종황제의 밀서密書와 나의 아버지

나는 일제 치하의 억압에서 조국을 해방시켜 독립된 국가를 건설하려는 중국 상해의 임시정부 시절에 태어났다.

네 살 위의 인학仁鶴, 세 살 위의 의학義鶴, 그 뒤 누나에 이어 셋째로 태어난 나는 아들 용학勇鶴이다.

1937년, 상해의 대한민국 임시정부와 가까운 홍구공원 주변에서였다. 따라서 홍구공원은 어린 시절 우리 세 남매의 놀이터였다.

나의 조부는 서울 종로구 창성동 103번지의 최기풍崔基豊이다. 경복궁의 서쪽 담을 끼고 있는 서울의 최중심부다. 마포나루에 60여 척의 배를 소유한 거부였으며, 명동성당의 회계 장부를 담당한 중요 멤버였다.

지금도 선명하게 기억하는 사진이 있다. 아버지는 할아버지의 장례식 날 정경을 어머니와 어린 세 남매에게 굉장했다고 자랑하셨다. 꽃으로 뒤덮인 검정색 장의 차량은 서울 사람들도 처음 보는 굉장한 구경거리였고 도로변은 구경꾼이 인산인해였다는 것이다.

나의 부친은 매동보통학교를 다녔고, 구한말 고종황제 휘하의 조선 특무대의 마지막 장교였다. 20kg의 모래주머니를 매달고 북한산 고봉 중 하나인 화강암의 백운대를 오르내리는 극기 훈련으로 다져진 힘세고 의분을 참지 못하는 투사였다.

일본군 장교를 만난 자리에서 "대일본 제국의 장교에게 먼저 인사하지 않았다"고 호통을 치자 즉각 "내가 왜 일본 놈에게 먼저 인사해야 하는가?"라고, 감히 육탄공격을 하여 때려눕혔다. 아버지는 조선군대 장교로서 강한 체력과 의분이 강한 분이라 일을 저지른 것이다.

무사할 리가 없었다. 일본 군경은 아버지를 체포하기 위해 눈에 불을 켜고 찾았다. 더 이상 버티기 어려워진 아버지는 은밀하게 은퇴수속을 마치고 만일의 경우에 대비하여 얼마 안 되는 퇴직금을 비상금으로 보관해 두었다가 도피 길에 오를 수밖에 없었다. 1919년이다.

그 해 1월 21일, 조선왕조 26대 고종황제가 67세에 급사하였다. 일본 통감부의 공식 사인은 뇌일혈이지만, 마지막으로 마신 식혜에 독극물이 들어 있었다는 설이 유력하게 회자된다. 고종황제의 1905년 일본과의 보호조약 거부, 1907년의 헤이그 밀사 파견사건 등 일본으로서는 제거하지 않을 수 없는 존재였던 것이다.

그 직후인 3월 1일, 한반도 전체에서 대대적인 만세운동이 일어난 것도 고종황제의 돌연 서거에 대한 백성의 분노 표출이었다. 미국에 유학중이던 고종황제의 5남 의친왕 이강은 아버지의 밀서를 가지고 프랑스 파리의 강화회의에 가려다 고종황제의 급서로 못 가게 되자 하란사河蘭史 여사에게 밀사로 보내려는 시도를 하였다.

의친왕의 미국 유학시절에 하란사도 미국 웨슬리안 대학에 유학중이어서 친분이 있었다. 부유층인 하란사 여사는 영어에 능통하며, 한국 여자로는 최초로 미국에서 학사학위를 받은 지성의 신여성이었다 (사후 76년 만인 1995년에 대한민국 건국훈장 애족장 수상, 당시 국가 보훈처 보훈

선양 과장 이선우 담당, 현 '한민회' 이사, 편집인이다. 이선우李善雨 이사는 필자가 이사장으로 있는 한민회와 깊은 인연이다. 항일독립운동자를 발굴 정리, 국내 제1인자이며 천재다. 수학경시대회에서 1등, 육군부관학교 시험 1등, 한글타자경시대회 1등, 등산대회 1등, 테니스대회 우승, 국가보훈처 말단 직원에서 국장 '이사관'까지 자수성가한 인물이다.)

　프랑스 파리의 강화회의에 밀사로 보내기에 그녀보다 더 적격자를 찾기 힘들었다.

　하란사는 서울 종로 한복판의 화신백화점 주변에 있던 포목상을 처분한 돈까지 챙겨서 조카의 신변보호를 받으며 함께 중국을 거쳐 파리를 향해 떠났다.

　그 조카는 힘세고 용감하고 정의로운, 조선왕조 마지막 특무부대 장교였다가 도피자가 된 나의 아버지 최태현崔台鉉이다.

　일본군 장교를 노상에서 폭행할 정도의 끓어오르는 애국심과 혈기의 28세 청년 최태현은 거액의 현금과 의친왕의 밀서를 몸에 지닌 사명자로서, 왜경의 지명수배를 받은 도피자로서, 극도의 경계심으로 긴장된 채 멀고 험한 밀사密使의 여행길에 올랐다. 프랑스로 가려면 일단 선박 편을 이용, 중국으로 들어가 육로로 북경을 경유하지 않으면 안 되었다.

　의친왕의 밀서는 독립운동과 관련된 중요문서였다. 일본에게 부당하게 억압받는 조선의 실정을 서구 열강에 소상히 알리고 조선의 독립을 위한 도움을 요청하는 절절한 내용이었다. 그러나 애석하게도 중국을 경유하던 중 모처에서 왜경의 급습을 받아 필자의 할머니 하란사는 변고 당하셨고, 나의 부친은 간신히 탈출하여 상해로 도주하였다.

하란사가 마련한 거액의 자금은 상해 독립투사들의 운동자금으로
쓰였고, 아버지는 김구 선생과 이시영 선생 등과 합류하였다. 하란사
는 필자 친할머니의 남동생 하상기(인천 감리역임)의 부인으로 남편
의 성을 따라 하씨로 썼으나 본래의 성을 찾아 김란사의 친손자 김용
택에 의해서 김란사金蘭史로 쓰게 되어 지난 1월(2019년) 국립서울현충
원에 위패가 공식적으로 안치되었다.

비극의 서막 – 1940년 상해

나의 아버지는 일곱 살과 여섯 살의 두 딸과 세 살짜리 아들 나와
어머니를 남겨두고 상해 운제의원(云濟醫院)에서 7월 20일에 돌아가셨
다. 하란사 할머니는 북경의 한 만찬장에서 사망하였다는 설이 있고,
친일 여성 배정자의 소행이었다는 설도 있다. 또 유행성 독감설과 음
식의 독극물설이 있었다. 서양 선교사는 할머니(하란사)의 시신이 검
게 변한 것으로 보아 독살설에 비중을 두었다고 한다. 고종황제도 식
혜를 마신 후 사망하였는데 시신이 검게 변한 것으로 보아 독살당한
것이라는 설이 유력하였다.

어머니와 어린 3남매는 죽지도 못하고 살지도 못하는 깊은 비극의
질곡에서 허우적거려야 하는 암담한 여로 앞에 섰다.

우리 세 남매는 겨우 4살과 7살과 8살이었다. 어린 우리는 상해 임
시정부 주변의 홍구공원에서 노는 시간이 많았다. 달리 노는 방법도
모르거니와 갈 데도, 올 데도 없었다. 장난감은 일본 아이들이나 소유
하는 사치품이었다. 청상과부가 된 어머니가 어떻게 우리를 먹이고 입
히는지 알지 못하였고 우리는 유일한 놀이터인 홍구공원이 가까운 게
좋았다. 두 누나가 친구와 놀이터를 가는데 따라가서 집 문을 막 들어

서려는데 그 집 아이가 나를 문밖으로 떠미는 바람에 철 계단에서 굴러 떨어지고 말았다. 왼쪽 눈 위에 깊은 상처가 나고 많은 피를 흘렸다. 덜컥 겁이 났고, 무척 아프고 끔찍한 경험이었다. 나 혼자여서 몹시 당황하였고 무서웠다.

그렇게 자란 나는 나이가 차서 상해 제6국민학교에 입학하였다. 허리에 긴 칼을 찬 선생이 늘 화가 난 경직된 표정으로 엄격하게 일본어를 가르쳤다. 학교가 아니라 어린이 군대를 방불케 하였다. 등교 시에는 상급생이 동네 아이들을 인솔하여 군대식으로 열을 맞추어 교문으로 들어선다. 붉고 흰 어깨띠를 두른 선배 상급학생이 차렷 자세로 서 있다. 하교 때도 열을 맞추어 절도 있게 걸어갔다.

수업 중에도 경보가 울리면 "구슈 게이오, 게이 까이 게이오!" 하면서 솜 모자를 쓰고 방공훈련을 하였다. 마치 꼬마군대 훈련소를 방불케 하는 긴장 속에서의 그 엄격한 학교생활이었다. 군국주의 일본, 그들은 어린 국민학교 학생들도 군대로 간주한 듯 엄격하게 경직된 학교 운영으로 정서를 파괴하였다. 정복전쟁과 수탈을 일삼아 괴롭히던 일본은 그러나 1945년 8월 15일 천황이라는 일본 왕이 세계를 향한 항복 선언으로 패전국이 되었다. 두 개의 원자탄, 그 미증유의 불세례로 악랄한 일본군국주의가 무릎을 꿇었다. 나 같은 어린이아이들도 눈물을 펑펑 쏟는 감격의 해방으로 우리는 거리로 쏟아져나가 만세를 목청껏 부르며 뛰어다녔다.

상해 임시정부 / 김구金九 주석과 눈물의 홍구공원
해방이 가져온 변화는 나와 직결된다. 긴 칼을 허리에 찬 일본 선생과 일본어와 꼬마군대의 병영을 방불케 하는 긴장된 환경이 일거에 제

거되었다.

인성학교 교실 앞쪽의 일장기 자리에는 우리나라 태극기가 걸렸다. 도산 안창호 선생이 작사 작곡한 인성학교 교가를 우리는 힘차게 불렀다. 귀국 후 66년 만에 상해 인성학교 구익균 선생님을 한국 외교통상부 고문 최서면崔書勉, 국제 교류관계기관 원장(2020.5.28. 작고)을 통하여 만났다.

나는 최서면 원장을 통하여 구익균 선생님을 알게 되었고 구 선생님은 왜경의 검거를 피해 상해로 피신하여, 한국독립당에서 활동하였으며, 도산 안창호 선생의 비서실장이었다. 광복 후 건국훈장 애족장을 받고 106세에 사망, 국립묘지에 안장되었다.

오랜 세월이 흐른 후 서울에서 구익균 선생님을 만난 일은 잊을 수 없는 기쁨이었다.

1945년 초가을이다. 내 나이 여덟 살 때 조선 동포는 홍구공원으로 모두 모이라고 하였다. 상해 임시정부의 김구 주석이 오신다는 것이다. 조선 사람들은 너나 할 것 없이 흥분하여 홍구공원으로 집결하였다. 나도 어머니의 손을 잡고 공원으로 갔다. 조선 사람들이 그렇게 많이 모인 자리는 처음이다. 상해의 조선 사람은 다 모인 것 같았다. 모두들 흥분한 표정이었다.

두루마기 차림의 김구 선생이 등장하셨다. 목청껏 만세소리가 터져 나왔고, 손바닥이 벌게지도록 힘찬 박수를 쳤다. 감격의 함성이 터졌다. 벌써부터 눈물이 그렁거려 붉어진 눈이지만 이렇게 감격하고 기뻐하는 조선 사람을 처음 보았다. 어린 나도 그런 어른들과 다르지 않았다. 가슴이 터질 것 같았다. 소리쳐 울고 싶고 고함치고 싶었다. 흥분

상태의 감격이었다.

주악에 맞춰 애국가(가사는 지금과 같으나 안익태 작곡 전이라 곡은 이별곡, 영국민요 올드랭사인 곡)를 합창하였다. 모두들 펑펑 울어대며 동해물과 백두산이 마르고 닳도록 하느님이 보우하사 우리나라 만세를 목청껏 불러댔다. 모두의 얼굴이 눈물로 번들거렸다. 거기 모인 우리 동포는 노인이나 어린이나 한 마음으로 가슴이 뜨거웠다. 김구 선생의 연설이 있었다.

그 당시는 무슨 내용인지 몰랐지만 나라 사랑에 대한 열변이었을 것이다. 어른들이 힘차게 박수를 칠 때마다 나도 따라서 박수를 쳤다. 그렇게 하라고 해서가 아니라 저절로 그렇게 되었다. 어린 시절 홍구공원의 그 현장은 80년을 더 산 지금의 내 가슴에 지워지지 않는 흥분으로 생생하게 남아 있다.

1946년 —고난의 한국생활

임시정부 관련 간부들은 1945년 해방을 맞이하던 해에 미국이 마련해 준 비행기로 귀국했으나 우리 가족은 해방 전 아버지의 사망으로 인하여 그 대열에 끼지 못하였다.

조선 사람들의 귀국이 본격화되었다. 광복 다음 해인 1946년 우리 가족은 상해에서 대형 화물선을 타고 귀국길에 올랐다. 무역항 주변의 우리가 살던 집을 처분하고 일상용품과 세 남매의 학용품 등을 구입하여 고리짝 몇 개에 담아 힘겹게 짐을 옮겼다.

상해에서 부산항까지는 가까운 거리지만 화물선의 속도가 너무 느려서 거의 석 달에 걸친 긴 항해 끝에 부산항에 도착하였다. 초봄의 쌀쌀한 기온에 출항하여 초여름에 이르는 동안 함께 귀국길에 오른 여러 명의 병약한 사람들이 고국 땅을 밟아 보지 못한 채 선상에서 사망하였다.

병원도 의약품도 없는 화물선이라 속수무책이었다. 시신을 처리할 방법이 없어 검푸른 바다에 던졌다. 나는 그 장면을 여러 번 목격하였다. 그 어린 나이에도 사람은 죽으면 쓰레기가 된다는 걸 알았다.

석 달 만에 처음으로 고국 땅 부산항에 들어와서 기차로 서울에 올 때 처음 들은 조선어는 행상 아주머니의 '내 배 사이소.'였다.

"국물이 찍찍 나는 내 배 사이소."

낯선 도시 서울은 막막했다. 누구 하나 반겨주는 사람 없고 방 한 칸 없으며 먹거리조차 없는 우리 다섯 식구는 거지꼴이었다. 불구이신 할머니와 어린 세 남매를 거느린 어머니는 연약한 어깨에 십자가보다 무거운 짐을 지고 있었다. 아무 대책도 없는 젊은 어머니는 우리를 살려야 하는 가장이었다.

어떤 경로였는지 어린 나로서는 알 수 없으나 우리 가족은 돈암동의 적산가옥을 임시 거처로 삼았다. 나가라면 언제라도 나가야 하는 불안정한 조건을 나도 알고 있었다. 그런 날이 오지 않기를, 아니면 오랫동안 머물러 살 수 있기를 마음으로 빌었다.

그러나 그 간절하고 소박한 소망은 너무 빨리 절망으로 바뀌었다. 우리는 며칠 못 가서 셋방을 구하러 다녀야만 하였다.

헤매고 헤매다가 공덕동에 단칸 방 하나를 얻었다. 다섯 식구가 살기에는 방이 좁아서 세 식구라고 거짓말을 하고 얻었다. 가족이 많은 것을 주인은 싫어하였으므로 거짓말을 할 수밖에 없었다.

이사를 도와주려고 경상도 상주에서 올라와 돈암동 임시 거처까지 찾아왔던 사촌형 정진태가 외할머니를 업어서 옮겨드렸다. 대단히 힘든 하루였다. 어머니는 수고한 사촌형을 위하여 쌀밥에 고기 넣은 생선찌개까지 차려주었다. 그런데 우리들 남매와 어머니와 외할머니 몫은 없었다. 형편이 그랬으니 어쩔 수 없었지만 그 쌀밥과 찌개가 미치도록 먹고 싶었다. 사촌형이 눈치를 채고 반쯤만 먹고 남겨주었다. 미칠 지경으로 맛있는 그 남은 음식을 맛이라도 볼 수 있어서 좋기는 하였으나 고작 맛만 보았으니 배는 더 고파지는 것 같았다. 언제 저런 쌀밥과 찌개를 마음껏 먹을 수 있을까……. 그런 날이 정말 우리에게 오기는 올는지, 우리 형편으로는 바랄 수 없는 꿈같은 생각이 들었다.

문제는 사흘도 못 가서 터졌다. 주인이 당장 나가라는 것이었다. 가족 수를 속였다는 이유다. 다섯이 살기에는 너무 좁은 방이어서 칼잠을 자야만 하였다. 자다가 소변이라도 보고 오면 누울 자리가 없었다. 우리는 그렇게 불편해도 그대로 살아야 할 형편이어서 어머니가 싹싹 빌며 애원하였다. 그러나 주인은 막무가내였다. 다리를 못 쓰는 외할머니에 대한 혐오감이 주인의 눈빛에서 물씬 풍겨 나왔다.

서둘러 이사하기로 하였다. 그러나 대책이 없었다.

마침 사촌형에게서 소식이 왔다. 그동안 준비해 오던 고아원을 목포에 세웠다는 것이다. 진명여고를 나온 그의 모친, 곧 나의 고모(고모는 얼굴이 곰보였다. 그래서 우리는 곰보고모라고 불렀고 후덕하지 못하여 깍쟁이로 기억하고 있다. 고모부 정재현은 유도 8단에 유명한 서예가였는데 성품이 착하기만 하였다.)가 세운 고아원이다. 원장이 된 정진태 형이 급히 서울로 와서 외할머니를 업고 갔다.

서울역으로 가는 그 형에게 업혀가는 할머니의 모습이 불쌍해서 눈을 돌릴 수 없었다. 마침 펑펑 쏟아져 내리는 눈이 외할머니의 머리와 등에 내려앉았다. 그 모습이 우리 가족이 본 마지막 할머니였다. 어머니는 불구의 모친을 가족 수를 줄이려고 눈 내리는 밤에 떠나보내는 아픔으로 하염없이, 그러나 소리 없이 눈물을 흘렸다.

외할머니의 소식을 들은 건 한참 후였다. 목포 앞바다의 작은 섬에도 고아원을 세웠는데, 그 외딴 섬 고아원에 가 계시던 외할머니는 하반신을 못 써서 심히 불편하고 외롭게 지내다가 세상을 하직하셨다고 했다.

어머니는 한동안 돌보아드리지 못한 불효와 임종도 못한 불효로 애통해하셨다. 그 몸의 불편과 외로움이 눈에 선하여 한이 맺힌 듯 눈이 퉁퉁 부어오르도록, 그러나 마음껏 소리 내어 울 수도 없는 환경이 서글퍼 한없이 눈물만 흘리셨다.

정진태 형은 힘을 다해 우리 가족을 도왔다. 공덕동에서 종암동으로 이사할 때도 함께하였다. 외할머니가 없으니 이사하기가 수월하였다. 그러나 남편을 비명에 보낸 충격과 할머니의 죽음과 여러 해의 모진 고생으로 심신이 매우 허약해진 어머니는 마음은 텅 비었고, 어린 자식들과의 희망 없는 생활고에 찌들려 중년의 그 몸이 견디어내지 못하는 상태에 이르렀다. 연약한 어머니에게 우리의 환경은 감당하기 어려운 무게였다.

어머니는 어느 날부터인가 기침을 하기 시작하였고, 돈이 없어 병원이나 약국에도 못 가니 빠르게 악화되어 갔다. 기침이 시작되면 반시간이나, 한 시간도 계속되어, 옆에서 보는 나도 가슴이 아프고 미어지는 고통을 느꼈다. 해소 천식이었다.

　귀국 후 늘 그랬듯이 우리 4인 가족은 먹고사는 게 절실한 문제였다. 병든 어머니는 날로 악화되어 갔다. 마음은 무너져 갔다. 가장으로서의 남편, 든든한 보호자로서의 남편, 그 남편이 함께 있었다면 이런 고생이 없을 것이며, 어린 세 남매의 양육이 걱정되지 않았을 것이며, 병든 몸이 이토록 대책 없이 악화되어 가지도 않았을 것이다.

　그 큰 자리가 비어 있음에 어머니의 아픈 몸은 더 아프고 마음은 공허하여 어머니는 하루가 다르게 깊은 나락으로 침몰해 갔다.

　열대여섯 살 사춘기의 누나 둘이 돈벌이에 나섰다. 큰누나는 다방에 레지로 들어가 먹고 자게 되었고, 작은누나는 단추공장에 다녔다. 어머니가 아픈 몸으로 어쩌다 외출하면 나는 텅 빈 방에 홀로 남아 빛바랜 벽지와 천장을 바라보며 냉수나 마셨다.

　빈 배를 채울 것은 돈 없이도 먹을 수 있는 물, 그것 하나뿐이었다. 뱃속에서 꼬르륵 소리가 났다. 너무 배를 주려서 울고 싶어도 배고픈 날이 계속되다 보니 울 기운도 없었다. 가난한 그 시대의 모든 사람이 우리처럼 굶기를 밥 먹듯 하고 살아가는 처지라 슬플 것도 없었다. 허기를 참고 또 참아야 했다.

　어디서 났는지 쌀이 조금 있었다. 반찬이 한 가지도 없으므로 누나들이 시키는 대로 이웃의 구멍가게로 양재기 그릇을 들고 왜간장을 구하러 갔다.

　"얘, 또 외상이니?"

　따가운 눈총을 받으며 간장을 받아 돌아왔다. 쌀의 양이 적어 죽을 쑤어 먹을까 밥을 해 먹을까 하다가 어차피 배고프기는 마찬가지니 밥을 해서 먹기로 하였다.

하얀 쌀밥을 간장 한 가지에 비벼 먹었다. 꿀맛이었다. 양이 적어 한두 숟갈밖에 안 되어 먹고 나니 배가 더 고팠다. 김치가 없어도 밥만 있으면 얼마든지 먹을 수 있었다.

지금은 갈비로 유명한 수원에서 가장 손님이 많은 유명한 갈비집의 그 비싸고 맛있는 소갈비를 어쩌다 먹을 때가 있는데, 그 어린 시절 왜간장 한 가지만 넣고 비벼먹던 그 쌀밥처럼 맛있지 않음에 나는 그때, 그 맛을 잊지 못하고 있다.

어머니를 화장터로 모시며 허기지고 지쳐서 울었다

그 시절을 글로 옮기자니 눈시울이 붉어지고 콧등이 시큰거려 한동안 눈을 감는다. 초등학교에 다닐 나이에 갈 데가 없어 동네 꼬마들과 놀고 있노라면 그래도 노는 재미에 시간 가는 줄 몰랐다.

어느새 저녁이 되면 같이 놀던 아이들의 어머니나 누나가 나타나 아무개야 밥 먹어라— 하고, 각각 자기 아이들을 불러 간다. 나만 그 자리에 외롭게 남았다.

허전하다. 밥 먹으라는 소리를 들었으니 갑자기 심한 공복을 느껴 나는 그 자리에 주저앉아 눈물을 흘렸다. 생각도 마음도 위장도 텅 비어 나는 껍데기만 남은 듯 외롭고 슬프고 배고팠다.

힘없이 집에 들어가니 불고기 냄새가 풍겼다. 정신이 번쩍 들 만큼 음식 냄새에 예민한 나의 후각을 자극했다. 주인집 가족들이 마루에서 숯불에 고기를 구워 먹고 있었다. 고기 타는 연기와 냄새에 나도 모르게 한 발을 안마당으로 들어서다가 찔끔 놀라 작은 문간방으로 얼른 들어갔다. 혹시나 어머니 머리맡에 집주인이 가져다 준 고기 한 점이라도 있을까 하고 기대했으나 어머니는 잠든 듯 조용히 누워 있었다.

나는 고기 익는 그 냄새와 먹는 모습이라도 보고 싶어 방문을 살짝 열고 바라보며 코를 벌름거렸다. 그러자 눈치를 챈 주인 가족은 먹는 자리를 안방으로 옮겼다. 나 같으면 문간방 어린아이를 오라 하여 한 점이라도 먹일 거라고 생각하였다.

주인집에 나만한 아이가 있었고 누나뻘 되는 여학생도 둘이나 있었는데 그렇게 야속할 수가 없었다.

그 날 밤은 잠이 오지 않았다. 빈 속 때문인지, 불고기 냄새와 그들이 먹던 모습이 그림처럼 어른거려서인지 모른다. 어머니는 기침을 했다. 기침할 힘이 없어서인지 소리가 작았다. 나는 이쪽에, 어머니는 저쪽에 누웠다. 기침이 나서 어머니는 제대로 잠을 이루지 못하였다. 나는 그 기침소리 때문이거나 불고기 냄새거나 주인 가족의 고기 먹는 모습이거나, 아무튼 그런 것들이 하나가 되어 잠이 오지 않았다. 밤은 어둡고 고요하고, 어머니 숨소리와 기침소리는 더 크게 들렸다. 나는 마른 침을 삼키고 조심스럽게 문을 열고 나가 물을 한 대접 마셨다.

그 다음날 아침, 어머니는 잠들어 있었다. 늦게 잠든 탓에 늦게 잠에서 깬 나는 지금이 아마 아침 10시쯤 되었을 거라고 짐작하였다. 나도 배가 고팠지만 어머니는 병 때문에 제대로 음식을 먹지 못하고 주려서 일어나지 못하는 듯 전혀 움직임이 없다. 한참을 기다려도 어머니는 꼼짝하지 않았다.

예감인가 직감인가. 나는 갑자기 불안해지면서 기운 없는 몸을 일으켜 어머니에게 다가갔다.

"엄마!"

나직이 불러보았다. 핏기 없는 환자의 얼굴이 숨 쉬는 것 같지 않았다. 깨우지 않으려고 조심스레 코끝에 손가락을 대어 보았다. 정말 숨을 쉬지 않았다. 호흡정지는 사망이라는 것을 지체 없이 알았다.

"엄마! 엄마! 왜 이래? 눈 떠 봐."

주검이다. 어머니의 주검이 무서웠다. 주검 앞에 나 홀로라는 사실이 너무 무서웠다. 나는 도망치듯 뛰쳐나갔다. 단숨에 용두동 사촌형에게 달려갔다.

1950년의 봄, 6·25전쟁이 발발하기 두 달 전이었다.

장례랄 것도 없었다. 사촌형이 얇은 널빤지 관을 구해 왔는데 틈새가 벌어져 안이 보였다. 어디서 손수레를 빌려와 관을 실었다. 용두동에서 홍제동 화장터까지 수레를 끌고 가려면 사촌형 혼자서는 못한다. 한 사람을 사서 절반쯤 끌고 가고 그 다음부터는 사촌형이 끌고 갈 참이었다. 벌어진 관 틈새로 시신이 보였다. 늘 입던 옷 그대로, 배가 고파 주저앉고 싶은 그대로, 사촌형과 내가 관 뒤를 따라갔다. 그러나 절반쯤에서부터 사촌형이 끌고 관을 실은 손수레를 끌고 갔다. 나 홀로 관을 따라 걸었다.

나는 허리가 꼬부라졌다. 그냥 그 자리에 털썩 주저앉아 울고 싶었다. 그러나 울 힘도 없었고 따라갈 힘도 없었다. 너무 배가 고팠다. 초행길인 그 멀고 먼 길, 더구나 홍제동 고개를 오를 때는 내가 뒤에서 밀어 주어야만 하였다. 얇은 관의 틈새로 어머니가 보였다. 어디쯤에서부터인가 관에서 물이 질질 흘러 나왔다. 그 물은 수레 바닥을 지나 길바닥에 떨어졌다. 이미 부패가 시작된 것이다. 늦은 봄 기온이 꽤나 높아서인지, 시체에 대한 기본처리를 하지 않은 탓인지. 어쩌면 사망시간이 어제 내가 잠들기 전이었는지도 모른다.

나는 배가 고파 지쳤다. 기운이 없어 허리가 꼬부라졌다. 그래서 어머니의 관을 뒤따르며 틈새로 보이는 어머니 시신을 흐릿한 눈으로 바라보았다. 이제 다시는 볼 수 없는 엄마의 마지막 모습……

그날의 그 지루하던 수십 리 길은 우리나라 끝에서 끝까지 가기라도 하는 듯 멀리 느껴졌다.

1948년 대한민국 초대 부통령이 된 성재 이시영 선생이 상해 임시정부 시절, 그 당시 상해에서 김구 선생과 이시영 선생을 만나 함께 동지로 활동한 조선 왕조의 마지막 장교였던 나의 부친은 총각의 몸으로 상해로 왔을 때였다. 이시영 선생이 총각 최태현과 처녀 신수임을 중매하여 결혼시켰다.

이시영 선생이 부통령이 된 후 나는 어머니의 손을 잡고 부통령 관저를 방문한 적이 있다. 부통령은 내 머리를 쓰다듬으며 네 애비가 살아 있으면 얼마나 기뻤을까 하실 때 나는 눈물이 핑 돌았다. 그것이 나로서는 그 어른과의 첫 만남이며 마지막 만남이었다. 어머니와의 영원한 이별로 어머니와 관련되었던 일들이 하염없이 떠올라 비로소 어머니를 잃은 슬픔의 눈물이 배고픔에 의한 눈물과 함께 흘러내렸다.

어머니 신수임은 본적이 종로의 내수동이며 이시영 선생 측근에 의해 상해로 가서 나의 아버지인 노총각 최태현과 혼인을 한 것으로 짐작된다. 어머니는 키가 자그마하고 온화한 성품으로 활동력이 부족했던 것으로 생각된다. 얼마나 주변머리가 없으면 아들 하나 밥도 제대로 못 먹였나 싶다.

이시영 부통령이 수양아버지이면 그쪽에 사정하여 먹고살 순 있었

지 않는가 하는 생각이 들기도 한다. 그러나 문득 열 살 넘은 내가 무
슨 짓을 해서라도 어머니가 굶어 죽지 않게 할 수 있었지 않았을까 하
고 생각하니 부끄럽고 주변머리 없는 어머니가 아니라 못난 아들 내
자신이 무기력한 인간이 아니었나 하는 자책감이 들었다.

어머니가 중국 상해에서 결혼하고 몇 년 살았으나 중국어도 잘못하
고 일본어도 못하고 내성적이라 우리말은 할 줄 알아도 어디 가서 자
기 어려움에 대하여 도움을 구하지 못하였다.

누나와 걸어온 고생길 / 누나의 결혼 / 전대미문의 첫날밤

어머니의 장례로 고생을 많이 한 용두동 사촌형 최영학崔永鶴이 오갈
데 없는 나를 자기 집으로 데리고 갔다. 나는 먹고 자고 생활하는 일
터를 몰라 누나들한테 어머니의 사망도 연락하지 못하였다.

나중에 어머니 사망을 알게 된 두 누나는 너무 슬퍼서 숨이 끊어질
듯 울어댔지만, 이미 화장터에서 한 줌의 재가 되어 흩뿌려진 후였다.
그러나 울음이 그치고 한동안 한숨을 내쉬며 침묵하던 누나가 말했다.

"우린 이제 어떻게 사니?"

그 한마디에 세 남매가 다시 울음을 터뜨렸다. 나는 정말 내가 앞으
로 어떻게 살아갈지, 보호자도 없고 당장 먹고살 돈도 없고, 방 한 칸
없으니 눈앞이 캄캄했다.

더구나 우리 세 남매는 학교도 제대로 다니지 못한 처지가 아닌가.
누나들은 그래도 이런저런 일자리를 찾아 거기서 먹고 자면서 몇 푼
안 되는 돈이나마 벌어서 살아가는 게 불완전하지만 그래도 어쩌면 가
능할 거라는 막연한 생각이 들었으나, 나는 겨우 13살, 무엇을 어떻게
해야 하는지 생각조차 떠오르지 않아 한숨만 나왔다.

두 누나가 사촌형네로 합류하였다. 사촌형은 마포에서 새우젓을 떼어다 시내 골목골목을 누비며 '새우젓 사려!'를 외쳐 파는 행상으로 근근이 어렵게 살고 있었다.

힘들고 피곤하고 주리는 고달픈 나날이었다. 그러나 그나마 용두동 생활도 그 해 6월 25일 미명, 북한군 남침으로 전쟁이 터져 살 길이 더 막막하게 되었다.

경기도 양주군 진건면 오남리가 전쟁 때의 피란처라는, 어디에 근거한 것인지 모르나 그런 풍문을 따라 가난한 우리는 그곳으로 피란을 갔다. 우리의 핍절한 상황을 벗어나는 유일한 길은 가족을 줄이는 것이었다.

사촌형의 생각이었지만 틀리다고 생각하는 사람은 없었다. 밥 먹는 입을 줄이는 방법은 간단하였다. 두 누나가 시집가는 그것, 그것만이 우리 가족이 입을 줄이는 유일한 방법이었다. 채을순 형수님이,

"너희 둘이 시집가야 한다. 너희 동생 용학이를 굶겨죽이지 않으려면……."

16살과 15살의 어린 두 누나를 결혼시키려는 형수(최씨 집안에 시집 와서 기둥이 되었다)가 동네 여러 사람에게 수소문하여 드디어 혼사가 결정되었다. 한 동네의 두 집으로 두 누나는 시집을 가게 되었다. 어쩔 수 없이 그렇게 된 것이다.

진건면 오남리가 전쟁 때의 안전한 피란처라는 풍문이 어느 정도 들어맞은 듯 마을은 총소리도 들리지 않고 군인도 보이지 않았다. 전쟁의 흉흉한 소문만 무성하게 떠돌았다.

전선이 어디인지 모른다. 전쟁이 어찌 되는지도 관심 밖이다. 우리

는 먹고사는 문제만이 심각할 뿐이었다. 가을이 깊어 갔다. 오남리의 우리는 안전하였지만 빈곤은 떨쳐버릴 수 없었다. 두 누나는 서울서 온 예쁜 처녀로 소문났다.

그 가을 두 누나는 동네 총각과 결혼하기에 이르렀다. 전쟁 중이지만, 조촐하게 상도 차리고 신랑신부 맞절도 하고 동네 사람들이 모여 박수도 치면서 혼례식이 거행되었다. 두 누나가 거의 비슷한 시기에 한 동네의 이 남자 저 남자의 색시가 되었다. 우리는 식구 둘을 한꺼번에 줄였다.

"오빠, 내가 시집가면 용학이 데리고 가겠어요. 전쟁 통에 오빠 새우젓 장사도 못하는데……. 내가 시집가서 어떻게 나만 먹고살아요. 그렇게는 못해요. 용학아, 너 누나와 같이 가자. 응?"

나는 할 말이 없었다. 사촌형네 형편이 말이 아니었다. 끼니를 건너뛰기 일쑤였다. 멀건 죽을 먹으면 두 시간도 못 가서 배에서 쪼르륵 소리가 났다. 사촌형 네와 나는 가만히 앉아서 굶어야만 할 형편이었다. 뒷산에 올라가 먹을 수 있는 풀잎을 다 뜯고, 들에 나가 냉이 등 먹을 수 있는 온갖 풀을 뜯어다가 멀건 죽을 쑤어 물마시듯 먹었다.

서울은 텅 빈 도시였다. 생산도 유통도 없는 죽음의 도시였다. 장사한다고 서울에 갔던 사촌형과 형수님은 처진 몸으로 맥없이 돌아왔다. 두 누나가 동생 하나 두고 가도 끼니도 못 때울 건 빤하였다. 그런 사정으로 두 어린 신부가 될 두 누나는 마음이 매우 아팠던 거다.

나도 큰누나와 함께 살고 싶었다. 우리 세 남매만이 진정 한 가족이 아닌가. 함께 자란 끈끈한 정이 있는 우리는 친남매가 아닌가. 열세 살 나도 이런 생각 저런 생각 끝에 시집가는 큰누나를 따라가는 쪽으로 마음을 정하였다. 그리하여 큰누나가 시집간 그 시골집의 신랑신부는 참으로 희한한 첫날밤을 맞게 되었다.

새색시인 큰누나가 네 살 아래의 나를 굳이 자기 방에서 자라고 강권한 데서 문제는 발단되었다. 누나로서는 어린 동생을 낯선 타인들인 시집 가족들과 한 방에서 자게 하면 얼마나 불편할까라는 연민과 자신의 경우 얼굴도 잘 모르는 신랑이라는 남자와 같이 잠을 잔다는 불안감이 엄습해온 것이다.

새색시 누나는 벽에 붙어 누웠다. 그 옆자리에 나를 자게 하였다. 세 사람이 잘 만한 크기의 방이었다. 잘은 몰라도 나는 어쩐지 불안하였다. 이건 아니라는 생각이 강하게 치밀고 올라왔다.

"누나, 나 저쪽 벽 쪽에서 잘게."

"아냐. 여기서 그냥 자. 그냥 누워 있어."

누나는 단호하였다. 그렇게 밤이 깊어갔다. 그랬는데 느닷없이

"이게 무슨 짓이야!"

하는 신랑의 화난 소리가 우리를 깨웠다. 기분 좋게 술에 취한 신랑은 거듭거듭 이게 무슨 해괴망측한 짓이냐고 소리쳤다. 놀란 시집의 가족들이 뛰쳐나왔다. 집안이 발칵 뒤집혔다.

"신혼 첫날밤인데 다 큰 남동생이 새색시 옆에서 잠을 자다니……."

신방의 새색시 옆에서 첫날밤에 잠을 잔다는 걸 꺼림칙하게 생각하던 나였기에 나는 정말 어찌할 바를 몰랐다. 누나는 '그럼 저 동생을 버리란 말이냐고, 난 그렇게는 못한다'고 당당하게 맞대응하였다.

신랑은 어찌나 화가 났던지 나를 향해 당장 나가라고 소리쳤다. 누

나는 나가지 말라고 나의 바지춤을 잡고 놓지 않았다. 신랑이 주먹으로 나를 윽박질렀다. 그러나 누나는 나를 부둥켜안고 옴짝달싹하지 않았다. 누나는 결코 나를 내보내지 않는다는 단단한 결의를 확인시키고 또 확인시켰다.

다음날 아침 시어머니의 단호한 질책이 누나를 향했다. 누나는 배가 아파서 그랬다고 했다. 그럼 어떻게 하겠느냐고 시어머니가 다그쳤다. 침 맞으면 된다고 누나는 대답했다. 서울 가서 침 맞고 오겠다고 했다. 누나와 나는 아침도 먹지 못하고 신랑 집을 떠났다.

"서울 가서 침을 맞고 와야 합니다."

누나의 거짓말이다. 결국 신부는 동생인 내 손을 잡고 시집에서 나왔다. 사단이 나고 말았다. 나 때문에. 나 때문에.

온종일 걸어서 광화문까지

어제의 잔칫집 떡을 싸 들고 집을 나섰다.

들판의 논밭을 지나고 마을을 지나고 개울을 건너고 오솔길과 마차 길과 자동차 길을 따라 서울 방향으로 걷고 또 걸었다. 차도 사람도 없는 비포장 울퉁불퉁한 길이다. 메마른 비포장도로는 발걸음마다 먼지가 풀썩풀썩 일어났다. 어쩌다 한 대씩 지나가는 낡은 트럭은 먼지를 연기처럼 일으켜 땀범벅의 몸을 덮었다. 구름 한 점 없는 청명한 날이다.

아침녘에는 불암산이 앞쪽에 보이다가 한참 후인 저녁에는 그 후면 뒤쪽이 보였다. 가도 가도 서울은 멀어지기만 하는 듯 끝없이 멀고멀었다. 다리가 아파왔다.

개울가에 앉아 다리를 뻗고 쉬면서 떡을 먹고 냇물을 마셨다. 그래도 조금 지나면 또 배가 고팠다. 모든 게 두려운 낯선 길이고 동네고, 어쩌다 보게 되는 사람들은 괜히 무서웠다. 덥다. 힘들다. 슬프다. 지친다. 어쩌다 인민군을 실은 트럭이 지나가면 몸이 움츠러들었다.

그날 온종일 우리 남매는 말없이 걷기만 하였다. 말할 힘이 없었다. 기운은 더 빠졌다. 배는 더 고파지고 할 말도 없었다. 그래서 온종일 걷고 걸었다. 그냥 끝없이 걸어야만 하였다.

낮은 산언덕을 몇 개씩 넘었고 개울을 몇 개 건넜고, 저쪽 오른편 멀지 않은 곳에 솟은 바위산을 보았다. 공동묘지 고개를 넘고 미아리 고개를 넘고 창경원 돌담길을 지나 걷고 또 걸어서 광화문 네거리에 도착한 것은 해질녘이었다.

광화문 네거리에 이르자 지친 누나가 힘없이 말했다.

"용학아, 누나는 서대문에 있는 친구네 집에 가서 자고 올게 넌 하씨 할머니네 가서 자고 내일 아침 이 자리에서 만나자. 알았지?"

아버지의 외숙모 하란사에 대하여는 어머니로부터 들은 얘기가 많다. 아버지와 함께 고종황제의 밀서를 프랑스 파리에 전하러 가다가 북경에서 피살된 이야기, 종로통 화신백화점 옆 대형 포목상을 몇 개씩 운영하던 부자라는 그 할머니의 집을 나도 어렴풋이 기억하고 있었다.

해방 후 귀국해서 어머니와 함께 방문한 적이 있긴 하지만 그 할머니는 이 세상 사람이 아니라서 엄마도 서먹했던 기억이 났다. 나는 그 집 사람들을 아무도 모른다. 그들도 나를 기억할 사람이 없다. 나는 엉거주춤하였다.

"싫어. 나 누나와 같이 있을 거야."

누나와 헤어지면 다시는 못 만날지도 모른다는 느낌이 나를 두렵게 하였다. 그러나 그 느낌을 말하면 정말 그렇게 될지도 모른다는 생각이 든 것은 또 왜일까. 나는 일단 거칠게 거부하였다.

"용학아ㅡ."

누나는 내 어깨를 잡고 한동안 나를 빤히 바라보다가 결의에 찬 표정으로 단호하게 말했다.

"너를 데리고 갈 수 없는 집이야. 나도 그 친구 집에 가는 게 무척 부담스러운데 어떻게 너까지 데리고 가니. 내 말대로 해. 하씨 할머니네 집은 엄마와 가 봐서 알잖아. 여기서 가까워. 기억나지? 내일 아침 여기로 와. 여기서 만나자. 알았지?"

"그래도 싫어. 누나 따라 갈래."

"용학아!"

단호한 말투다. 나도 꿈쩍 않고 버티었다.

"너, 내가 여기서 죽는 꼴 볼래?"

누나가 죽는다는 말에 나는 찔끔하였다. 누나가 다짐했다.

"그러니까 하씨 할머니네 집에 가서 하룻밤만 자고 내일 아침 여기로 와. 이 자리야. 꼭 이 자리야. 알았지? 여기 이 자리."

단호히 말을 맺고 누나는 몸을 돌려 서대문 방향으로 걷기 시작하였다. 뒤도 돌아보지 않았다. 두려움과 슬픔이 울컥 밀려와 나를 찍어 눌렀다. 나는 누나의 뒷모습이 시야에서 사라질 때까지 그 낯선 자리에 망연히 서 있었다.

길고 긴 그 지친 하루, 어둠이 내리고 있었다. 광화문 사거리 서대문 방향, 지금으로 말하면 이순신 장군 동상 오른쪽 방향이다.

전쟁으로 폐허가 된 황량한 서울의 밤은 어둠이었다. 폭격으로 파괴된 건물들이 흉물스러웠다. 거리에는 차도 사람도 별로 없었다. 더 어둡기 전에 어머니와 갔었던 그 집을 찾아 나섰다. 종로의 기와집 골목을 반시간쯤 이리저리 찾다가 드디어 양옥집을 발견하였다. 그 집이 틀림없었다. 이제 살았다고 안도하며 대문을 두드렸다. 이미 어둠이 덮여오고 있어서 조금만 더 어두워지면 집을 찾지 못할 터인데, 얼마나 다행인가 싶었다. 대문을 한참 두드린 후에야 안에서 사람이 나왔다. 전혀 모르는 얼굴이었다. 그 사람은 나의 아래위를 몇 번 훑어보더니 꺼림칙한 표정이다.

"누구니?"

"용학이요, 상해에서 온 최용학."

"최용학? 최용학이 누구지? 이 집에 누굴 찾아왔니?"

"전에 어머니와 같이 왔었어요. 친척집이라고."

"……?"

그는 거지나 다름없는 내 몰골만으로도 나를 거부할 수밖에 없었을 것이다. 정말 배고픈 거지 소년인 나를 한번 보았다고 덥석 반겨줄 리 없지 않은가. 내가 친척이라는 사실이 믿어지지 않을 것은 빤했다. 나는 정말 지친 거지 소년의 모습이었다.

"애, 네가 누군지 전혀 모르겠다. 네가 집을 잘못 찾아온 것 같아. 나도 널 본 적이 없어. 지금 집안에 아무도 없고……. 친척집이 맞는다면 낮에 한 번 와 보든가……."

하란사 할머니는 하상기(인천 감리역임)의 부인으로 남편 성을 따라 미국식으로 원래는 김하란인데 하란사로 알려져 있다. 하상기는 나의 친할머니 하씨의 남동생이다. 당시 여인들은 호적에 성만 쓰는 경우가 많았다.

나는 크게 서운하지도 않았다. 나를 몰라보는 건 당연하다는 생각이 들어서다. 하란사 할머니가 북경에서 돌아가신 게 1919년이니, 31년 전이 아닌가. 귀국해서 단 한 번 어머니 손잡고 찾아갔었는데 그때 만난 사람은 보이지 않았다.

나는 갈 곳이 없어 다시 광화문 네거리로 발걸음을 옮겼다. 누나와 헤어진 그 자리, 다시 만날 그 자리만이 내게 낯익은 곳이다. 그러나 마냥 서 있을 수는 없었다.

온종일 걷느라 지칠 대로 지친 몸을 뉘일 수 있는 어떤 공간이든 찾아내야만 하였다. 몸은 지쳤고 배가 몹시 고팠다. 밤이 되니 기온이 많이 내려가 몹시 추웠다. 너무 힘들어서 밥보다 누워서 쉬어야만 하였다. 장승처럼 광화문 네거리의 한 모퉁이에 서서 밤을 지낼 수는 없었다. 누나의 뒷모습이 사라진 서대문 방향을 한동안 바라보다가 어디론가 방향도 모르면서 무작정 걸었다. 한 자리에 망연자실 서 있는 게 더 힘들고 막막해서 움직이지 않을 수 없었다.

어디든 다리 뻗고 누울 사면 벽이 있는 공간을 찾아야만 하였다. 밤길을 걷고 걷다가 불이 켜져 있는 허름한 건물이 보였다. 가정집은 아니었다. 문도 없었다. 빈 집 같은데 희미한 불빛이 있었다.

지금 생각하니 진명여고 3.1당 근방인 것 같다. 동사무소로 쓰던 곳 같기도 하다. 그래서 눈치를 살피며 조심스레 들어가 보았다. 무질서하게 탁자 두세 개가 있고 긴 나무 의자도 있는 빈 공간인데 역시 나처럼 허름한 어른 한 명이 거기 있었다. 나와 비슷한 신세일 것이다. 그는 거지꼴인 나에게 무관심하였다.

"아저씨, 저 여기 있어도 되나요?"

주춤거리며 조심스레 물었다. 제발 나가라고 하지 않기를 마음으로 빌었다.

"갈 데가 없니?"

부드러운 반응이다. 마음이 조금 편해졌다.

"네에."

"맘대로 해라. 그런데 불이 없어서 춥다."

그는 그날 밤 나의 구세주였다. 고맙다고 인사하고 긴 의자에 걸터앉았다. 피로감이 온몸 구석구석을 점령하였다. 딱딱한 나무 의자에 몸을 눕혔다. 이내 잠들었다. 그러나 너무 불편한데다가 밤이 깊어갈수록 추워서 자꾸만 깨어났고, 다시 의자에 앉아 엎드려 탁자 위에 기대어 보고, 다시 긴 의자에 앉아 있다가 쓰러져 잠들고, 또 깨면 추위를 이기느라 좁은 공간을 이리저리 왔다 갔다 하며 몸을 움직였다. 피로가 풀리지 않는 춥고 긴긴 밤이었다.

그 밤은 정말 길었다. 잠이 깰 때마다 왜 아침이 오지 않는지, 왜 먼동이 트지 않는지, 밤새도록 일어났다 앉았다 눕기를 반복하며 오직 날이 밝기만을 기다렸다. 창유리에 하얗게 먼동이 트는 것만을 보고 또 보았는데 왜 그렇게 길고 긴지.

허탈한 광화문 네거리 / 누나를 기다리며

나는 일찌감치 약속 장소로 가서 누나를 기다렸다. 누나가 먼저 와서 기다리다가 그냥 가면 어쩌나 싶어 일찍 갔고, 정확히 어제 헤어진 그 사거리 모퉁이 건물 앞에 섰다. 온몸이 아팠다. 배가 고파 더 추웠

다. 아침 해가 왜 그렇게 늦게 뜨는가. 해라도 뜨면 몸이 좀 녹을 터
인데.

나의 시선은 누나가 사라진 서대문 쪽에 못 박혔다. 기다리고 기다
렸다. 아침이 지났다. 해가 중천에 떴다. 그래도 누나는 오지 않았다.
이미 누나는 나를 버렸다고, 다시는 만날 수 없을 거라고, 누나는 나
를 떼어놓기 위해 하루 종일 머나먼 길을 걸어와 여기서 나를 버렸다
고, 나는 그렇게 판단되기 시작하였다. 배고픈 것도, 삭신이 쑤시는
것도 잊었다. 나를 버리고 가 버린 누나의 그 뒷모습만 아련하였다.
나는 나도 모르게 누나가 사라진 서대문 쪽으로 걷고 있었다. 길 건너
높은 축대가 있고 서양식 건물이 보였다. 서울고등학교 건너편에 있
는, 나중에 인연이 된 피어선 학교 건물이다. 그러나 이내 누나 만나
기를 포기하고 돌아섰다. 나는 다시 오남리를 향하여 어제처럼 걷고
또 걸어야만 하였다.

그날 밤 거의 초죽음의 몸으로 오남리에 도착한 나는 큰누나가 시
집간 집으로 갔다.

"아니, 너 어째 여기 서 있니?"

이미 어둠이 내려앉고 있었다. 집 앞에 서 있는 나를 새색시 누나의
시어머니가 나오다가 만났다.

"아기냐?"

하는 사돈마님 목소리가 나더니,

"누나는?"

하고 묻더니 한 발짝도 집 안에 들이지 않았다. 난 어쩔 수 없이 시
집간 작은누나네 집으로 갔다. 이미 어둠이 내려앉고 있었다.

집 앞에 서 있는 나를 새색시 작은누나의 시어머니가 나오다가 만났다.

"아니, 너 어째서 그렇게 서 있니?"

"누나 만나러 왔어요."

"왜?"

"누나니까요."

"애 좀 봐라. 너 여기 있거라. 들어오지 말고."

다시 집 안으로 들어가고 잠시 후에 작은누나가 나왔다. 눈물이 왈칵 쏟아졌다.

"너 언니하고 서울 갔다던데…… 언니는?"

유구무언이다. 나는 소리 없이 눈물만 흘렸다. 서 있을 기력조차 없어 그냥 주저앉고 싶었다. 어둠 속에서도 지칠 대로 지친 서러운 내 모습을 불과 열다섯 살 새색시는 넉넉히 느꼈을 터이다.

난감해하는, 그러나 당장 가라고 할 수 없는 난처한 열다섯 살 새색시는 일단 나를 데리고 들어가더니 부엌에서 수수죽을 큰 그릇에 가득 담아 왔다. 이틀 만에 먹는 한 끼였다. 맛이고 뭐고 허겁지겁 단숨에 먹어 치웠다. 그러는 나를 누나는 서글픈 얼굴로 물끄러미 바라만 보았다. 이미 큰누나 새색시의 첫날밤 이야기가 동네에 파다해졌고, 가출한 새색시는 돌아오지 않았으니 작은누나의 입장이 얼마나 난처하였을까를 나는 미루어 짐작할 수 있었다.

그날 밤, 이틀 만에 허겁지겁 빈속에 먹은 수수죽이 요동을 쳤다. 배가 아파오더니 당장 쌀 지경이었다. 한밤중이다. 변소(화장실)는 문 밖으로 나가 담을 끼고 모퉁이를 돌아가야 있다. 그러나 나는 문을 열

기도 전에 엉성한 나뭇가지 울타리 밑에 먹은 만큼의 수수죽을 배설하고 말았다. 너무 급해서 어쩔 수 없었다. 마침 밤새 내린 눈으로 대충 덮어두었다. 아침이 되자 부지런한 시어머니가 밖으로 나가려다가 배설물을 보고 큰소리로 나팔을 불며 펄쩍 뛰었다. 이래저래 나는, 그리고 누나는 죽을 맛이었다. 그러나 오갈 데 없는 나로서는 미적거리며 거기 머물 수밖에 달리 생존방법이 없었다.

며칠 만에 누나가 조용히 말했다.

"용학아, 너 땜에 나도 언니처럼 될 거 같다. 그러니 용학아, 어쩔 수 없다. 네가 나가야만 되겠다."

참 힘들게 말하었다. 열세 살 나도 그런 사정을 안다. 그러나 여기마저 떠나면 난 어디로 가나. 어디로—.

내가 대답이 없자 누나가 말을 이었다.

"어쩔 수가 없구나. 내가 어찌할 수가 없어."

"그래도 누나, 난 어디로 가?"

잠시 침묵하던 누나가 단호하게 말했다.

"네가 안 나가면 나도

고등학생이 된 나 작은누나와 함께

이 집에서 못 살아. 언니처럼 말이야. 나 차라리 양잿물이라도 먹고 죽어버려야 되겠다."

그러면서 배춧잎에 양잿물을 싸서 입에 넣으려 하였다. 그러면서 누나는 울었다. 내가 안 떠나면 누나는 정말 양잿물을 먹고 죽을 것 같았다. 큰누나는 가출로 해결하였지만 작은누나는 자살로 상황을 종결지을 판이다. 나 때문에, 이 동생 하나 때문에.

나는 사나흘 머물던 작은누나의 시집에서 몸을 빼내어 정처 없이 걷고 또 걸었다.

큰누나는 광화문 사거리에서 내가 죽는 꼴을 보겠느냐 했고 작은누나는 양잿물을 먹고 죽는 꼴을 보겠느냐고 위협했다.

눈 덮인 겨울, 갈 곳도 없고 방향도 모르면서 나는 정처 없이 길을 걸었다. 가다 보니 중공군 부대가 있었다. 어디론가 나는 걷고 또 걸었다. 어떤 산언덕을 넘어가니 UN군부대가 보였다. 천막이 여럿이다. 나는 전선의 한복판쯤에 있는 셈이었지만 크게 신경 쓰이지 않았다. 나도 처량한 처지, 당장 먹어야 하고 자야 하는 당면한 문제와 배고프고 지친 몸, 들어갈 집마저 없는 것이 심각한 문제였다.

어디에선가 음식냄새가 났다. 냄새를 따라가니 야산 모퉁이에 군인들이 있었다. 마음 놓고 접근하였다. 군인들이 물가에서 고기 판을 닦고 있었다. 미군과 UN군(한국군)이 섞여 있는 부대였다. 먹거리가 있을까 하여 접근해 갔다. 불판에 붙은 고기 점에 군침이 돌았다. 내 배는 비어 있었다. 식기 닦는 데로 갔다. 닦기 전의 불판에 붙은 고기를 뜯어 먹었다.

"배고프냐?"

군인 아저씨가 물었다.

"네, 아저씨. 제가 다 닦을게요. 밥 있으면 주세요."

"배고프구나. 그래라. 이거 먹어라."

그가 빵을 주었다. 마실 것도 주었다. 내가 얼마나 주렸는지 내 얼굴과 내 말에서 충분히 느낀 모양이다. 정신없이 먹어대는 나를 물끄러미 바라보던 아저씨가 연민의 표정으로 조용히 물었다.

"집이 어디냐? 가족은?"

"없어요. 전 혼자예요."

"쯧쯧, 어쩌다가?"

나는 대답하지 않았고, 인정 넘치는 아저씨는 더 묻지 않았다.

"어디 갈 데라도 있니?"

"없어요. 전 혼자예요."

"그래, 알았다. 너 우리 부대에서 하우스보이 해라. 힘든 일은 없어. 내가 소대장님에게 얘기해줄게."

이렇게 하여 미군부대에 따라다니게 되었다. 명색 하우스보이. 미군부대 병영생활을 함께하며 이 일 저 일 잡일을 돕는 수준이라서 힘들지 않았다. 열세 살에 살기 힘들었는데 단번에 의식주 문제가 해결된 것이었다. 여미고 여며도 춥기만 한 더러운 옷을 벗어던지고 따뜻한 내복도 입고 제일 작은 군복을 골라 주어 입었다. 유엔 점퍼는 몸을 따뜻하게 감싸주었다. 얼마나 따뜻했던지 표현하기 힘들었다. 거기다 고기며 소시지, 초콜릿, 심지어 비스킷도 먹었다. 와, 거지가 부자가 된 것이다. 큰누나 작은누나도 생각나지 않았다. 사촌형도 생각나지 않았다. 나는 청소도 하고 식기들도 닦고 이런저런 잔심부름을 하며 잘 먹고 잘 입고 잘 잤다.

그 얼마 후 우리 부대는 전선을 따라 서부전선으로 이동하였다. 연천쯤으로 기억된다. 중공군과 인민군이 그만큼 후퇴한 것이다. 전선의 위험은 없었다.

그런데 나만 위험에 빠졌다. 미군부대는 천막을 치고 참호를 파고 전투에 대비해 훈련을 하고 경계를 강화하였다. 나는 특별히 할 일이 없어 부대 안을 이리저리 돌아다니다가 참호로 들어갔다. 비어 있는 참호에는 중공군이 급히 후퇴한 흔적이 보였다. 그 안을 호기심으로 기웃거리다가 바닥에 뒹굴고 있는 이상한 것들을 발견했다. 나무 방망이 같은 것도 있고 장난감 같은 쇳덩어리도 있는데 끝에 쇠고리가 달려 있었다. 그 고리를 잡아당기면 어떻게든 놀이기구가 될 것 같았다.

나는 손가락을 그 고리에 넣었다. 그 순간 언제 왔는지 모를 미군병사들과 유엔군 병사 몇이 다급하게 소리쳤다.

"그거 던지고 엎드려!"

나는 무엇이 문제인지 몰랐으나 위기감은 느꼈다. 그래서 쇳덩어리의 고리를 뺀 채 던지라는 소리에 던졌다. 다음 순간, 그 쇳덩어리가 꽝! 하고 굉음을 내며 폭발하였다. 수류탄이었다. 자칫 내 손에서 터질 뻔하였다.

다급히 후퇴하느라고 중공군이 남기고 간 무기였다. 내가 얼굴이 하얗게 질린 채 멍하니 서 있으니 군인 아저씨들이 달려와 내 몸을 만져보면서 "미라클, 미라클!(기적)"하고 외쳐댔다.

나중에 한 군속 아저씨와 A텐트(아저씨와 함께 쓰던 텐트)에 와서 보니 머리맡에 날카로운 수류탄 파편이 뚫고 들어온 구멍이 나 있었다.

탈출과 한강 도강渡江

미군 부대 하우스보이, 의식주가 해결되는 기간은 오래 가지 않았다. 수류탄 사건 이후 15세 미만의 하우스보이를 부대에서 추방하라는 결정이 났다. 꿈같은 안전한 시간의 마감은 고아원행으로 이어졌다. 나는 군용 차편으로 서울로 이송되었다.

나 같은 아이들이 모여 사는 고아원으로 간다는 확인 안 된 소리를 들었다. 문제는 고아원에 대한 소문이 끔찍하였다. 확실치 않은 정보지만 소문으로는 고아원이 가혹한 매질과 찬물 목욕 등 엄격한 규율로 여간 견디기 힘든 곳이 아니라고 한다. 음식도 조금씩 주어서 배가 너무 고파 탈출하는 고아들이 있다는 것이다.

나 같은 아이 몇 명은 일단 후방의 한국 군부대로 보내졌다. 물자가 풍성한 미군부대와 달리 한국군 부대는 모든 보급품이 부족하였다. 내가 입은 따듯한 유엔 점퍼와 군화는 한국군 아저씨들에 의해 허름한 군복으로 바뀌어졌다.

어느 날 한국군 부대에 있던 고아 몇 명을 트럭에 싣고 한강을 건너 영등포 쪽으로 이동하는 것이었다. 나는 고아원이 두려워서 노량진의 커브 길에서 속도가 느려진 기회에 과감하게 뛰어내렸다. 그러자 내 옆에 있던 내 또래의 한 아이도 뛰어내렸다. 그러고는 골목길로 달려 들어갔다. 혹시나 차를 세우고 우리를 잡으러 올까 봐 이리저리 골목을 헤매고 다녔다.

우리는 한참만에야 안심하고 큰길로 나섰다. 다시 강을 건너 서울로, 서울에서 더 북쪽의 미군 부대를 찾아가야만 된다고 생각하였다.

한강다리 입구에 무장한 군인들과 경찰이 경계를 서고 있었다.

감히 접근도 하지 못하였다. 도강증이 있어야 한강다리를 건널 수 있었다.

우리 둘만 아니었다. 어른들 몇몇도 도강증이 없어 되돌아서서 두런 두런 이야기를 나누었다. 강을 건너려는 사람들은 그렇게 모여들어 거의 스무 명쯤 되었다.

"방법이 없지 않지요. 강물이 꽁꽁 얼어붙었거든요. 한밤중에 건너봅시다."

"서울에 들어가야 하니 그렇게라도 해야겠군. 워낙 추우니 깨질 얼음은 아니겠지."

그날 밤 우리는 어른들이 모이기로 한 장소로 끼어들었다. 엄청 추운 밤이었다.

"이맘때면 한강에서 썰매도 타니까 깨지지는 않겠지만, 그래도 이십여 명이 몰려가는 건 체중 때문에 위험할 겁니다. 두세 명씩 거리를 두고 흩어져서 건너기로 하고, 말소리를 내면 안 됩니다. 침묵, 침묵……. 경비초소에 발각되지 않도록……. 다들 아셨지요?"

칠흑 같은 밤이다. 강바람이 예리한 칼날같이 옷 속을 파고들었다. 몸을 잔뜩 움츠린 우리는 그 어둠의 한강 얼음판을 건너편 불빛을 향해 조심조심 조용조용 걸었다. 그 추위에도 등골에는 긴장의 땀이 났다. 간혹 여의도 비행장 항공기 이착륙 때 비행기에서 빛이 비칠 때 우리는 숨죽이고 잠시 엎드렸다.

강 건너 불빛은 아마 용산역 주변일 터이다. 우리가 접근하는 곳에 몇 사람이 순찰을 도는 것 같았다. 우리는 밤도둑처럼 몸을 숨기고 건물들 사이로 몸을 피했다. 철도 관사 같은 곳으로 들어갔다. 순찰이 언제 올지도 모르니 빨리 나가야 한단다. 여관으로 가기로 했다. 골목길에 여관이 보였다. 우리는 일단 여관에서 하룻밤을 보내기로 하였다. 그러나 여관비를 내지 못하여 우리들은 다른 방으로 들어갔는데, 방바닥이 냉골이라 추워서 잠시도 견디지 못하고 나왔다.

어쩔 수 없이 어른들이 들어간 방으로 갔는데 이불 한 자락에 10여 명이 덮고 누워 있었다. 우리는 이불 발치에 빌붙어 쪼그리고 누웠다. 미지근한 방바닥에서 밤을 지냈다.

엄청난 시련

나는 죽을 생각을 해본 적이 없다. 어둠이 덮이는 광화문에서 누나와 헤어져 오갈 데 없고 한 끼 음식도 없고 밤은 깊어가는 데 그 하룻밤 작은 몸 하나 뉘일 곳 없어도 죽음이라는 말은 생각하지 않았다. 그런 내가 절절하게 최악의 상황을 만난 것은 한밤중에 한강을 건넌 후 얼마 지나지 않아서 발생한 사소한, 그야말로 한 병사의 지극히 사소한 실수에 의한 사고 때문이었다.

나는 미군 부대 하우스보이로 지낼 만했다. 잘 먹었고 잘 잤으며 추위도 하등 문제가 되지 않았기 때문이다. 도강 후 어디가 어디인지 모르면서도 무작정 미군 부대를 찾아가기로 마음먹은 까닭이 그것이었다.

달리 생각할 그 무엇도 없었으므로 서울 사람들이 피란에서 돌아오지 않은 스산한 서울 복판, 용산역을 지나고 서울역을 지나고 남대문을 지나고 광화문 네거리를 지나 의정부 쪽을 향해서 경찰이나 유엔군의 눈에 띄지 않게 논바닥과 야산으로 다녀야 했다.

도로를 끼고 북쪽으로 계속 걸었다. 의정부방향으로 계속 걸었다. 춥고 배고프고 다리 아프고, 어젯밤 제대로 잠을 못 자서 하품이 끊임없이 나왔으나 걷고 또 걸었다.

거의 온종일 걸었을 때, 다리가 너무 아프고 배가 고파 주저앉아야 할 무렵에서야 미군 야전부대를 발견하였다. 미군 초병이 눈을 동그랗게 뜨고 웬 아이인가 바라볼 때,

"아이 고 에이 카프리 씨 컴퍼니(8기갑부대 C중대)!"

라고 하니 그 미군 초병은 친절하게도 그쪽으로 가는 차가 있어 운전병에게 말해 주어 타고 갔다. 그곳에서 한국 군속 아저씨가 반갑게 맞아주었다. 따뜻한 내복을 주어서 입고 C레이션으로 배를 채웠다. 다음날 아침, 아침을 먹기 위해서 산에 천막 치고 흩어져 있던 병사들이 식기를 들고 줄을 서서 배식을 받아 모닥불 주변에 서거나 나무에 걸터앉아 식사를 했다.

한국군 병사(유엔군, 이발사였던 것 같다)의 어이없는 실수, 그 악의 없는 사소한 실수가 나를 무너뜨렸다. 병사들이 땅바닥에 모닥불을 피웠다. 그러나 제대로 불이 붙지 않았다. 거의 생나무토막들이어서 불이 잘 붙지 않았다. 불이 활활 타오르기를 기다리지만 바라는 대로 되지 않았다. 그러자 병사 한 사람이 깡통에 휘발유를 담아 가지고 와서 그 불에 던졌다. 그 순간 불길이 확 치솟았다. 본능적으로 뒤로 물러섰으나 모닥불 앞에 가깝게 서 있던 내 바지에 불이 옮겨 붙었다. 순식간이다. 나는 비명을 질렀고 곁의 군인 아저씨들이 내 바지의 불을 끄려고 덤벼들었다. 내 다리가 불에 타는 냄새가 코에 들어왔다. 견딜 수 없는 아픔과 무서움으로 나는 쓰러졌다. 몇 사람이 불붙은 다

리를 손으로 두드려 껐다. 불은 꺼졌으나 타들어가던 다리에서 김이
났다. 왼쪽다리가 통닭 껍질처럼 벗겨졌다.

미군 위생병이 달려와 응급처치를 하고 구급차에 실려 미군야전병
원으로 이송했다. 군의가 정성스레 치료하였다. 다리의 뒷부분 허벅지
와 그 아래쪽이 모두 심한 화상을 입어 나는 엎드린 채 꼼짝도 못하였
다. 그런데 병실에서 치료실로 이동하면서 놀란 것은 복도에 먹거리가
풍성하게 놓여 있는 것이었다. 초콜릿, 사탕, 이름 모를 미국에서 온
각양각색의 과자들이다. 누구나 마음대로 먹어도 되는 그 풍성함에 나
는 잠시나마 야전병원에 온 건 잘된 일이라고 생각하였다. 마음대로
그 맛있는 것들을 먹을 수 있다는 사실 하나만으로 나는 행복감을 느
꼈다.

마음대로 골라 먹을 수 있는 풍성한 먹거리들이 있어도 다리가 아
파서 별로 먹지는 못하였다. 그 응급처치가 끝나자 나는 다시 구급차
에 실려 어디론가 이동하였다. 한국군 구급차였다.

한국군 야전병원의 위생병들은 조심스럽게 환자를 다루지 않고 거
칠었다. 그 다친 다리를 나무토막 취급하듯 했다. 나는 나락으로 떨어
지는 중이었다.

"나 어디로 가는 거예요?"

위생병이 뻔한 걸 묻는다는 듯 가볍게 대답하였다.

"넌 민간인이라 민간병원으로 간다."

서울적십자병원은 서대문 사거리에 있었다. 나는 장장 6개월을 무
료 병동에서 입원 치료를 받았다. 지하층의 병실에서 치료가 이어졌는
데, 타버린 상처를 핀셋에 빨간 약 머큐롬을 잔뜩 묻혀 닦아내는데 나

는 상처의 살을 벗겨내는 것 같은 극심한 통증으로 비명을 질러댔다.

　미군 야전병원의 치료와 너무나 달랐다. 거기서는 환자가 아프지 않게 하려고 매우 조심스럽게 치료하였는데, 적십자병원의 치료는 무지막지한 치료였다. 하루 한 차례씩 의사와 간호사가 내 병실에 오는 게 저승사자가 오는 것처럼 두려웠다. 비명을 질러대도, 소리 내어 엉엉 울어도 그들의 치료방법이나 나무토막 다루듯 하는 태도에는 전혀 변화가 없었다.

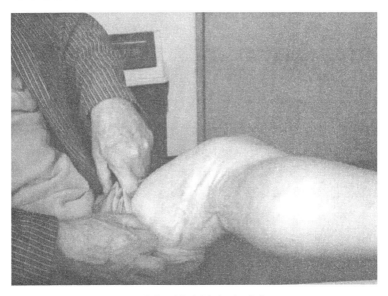

휘발유 불이 붙어 탄 상처

　이런 심한 화상 치료는 아플 수밖에 없으니 참아야 한다는 말도 처음 두세 번 해주었을 뿐이다. 미군 야전병원처럼 먹을 거라도 잔뜩 있으면 위로가 되겠으나 환자 음식이라는 게 어린 나의 배를 만족시키지 못하는 적은 양이었다. 그나마도 세 끼가 아니라 조석으로 하루 두 끼

뿐이었다. 찌그러진 양재기 바닥에 깔린 아주 적은 양의 누런 꽁밀 밥과 콩나물 두세 개 들어 있는 소금국이 전부였다. 전쟁이 치러지는 때라 모든 것이 부족하다는 말을 듣기는 하였지만 그래도 너무 배가 고팠다. 아마 내가 기갈이 들어 먹고 먹어도 배가 고픈 것인지도 모른다는 생각이 드는 때도 있었다. 음식의 부족이 나의 고통을 가중시켰다. 늘 눈물이 찔끔찔끔 났다. 미군 야전병원 복도의 그 많은 여러 종류의 먹거리 풍경이 늘 눈앞에 어른거렸다.

시간이 흘러도, 치료를 받아도, 다리의 통증은 계속 이어졌고, 치료 시간은 육체의 지옥이었고, 배는 온종일 고플 뿐이었다. 이 다리 화상이 완치되어 마음대로 걷고 뛰게 되리라고는 기대가 되지 않았다.

그 무렵, 막연하게나마 하느님께서 나에게 천사를 보내주었다고 생각하였다. 70년이라는 장구한 세월이 흘렀음에도 잊지 못하는 그 이름은 박태숙 간호사다. 나의 그런 참담한 모습을 본 그 간호사 누나가 어린 나를 향한 연민으로 나를 업고 간호실로 갔다. 나를 엎어다 눕히더니 그 큰 환부에 지극히 조심스럽게 부드러운 연고를 발라주었다. 그러자 통증이 사라졌다. 그는 지하병실에서 다시 나를 업고 2층 병실로 옮겨주었다.

박태숙 간호사 누나의 정성어린 치료와 돌봄에 이어 어찌된 일인지 주방 아주머니가 허리에 두른 행주치마에 꽁밀밥 누룽지를 감추어 와서 먹으라고 주는 것이었다.

다른 환자들이 모르게 먹느라 그들이 모두 잠든 밤중에 잠든 척하면서 그 누룽지를 조금씩 잘라 입에 넣고 소리 안 나게 우물우물 씹어 삼켰다. 아침에 밀밥과 소금콩나물국을 먹으니 적십자병원에 입원한 이후 처음으로 포만감을 느꼈다. 살맛이 났다. 아니, 행복감을 느꼈다. 배부름이 곧 행복이라는 걸 느꼈다.

아픔의 고통이 사라지니 배고픔의 고통이 엄습해 왔다. 배고픔의 고통이 사라지니 앞으로 살아갈 길이 막막하여 절망감이 짓눌렀다.

다리의 환부가 어느 정도 굳어가기 시작하였다. 그러자 의사선생님이 지시하였다. 이대로 근육이 굳어버리면 아주 구부릴 수 없게 되니 이제부터는 다리를 구부렸다 폈다 하는 운동을 계속하라는 것이다. 난 그 말씀대로 그렇게 하였다.

그러나 화상이 가장 큰 무릎 뒤쪽 환부가 이미 뻣뻣하게 굳어 있었고, 몇 달 동안 사용하지 않았으므로 열심히 구부렸다 폈다 해도 하루 서너 번 이상 할 수가 없었다. 그렇게 힘든 운동이었다. 어찌나 아픈지 다리를 한 번 펴는 데 하루 온종일 걸리고 조금씩 구부리는 데도 하루가 걸렸다. 그러나 한쪽 뻣뻣한 다리를 지팡이에 의지하여 화장실에 갈 수 있는 게 나는 좋았다.

오랜만에 내 다리로 화장실에 들어갔다. 전면에 깨어진 거울이 붙어 있었다. 그 거울 속에 흉측해 보이는 소년 하나가 나타났다. 검은 머리는 뒤엉킨 사자머리 같고, 미군 부대에서 얻어 입은 군복은 너무 커서 나는 더욱 왜소했고, 한국군 야전병원에서 내 군화와 바꿔치기 당한 낡은 군화는 형편없었다. 아마도 이처럼 초라한 거지는 없을 것이다.

몇 달 만에 깨어진 거울에 나타난 내 모습이 나를 절망시켰다. 내 몸이 완치되어 밖으로 나간다 한들 나는 거지 중의 상거지일 터이니 내가 어떻게 살아간단 말인가. 맥이 빠졌다. 완치만이 나의 유일한 희망이었고 이제 어느 정도 완치되어 가는 중인데 세상으로 나갈 기막힌 걱정이 나를 엄습하였다.

  병실 창밖을 바라보니 중고등학교 학생들이 지나간다. 여학생들의 단정한 교복, 그 백색 칼라가 돋보였다. 남학생들의 단정한 교복에 검은 교모가 너무나 멋져 보였다. 아마도 인근의 이화여고와 서울고, 창덕여고, 경기중고등학교 학생들일 터이다. 나도 저렇게 교복을 입고 학교에 다니게 될 날이 있을까 생각하니, 스스로 허망한 생각이라고 슬프게 포기되었다. 완치되어 퇴원한다면 나는 희망은커녕 먹고 입고 자는 생명유지에 필요한 최저의 기본대책도 없음을 알기에 또다시 절망하고 좌절하였다.

  아픔의 고통이 엄습해 왔다 아픔이 사라지니 배고픔의 고통이 심하게 왔고 배고픔의 고통이 사라지니 심적 고통이 다가와 절망감과 좌절감에 빠졌다.

‖ 도전과 희망 ‖

앙드레 몽띠 빠리스 대부님

  어둠의 늪에 빠져 있는 가운데 이제는 퇴원해야 된다는 소식이 내게 전해졌다. 병원 밖은 내게 깜깜한 세상이다. 겁이 났다. 그러나 6개월의 치료를 받은 적십자병원은 환자가 머무를 곳이 못되었다. 두려움이 나를 엄습해 왔다. 내가 나가서 만나야 하는 세상이 얼마나 무섭게 내 마음에 다가왔던지 나는 불안해서 울지도 못하였다.

  그렇게 두려운 내게 손님이 왔다. 박태숙 누나(간호사) 안내로 인자하게 생긴 신사가 내 침대로 왔다.

  "집이 어디니? 부모님은?

이렇게 묻고는 연고도 갈 곳도 없다는 걸 알고,

"너 우리와 함께 가겠니? 같이 가자."

그 신사가 담요로 나를 싸서 안고 지프에 태웠다. 서대문의 적십자 병원에서 중림동 고아원까지는 가까운 거리였다. 약현성당이 언덕에 있다. 그 옆 골목으로 조금 올라가니 '성가보육원'이 있었다. 그 먼 유럽 벨기에의 귀족인데 한국전쟁고아들을 돌보기 위해 가난한 나라에 온 천사 앙드레 몽띠 빠리스 원장이었다.

중림동(약현)성당에서 신인식(바오로) 신부님 주례로 영세를 받고 같은 해 노기남(바오로) 주교님으로부터 견진 성사도 받았다. 영세 대부님이 앙드레 몽띠 빠리스님이다.

고아원은 내게 안식처였다. 깨끗한 의복과 편안한 잠자리와 먹을 것을 주었다. 그들은 모두 친절해서 불편도 불안도 없었다. 내게 정말 신나는 음식은 미군 부대에서 먹던 야전전투음식 C-레이션 등 육류와 과자와 초콜릿 등이었다.

원장님이 전방의 미군 부대 등을 찾아다니며 우리가 먹을 것과 입을 것 등 여러 생필품을 후원받아 오시느라 늘 바빴다. 한번은 대부님과 함께 트럭을 타고 전방부대를 갔는데 천막 속 스토브에 식빵을 구워 버터를 바르고 설탕을 뿌려 줬는데 그 맛은 지금도 기억에서 떠나지 않는다.

고아원은 고아들을 학교에도 보내주었다. 나는 서울 봉래초등학교 4학년에 편입되었다. 나이로는 열네 살이 되었으므로 이미 중학생이어야 하는데 한국에 와서 학교를 다니지 못하였기 때문이다. 학교에 가고 친구들도 생겨서 좋았다. 그런데 공부가 심각한 문제였다. 상해에서 다니던 초등학교는 일본인들이 일본어로 가르쳤고, 해방 직후부터 잠시 한국인이 상해에 세운 인성학교에 다니며 한글을 배웠지만, 그나마 귀국하느라 중단되었다. 전쟁과 가난으로 제대로 학교에 다니지 못하여 도무지 아는 게 없었다. 그래도 1년여쯤 잘 다녔다. 귀국 후 서울 협성초등학교 2학년 중퇴, 서울 선린중학교(야간부) 1학년 중퇴였다. 아마 5학년이었다고 기억된다. 고아원에서 사고가 났다.

고아원에 창고가 있었는데 방 한 칸짜리였다. 어느 날 밤 절도범이 그 창고의 물건들을 훔쳐갔다. 거기 원장님이 차를 운전하여 최전방까지 다니면서 우리가 먹을 음식들과 미군의 헌 군복과 군화 등등, 그리고 외국에서 온 구호물품들이 보관된 곳이다. 그걸 어느 놈이 털어갔다. 아마 고아들의 소행일 것이 거의 확실하였다. 어떤 정신 나간 도둑이 고아원에 훔칠 게 있다고 들어올까.

내부 조사가 시작되었다. 나도 날카로운 질문 아닌 신문을 받았다. 범인을 대라는 것이었다.

"넌 알고 있지? 누군지 말해라. 그 물건들은 내 것도 네 것도 아닌 우리 모두의 것이야. 그건 알지? 그걸 찾아야 된다. 누군지 말해라."

나는, 내가 절도행위에 가담하지는 않았으나 실은 범인을 알고 있었다. 동료 고아다. 그렇다고 아는 대로 말할 수가 없었다. 내가 말하면 그 애는 여기서 쫓겨날 것이며, 경찰서로 가서 죄수가 될 것이다. 그것이 나는 싫었다.

나를 설득하고 회유하던 앙드레 몽띠 빠리스 대부님이 최종적으로 나를 공범 내지 주범으로까지 판단한 듯하였다. 고아들을 바르게 양육하기 위해서라도 고아들을 위한 식량과 의류 등 생활용품을 도둑질한

행위를 용서해서는 안 된다는 판단을 내린 것은 합당할 것이다.

나는 그날 나를 아끼고 사랑하는 앙드레 몽띠 빠리스 원장님으로부터 평생 잊지 못할 만큼 회초리로 종아리를 맞았다. 피가 나도록 맞았다. 네가 먹을 음식을, 오갈 데 없는 너와 같은 고아들의 음식과 물품을 훔친 것은 이 회초리로도 부족하다는 훈계를 들으며 종아리를 맞았다. 그리고 나는 나의 생존공간인 고아원에서 쫓겨났다.

44년 후의 앙드레 몽띠 빠리스 대부님

그로부터 44년이 흐른 후 의왕시 청계동의 하우연성당의 미사에 참여할 기회가 있었다. 집전은 외국인 신부가 하였다. 벨기에 신부라는 것이다. 미사가 끝난 후 그 신부님에게 갔다. 혹시나 해서 물었다.

"앙드레 몽띠 빠리스님을 아십니까?"

그는 눈을 크게 뜨며 그분을 어떻게 아느냐고 되물었다.

"아시는군요, 신부님!"

다미안사회복지원장인 파 레몬드 신부는 한국에서 봉사활동을 하며 하우연성당에서 주일 미사를 집전하시던 분이다. 나는 고아원 이야기를 들려주고 내가 억울하게 매를 맞고 추방당한 옛 비밀을 들려주었다.

"저는 범인을 알고 있었습니다. 그러나 말할 수가 없어서 대신 누명을 쓰고 추방당하였죠. 그분이 살아 계시다니 어떻게든 꼭 찾아뵙고 싶습니다."

파 레몬드 신부님은 몹시 마음 아파하면서 편지를 써 오면 번역해서 보내주겠다고 약속하였다. 그 인연으로 여러 번 편지가 오갔다. 첫 답신에서 그 일을 생생히 기억하고 있다는 것과, 나를 도둑으로 벌하고 추방한 잘못을 이제라도 용서를 구한다고, 용서해 달라고 하셨다. 네가 결혼하여 자녀 세 아이를 키우고 있다니 모두 내 손주처럼 생각하겠다. 그리고 학교에서 선생을 하고 있다니 참으로 장하구나. 나의 용서 편지에 대한 답신에서는 용서받을 기회를 주신 주님께 감사하며 최용학, 너에게 감사하다는 내용이 있었다. 그분도 나도 멀고 먼 시공을 넘어 아름다운 회복이 이루어진 것을 눈물겹게 감사하였다.

편지로 계속 왕래하였다. 한국에 가고 싶다, 고아원에서 함께 생활하던 고아들을 만나고 싶다는 절절한 내용들이 오기도 하였다. 그래서 내가 기회를 만들어 보려고 하였으나 뜻대로 되지 않았다. 안타까웠다. 한참 만에 하우연성당에 갔을 때였다. 파 레몬드 신부님은 나를 보자 표정이 어두워지더니 우울한 소식을 전하였다.

"앙드레 몽띠 빠리스 대부님 소식 들었나요?"

"아뇨. 얼마 전부터 편지가 오지 않습니다. 자주 하는 건 아니지만……."

"그랬군요……. 실은 그분이 노쇠하셔서서……. 장수하셨지요. 일주일 전에 선종善終하셨습니다."

선종? 나는 너무 놀라 정신이 아찔해졌다. 다리가 휘청했다. 자칫 쓰러질 뻔하였다. 큰 충격이었다. 꼭 뵙고 싶었는데, 정말 만나고 싶은 분인데 가시다니!

1996년, 긴 시간이 흐른 후에야 나는 비로소 대학의 연구 년에 주소를 들고 벨기에로 찾아갔다. 대부님은 이미 고인이시지만 묘소라도 찾아뵈어야겠다는 절절한 마음을 떨쳐버릴 수 없어서였다.

찾아간 주소에 부인이 있었다. 보육원에서 보모로 근무하던 한국 여인이 그의 아내였다. 착하고 성실하고 예쁜 선생님이었다는 안개 속 기억만이 떠오를 뿐, 얼굴은 많이 변해 있었다. 이미 할머니이기 때문이다. 세례명은 비아나데트다.

대부님이 다니시던 가까운 성당묘지로 안내받아 갔다. '앙드레 몽띠빠리스', 그 이름의 작은 묘비와 묘소 전체가 소박하다 못해 초라했다. 고인의 뜻을 따라 검소하게 만들었다고 부인께서 설명하였다. 한국 전쟁고아들을 위해 헌신하신 대부님의 묘지를 보기 좋게 꾸미자고 제안하였다.

"말씀드렸듯 고인의 뜻을 따른 것이라서 그냥 이대로 두겠습니다. 제 남편이 귀족 가문일 뿐만 아니라 넉넉한 형편이랍니다. 독일의 유명한 가전제품 회사의 주식도 갖고 있답니다. 남편이 선종하신 후 생활비도 줄고 해서 유니세프(UNISEF)에 기증하고 있어요."

"정 그렇다면 묘지 꾸밀 돈을 유니세프에 지원하면 어떨까요? 대부님의 유지에도 부합하고……."

그러면서 미화 500불을 유니세프 브뤼셀 지부에 함께 가서 기부금으로 냈다. 귀족이, 부자가, 부귀영화 버리고 전쟁으로 폐허가 된 한국 땅에 와서 전쟁고아를 돌보기 위해 얼마나 많이 애쓰신 분인가. 그런데 사후에도 지극히 어려운 삶을 살아가는 지구촌 가족들을 위해 유니세프를 통해 헌신하는 모습은 나의 가슴과 눈시울을 젖게 하였다.

그 정신을 이어받아 유니세프에 나도 매월 일정 금액을 자동 이체하고 있다. 어려운 시절에 어려운 한국 어린이들을 위해 UNISEF가 많은 도움을 주기도 해서 그 고마움에 대한 조그만 보답이기도 하다.

목포 고아원으로, 다시 서울로

서울 봉래초등학교 다닐 때 사촌형수(채을순)님이 어떻게 알았는지 수소문해 학교로 나를 찾아왔다. 형수님은 최씨 집안에 시집와서 기둥역할을 한 분이다. 형수님은 나를 꼭 도련님이라고 부르셨다. 결혼 전은 도련님, 결혼 후에는 서방님으로 부르셨다.

나의 안식처였던 고아원에서 절도범으로 매를 맞고 추방당해 다시 거리로 나선 나는 한동안 어디로 가야 하나 고민하며 우울한 마음으로 걸었다. 문득 사촌형(崔永鶴)이 생각났다. 먼저 살던 집을 찾아갔다. 엄마의 시신을 손수레에 싣고 홍제동 화장터까지 끌고 갔던 그는 착한 사촌이다. 그러나 청소년기에 든 나의 보호자가 되기에는 그 형의 형편이 매우 어려웠다.

"용학아, 너 넷째삼촌에게 가는 게 좋겠다. 내가 잘 얘기해서 아예 양자로 삼으라고 해봐야겠다."

나는 나에 대하여 어떤 판단이나 결정을 내릴 수 없는 형편이라 듣기만 하고 따르기로 했다. 최영학 형은 그래놓고 삼촌에게 내 문제를 의논한 모양이다.

양자 의견은 취소되었다. 내가 하나뿐인 아들이며 장남이라서 양자가 될 수 없는 조건이라는 것이다. 내가 사촌형네 집에서 얼마 동안 거주하면서 들은 이야기로는, 둘째고모는 진명여고 출신인데 어렸을 때 천연두(天然痘)를 심하게 앓아 얼굴이 곰보인데 성격이 까탈스럽다는 것이다. 고모부는 보성전문(현 고려대학교) 출신인데 유도 8단에 유명한 서예가 각암 정재현으로 부자였지만 고모가 구두쇠라서 내 마음이 내키지 않았다. 그 아들 진태 형은 마음이 착해 상해에서 함께 온 외할머니를 업고 목포까지 모시고 간 연민과 효심이 있으며, 후에 그 외할머니가 세상을 떠나자 고아원이 있는 작은 섬으로 옮겨 장사를 모셔 드렸다.

사촌형은 제2안으로 목포를 제안하였다. 나도 머리가 좀 커졌고 어린 나이에 산전수전 겪었으니 이래라 저래라 하지 않고 의견을 묻는 것이었다. 목포와 그 앞바다 어느 조그마한 섬에 각각 고아원을 세워 운영하고 있었다. 나의 선택은 목포의 고아원이었다. 이미 고아원생활을 경험한 터여서 별로 거부감이 없었다.

완행열차를 타고 온종일 목포로 갔다.

두 고아원의 설립자이며 원장인 고모는 나를 조카로 대해주지 않았다. 조금 지내보니 나는 차라리 나를 원생으로만 대해주었으면 좋겠다는 마음이 간절해졌다. 왜냐하면 나를 머슴처럼 이 일 저 일을 계속해서 시키기 때문이다.

청소 등 잡다한 일들이 내 몫이었다. 섬에 있는 고아원에도 가서 일을 했다. 두 고아원 원생들은 내가 처음 경험한 성가보육원 고아들과 달리 환경 자체가 열악하고 의류나 음식도 비교될 만큼 현저하게 낮았다. 운영자금 조달이 좋지 않아서일 것이라고 생각하였으나 반드시 그래서만은 아니라는 생각도 들었다.

"용학아, 고생되지? 여기 있으면 어쩔 수 없단다. 그러니 차라리 서울로 가거라. 삼촌 집으로."

이 일 저 일 머슴처럼 해도 내가 고모에게 짐이 된다는 느낌이 들었다.

'할 일 다 하면서 짐으로 여겨진다면, 그래, 가자. 여기를 떠나자.'

사춘기에 접어든 나는 거지 고아 신세지만, 내 형편 사정을 충분히 알고는 있지만, 그럼에도 알량한 자존심이 있었다.

고모는 나를 데리고 목포역으로 가서 기차표 한 장을 샀다. 그러나 그냥 돌아가지 않고 객차 안의 내 좌석까지 데리고 갔다. 별 말도 없이 고모는 내 옆에 앉아 있다가 기차가 떠나려 하자 그때서야 하차하는 것이었다. 내가 서울로 떠나는 것을 끝까지 확인한 모양이다.

어디론가 가야 하겠기에 넷째삼촌네로 갔다. 중구 쌍림동 허술한 창고 같은 집이다. 먼저 살던 집에 불이 나서 전소되어 옮긴 것이다. 허술한 사면 벽만 있고, 지붕은 얇은 함석이었다. 불편하고 초라한 임시 가건물이었다.

그 무렵 나는 나의 환경을 모르는 바 아니었으나 내 나이에 공부하지 않으면 어른이 되어서도 사회로부터 소외되고 무시당하며 천박하게 살아가게 될 것이라는 막연한 생각을 갖게 되었다.

주변에 동북고등학교가 있다. 교복과 검은 교모의 학생들이 한없이 부러워졌다. 그러던 어느 날 길에서 학생 모집 포스터를 발견하였다. 동북고등학교 학생 모집이다. 눈에 확 들어왔다. 저기다. 학교에 가야 한다는 의지와 결단이 섰다. 실은 교복 입은 학생들이 부러워 교복이 입고 싶었던 것이다. 학교를 찾아갔다. 서무과 직원이 짧게 말했다.

"중학교 졸업장 가지고 와."

나는 너무 난감하였으나 사실대로 말할 수밖에 없었다. 중학교에 다니지 못했다고.

"그럼 안 된다. 여긴 고등학교야. 중학교 졸업장 없이는 입학할 수 없어. 알겠니?"

　힘없이 돌아서서 잠시 망연히 서 있다가 교문을 나섰다. 운동장에서 뛰노는 학생들이 그렇게 부러울 수가 없었다. 그래서 고민 고민하다가 며칠 후 또 찾아갔다. 서무과 그 직원이 나를 알아보고 왜 왔니 했다.

　"저 입학시켜주세요."

　"너……, 중학교 졸업장 없는 여긴 고등학교라 입학할 수 없어. 그냥 가라. 중학교부터 다녀. 알았지?"

　냉정하게 거절당하고 나왔다. 그런데 어쩌된 일인가. 포기되지 않음이. 나도 나 자신을 이해할 수 없었다. 학교는 가야 했다. 내 나이는 이미 고등학생이었다.

　"야, 너 또 왔니? 너……!"

　서무과 직원이 어이없다는 표정으로 나를 한참 빤히 쳐다보았다.

　"국민학교 졸업장이라도 가져와 봐."

　나는 민망한 대답을 해야겠기에 잠시 망설이다가 겨우 말했다.

　"없는데요."

　"뭐? 너 국민학교도 안 다녔니?"

　"그런 건 아닌데요, 제가 졸업은 못 했습니다."

　"왜? 너 부모님 계셔?"

　"아버지는 제가 애기일 때 상해에서 일본 경찰에 의해 돌아가셨구요, 어머니는 서울에 와서 일찍이 병으로 돌아가셨어요. 국민학교는 고아원에서 보내주어 다녔는데 다른 데로 옮기느라 중단된 것입니다. 제가 학교 다니기 싫어서 졸업을 못 한 건 아닙니다. 지금이라도 학교에 다니면 그동안 못 한 공부 열심히 하려고 이렇게 찾아오는 겁니다."

　나는 거의 울먹이며 말을 맺었다. 서무과 직원은 연민 어린 눈으로 나를 잠시 바라보다가 낮지만 단호하게 말했다.

"아무튼 졸업장이 뭐 하나라도 있어야지. 미안하다. 그냥 돌아가라."

그럼에도 나는 며칠 후 또 갔다. 직원이 나를 피하는 것 같았다. 며칠 후 또 갔다. 그 직원은 마지못해 나에게 다가오더니 말없이 백지와 연필을 내밀었다.

"너 학교에 꼭 다녀야겠니?"

"네."

"목적이 있겠지? 공부하려는 목적. 여기에 그걸 써 봐라. 지금."

내가 그 백지에 무엇을 썼는지, 어떻게 썼는지 전혀 기억나지 않는다. 분명한 것 한 가지는 글씨를 되게 못 썼다는 것을 기억한다. 국민학교에 조금 다니다 말았으니 글 솜씨는 뻔했다.

"야? 이걸 글씨라고 썼냐?"

그 직원은 너무 어이없어 입을 다물지 못하였다.

"여긴 고등학교야. 넌 입학해도 도무지 따라가지 못해. 그러니 집에서 혼자 공부하든가, 독학 말이다. 혼자 책 보고 공부하는 것. 너 같은 경우는 독학으로 실력을 키워서 학교에 입학해야 되니까 그렇게 해."

더는 학교에 갈 수 없게 된 것이다. 그러나 나도 나를 이해할 수 없는 한 가지 현상, 동북고등학교가 포기되지 않는 그것이니 어쩌나. 그래서 얼마 후 다시 그 서무과 직원을 찾아갔다. 그는 너무나 어처구니가 없었는지 아예 입을 열지 않고 앞에 앉아 있는 나를 한참 동안이나 빤히 바라보았다. 다시는 오지 말라고 단호하게 말할 것은 뻔했다. 이제는 네가 아무리 찾아와도 절대로 만나주지 않겠다고 말할 것이다.

나는 묵묵히 앉아 있었다. 그의 얼굴을 보는 것도 어려워 아예 내 발
등만 바라보았다.

"너, 등록금 가지고 와."

나는 어리둥절했다. 입학을 허락한다는 뜻이기 때문이다. 내가 잘못
들었나 했다. 그러나 서무과 직원은 더는 할 말 없다는 듯 자리에서
일어나서 훌쩍 사무실에서 나갔다. 마치 급히 화장실에라도 가는 모습
으로.

나는 고등학생이다. 삼촌이 입학금을 주었다. 교복과 교모를 썼다.
화장실 거울 앞의 나는 의젓한 고등학생이다. 내가 자랑스럽다. 고아
가 아니라 서울의 동북고등학교 학생이 된 것이다. 나는 그때 이 세상
이 내 소유라도 되는 듯 처음으로 마음이 뿌듯해졌다.

동북고등학교 학생인 나는 신당동 성당을 다녔다. 첫 고아원 성가보
육원이 약현성당을 근거지로 천주교 신자가 세운 것이라서 원아들 모
두 약현성당에 다닌 인연이 있어서다.

그 어려운 시기에 성당 미사에 참석하면 마음이 안정되어 편안했다.
신당동 성당을 다니면서 동북고등학교 윤용하 음악선생님을 만났다.
선생님은 신당동 가톨릭 합창단을 지휘하셨다.

박화목 시인이 작사한 '보리밭'을 가곡으로 작곡한 실력 있는 유명한
작곡가다. 윤용하 선생님은 동북고등학교 내 지하 동굴 같은 곳에서
거주하고 있었다. 합창단원들이 모여 함께 연습하는 그 시간이 나를
정서적으로 안정시키며 마음이 온유해지는 것을 느꼈다. 신앙은 또한
바른 생각으로 살아가게 한다는 믿음이 있어 참 좋았다.

삼촌이 양철지붕의 가건물에서 동북고등학교 옆으로 이사하였다.

드디어 집 같은 집이라 좋았다. 셋집이다. 마당에 우물이 있는데, 동북고등학교 축대 옆이다. 그러니까 학교와 가장 가깝게 사는 학생이 되었다.

보리밭 작곡자 윤용하 선생님

하루는 우리 집 마당에 있는 우물에 동네 아주머니가 물통 두 개를 들고 물을 길러 왔다. 그 부인이 그 두 개의 물통을 채워서 들고 가는 건 불가능해 보였다. 그렇다고 하나씩 운반하면 시간이 많이 걸리고, 그 하나 운반도 쉽지는 않겠다는 생각이 들었다.

가득 담은 물통 하나를 들고 몇 자국 놓고 와서는 또 다른 물통을 옮기곤 하는데 가냘프게 보이는 아주머니가 힘들어 보였다.

"제가 도와드리겠습니다."

반응이 어땠는지 기억나지 않지만 나는 물통 두 개를 양손에 들고 부인을 따라갔다. '어? 부인이 학교로 들어간다?' 의아한 생각을 하며 따라갔다. 학교는 절터가 있던 건물인데 그 아래 방공호 같은 굴로 내려가는 것이었다. 지하에는 방공호가 있고 그 옆으로 적당히 칸막이를 한 허름한 방이 있었다. 거기가 부인의 집이었다.

그 부인이 윤용하 선생님의 부인이었다. 3년의 전쟁이 휴전으로 끝난 후의 서울생활은 폭격 등으로 파괴된 가옥이 많아 주거문제가 매우 심각하였다. 반듯하게 제대로 된 집이 부족하여 아주 싼 값의 셋방살이가 많았다. 지금처럼 전세보증금 같은 것 없이 약간의 월세를 내거나, 임시 거처로 문간방 하나 공짜로 얻어 사는 사람들도 있었다.

학교 당국이 기거를 제공한 것이다. 그 후에도 물통을 가끔 들어다 드렸으나 집에서 윤용하 선생님을 한 번도 만난 적이 없다.

하루는 길을 가는데 대폿집(막걸리 집) 앞에서 그 주인이 나를 불렀다. 들어가 보니 윤용하 선생님이 김치 안주 하나에 노란 주전자에 막걸리를 들고 계셨다. 앉으라고 하여 앉았다. 교복 차림의 학생이 술집에 들어가는 것은 어려운 일이다. 당시 담배 피우고 술 마시는 학생들이 꽤 있었지만 그들은 불량 학생들이다. 나는 그렇지 않았다. 선생님은 아무 말이 없었다. 술 마시면서 선생님이 왜 나를 부르셨는지 모르지만 제자에 대한 우정의 표현을 그런 식으로 하셨던 것 같다.

명동성당에서 노래 부르다

합창단에 목소리 좋은 고등학교 같은 반 짝꿍 조명웅趙明雄이 있었는데 그 친구와는 참 좋은 인연이었다.

그 친구는 공부도 잘했다. 한번은 명동성당에서 윤용하 선생님 44주기 기념 음악회(피아니스트 노영심 사회) 때 나와 함께 윤용하 작곡 광복절 노래 〈흙 다시 만져보자 바닷물도 춤을 춘다〉를 듀엣으로 불렀다. 수천 명이 모인 성당에서 제대를 등지고 청중을 바라보고 서서 노래 불러보기는 처음이다.

제대 쪽에는 합창단원들과 그 옆에는 악단이 앉아 있었다. 조명웅 친구는 고등학교 때 같은 기율부원이었고 지금은 우리 집 신갈에서 가까운 보정동에 살고 있다. 마을음악 경연대회에서 노래(테너)를 잘 해 큰 상을 받기도 했다.

노래를 부른 후 여러 사람이 격려해 주고 신문기자가 인터뷰도 했다. 어떤 여인의 요청으로 사진도 함께 찍었는데 나중에 알고 보니 황인자 국회의원이었다.

‖ 당당한 학생으로 ‖

깡패 집단 마라푼다 클럽과 어울리다

학교는 야간부에 다니면서 낮에는 중부경찰서의 사환을 하며 약간의 돈을 벌었다. 경찰서에서 일하다 보니 경찰관 무술교육시간에 뒤쪽에서 구경하다가 유도 연습을 따라 하는 정도의 소극적인 운동을 하였다.

어느 날 경찰관 아저씨와 장난삼아 대결을 하였다. 그런데 막상 대결에 들어가니 장난이 아니다. 온몸에 힘이 들어가고 경직되면서 힘 대결로 변질되는 것이었다. 대결은 장난이 아니라 실전이다. 유단자인 상대자가 힘을 주어 나를 쓰러뜨리려 하니 나도 그렇게 힘을 주어 도전하게 되었다. 결과는 놀랍게도 나의 승리였다. 내가 경찰 유단자를 쓰러뜨린 것이다.

고아원 시절에는 원장님한테서 권투를 조금 배운 적이 있었다. 그때도 내 펀치가 나이에 비해 강하다는 소리를 들었었다. 나보다 큰 아이도 내 펀치를 맞고 나가떨어진 적도 있다. 달리 체력을 위해 운동을 하지 않았고 그럴 여유도 내겐 허락되지 않았다. 그런 나에게 심각한 위기가 왔다.

주일 저녁 성당에 가는 길이었다. 골목길 저만치에 네댓 명의 고등학생들이 둘러서 있었다. 지나가다 보니 그 가운데 고등학생 하나가 주눅 든 모습으로 쪼그려 앉아 있었다. 동북고등학교 2학년 선배였다. 나이가 나와 같아서 선후배와 무관하게 터놓고 지내는 사이였다.

"용철아, 너 왜 그러고 있어? 일어나 가자."

"어, 이 새끼 봐라."

깡패들이다. 마침 전봇대의 외등 하나가 켜졌다. 나는 외등 밑에 서서 담대하게 말했다.

"너희들 뭐야? 깡패야? 한 놈씩 덤벼."

너무도 당당한 나에게 그들은 주눅이 들었는지 슬그머니 물러섰다. 그러나 다음 순간 겁 없이 나섰던 나에게 내가 놀랐다. 그들이 한꺼번에 덤벼들면 어찌 될까. 다행스럽게도 그날은 싸우지 않고 용철이와 함께 그 자리를 떴다.

그 며칠 후 성당에서 집으로 가는데 7,8명이 길을 다 차지하고 걸어가고 있는 그들의 뒷모습을 봤는데 그들은 나를 못 보았다. 순간 도망칠까 하다가 왜 내가 도망을 쳐 잘못한 것도 없는데, 또 도망치다가 들키면 겁쟁이로 보일 텐데, 라고 생각하면서 태연히 그들 사이로 좀 빠른 걸음으로 걸어갔다. 그들 중 일부가 며칠 전 용철이를 괴롭히던 자들이었다. 일부러 작당하고 나를 폭행하려는 복수 차원의 깡패들이다. 그러나 나는 그들을 무시하고 태연히 걸었다.

"저 새끼다. 잡아!"

뒤쪽에 신경이 곤두섰다. 도망? 그러나 아무 잘못 없는 내가 도망칠 이유가 없다는 생각이 들었다. 그래서 당당한 발걸음으로 나를 좌우편과 뒤에서 바짝 따라붙는 그들을 무시하고 모른 체 걸었다.

저 앞쪽에서 오던 한 놈이 앞을 막아서며 "너 왜 우리 애들 방해했지?" 하고 시비조로 나왔다. 대동상고 학생도, 경복고등학교, 이름 모를 교복을 입은 학생도 있고 양정고등학교 2학년도 있었다. 그 당시에는 고등학생 깡패가 많았다. 존댓말로 응대하다 반말로 상대하기에 나도 반말로 대꾸하였다.

"그럼 너는 네 친구가 길바닥에 쪼그리고 앉아 깡패들한테 협박당하는 걸 봐도 그냥 못 본 체 지나치냐? 그렇다면 참 비겁한 거다."

그들은 이미 나를 빙 둘러쌌다. 주먹이 날아왔다. 앞에서 옆에서 뒤에서 동시다발 공격이 시작되었다. 나도 몇 놈 때렸지만 혼자서 그 많은 상대를 방어하며 공격하는 데는 한계가 있다. 어른들이 지나다녔으나 그 누구도 개입하지 않는 방관자들이었다. 한 놈이 장돌(벽돌)을 집어 나에게 던졌다. 귓가를 스쳐갔다. 정말 간신히 피했다. 화가 머리끝까지 났다.

"비겁하게! 야, 너희들 몇 놈인데 치사하게 돌까지? 1대 1로 덤벼 새끼들아. 당당하게 싸우자!"

피하지도 굴하지도 않고 오히려 당당해지는 내게 그들이 조금 꺾이는 듯하였다. 나는 더 크게 비겁하다 1:1이다, 라고 소리쳤다. 그러자 내 앞을 막아섰던 그 자가 동료들을 손으로 제지하면서 말했다.

"그만하고. 우리 인사하고 지내자."

나는 그 제안을 믿지 않았다. 나를 안심시켜놓고 기습공격을 하려는 계략으로 생각하였다. 그래서 만약을 위해 주택 벽을 등지고 독기를 품고 대비하였다.

"화해하자. 친구로 지내자."

사나이로서 약속한다. 그가 손바닥을 펴서 내밀었다. 진심 같았다. 모두들 공격 자세를 풀었다. 그리하여 우리는 악수로 화해하고 친구가 되었다. 그들이 마라푼다 클럽이었다. 당시 고등학교 재학생, 중퇴 학생들이 주축인 깡패집단인데, 길 가는 학생들 상대로 협박하고 구타하며 돈을 갈취하고, 모이면 담배 피우고, 술 마시고, 패싸움도 많이 해서 그들 또래에서는 겁나는 존재로 유명하였다. 마라푼다는 아프리카의 식인 개미떼를 말하는데, 붉은 그 개미떼는 사람이고 짐승이고 닥치는 대로 뼈만 남기고 먹어치운다고 한다. 미국 영화 마라푼다가 국내에서 상영된 후 깡패집단의 명칭으로 사용되었는데, 마라푼다라고 하면 모두 두려워하는 깡패집단이었다.

그들은 주로 장충단공원에 모였다. 거기엔 수평대 등 운동기구들도 있어 놀기에 괜찮았다. 그들의 초대를 받아 갔더니 여러 학생들을 소개해 주었다. 이미 그들에게 나는 독종으로 알려져 있었다. 마라푼다로서는 내가 딱이었던 모양이다. 모여드는 아이들에게 나를 소개했다. 우리는 일일이 악수로 인사하였다.

드디어 대장이 나타났다. 연세대학 학생인 그는 당시 유명한 유현목 영화감독의 아들이다. 왕초의 별명은 똥개로, 내가 의도하지 않은 유명한 깡패집단 마라푼다 클럽의 일원이 된 것은 좋은 일이기도 하였다. 나의 친구들이 깡패들을 만나면 '나 마라푼다 최용학 친구'라는 한마디면 누구도 건드리지 않아서 좋았다.

그러나 한편에서는 얌전하고 괜찮은 좋은 학생으로 알았는데 깡패들과 어울리는 불량배가 되었다고 하였다.

지인을 통해 서울언론인클럽 강승훈(姜勝勳) 회장을 알게 되었다. 강회장은 나보다 3살 위인데 조선일보 공채 실력 있는 언론인이다. 한양대학 설립 당시 큰 힘이 되어준 김연준 총장과는 각별한 사이다. 그 인연으로 지금도 서울 덕수궁 옆에 있는 대한일보사 빌딩 9층에 있는 사무실을 쓰고 있다. 신문사는 없어졌으나 건물은 그대로 있다. 그 건물 1층 현관에 대한일보의 역사를 소개한 조감도가 있는데 강회장의 작품이다.

강회장은 태권도 고단자인데 이천 깡패 출신과 붙어 쓰러뜨렸다는 일화를 들려주었다. 그런 그가 우연히 마라푼다 조직과 인연이 되었고 왕초 똥개와 인사했다는 소리를 듣고 무릎을 치면서 "똥개, 똥개" 하면서 지금 살아 있다는 것이다. 제주에 있는데 투병중이란다. 강씨 문중에 수원 남창도장을 운영하는 강신철(姜信哲) 사범이 있는데 강사범은 대한민국 태권도 최고수이며 이란에 태권도를 전수하여 이란 올림픽 금메달을 따는 데 공헌을 하여 이란에서는 대단한 영웅대접을 하고 있다.

규율부장의 정의定義

고등학교 학생 규율부장은 동급생을 제외한 모든 하급생들이 심히 두려워하는 사실상의 학생 대장이었다. 우리 학교 교실은 마룻바닥이었다. 신발을 신은 채 들어가면 혼쭐이 났다. 기압도 주고 구타도 했다. 등교 시 복장 상태 불량으로 지적받으면 기압을 받았다. 규율부장의 관리 감독하에 폭력적으로 이루어지는 일상이었다. 그러므로 규율부장 완장을 찼다는 그 하나만으로도 그는 권력자였다.

어느 날 우리 반 학생이 신발을 신은 채 교실에 들어갔다가 규율부장에게 걸렸다. 그들은 즉시 복도로 불려나와 기압을 받고 구타도 당하였다. 그런데 내가 목격한 사실로는 3학년 학생들은 신발을 신고 교실을 들락거려도 묵인하는 것이었다. 그래서 나는 곧 그 무서운 선배 규율부장에게 가서 항의하였다.

"형, 공평해야죠. 3학년은 신발 신고 교실에 들어가도 괜찮고 하급생은 안 됩니까?"

"이 새끼가 건방지게, 이 새끼 나 따라와."

나를 빈 교실로 데리고 갔다.

"야 이 새끼야. 왜 교실에 신발 신고 들어가? 그거 규칙위반 맞아 안 맞아?"

"위반이죠."

"그러니까 내가 못 본 체할 수 없지. 그래 안 그래?"

"그래요."

"그런데 왜 나서? 너 아주 건방지구나."

그러면서 내 뺨을 세게 때렸다. 동시에 나도 반사적으로 그의 뺨을 주먹으로 갈겼다. 난리가 났다. 교실 밖에서 긴장하여 구경하던 2학년 우리 반 아이들이 놀라며 겁을 먹었다. 규율부장과 상급생들이 교실로 몰려들어와 우리 반 아이들은 교실 밖에서 발을 동동 굴렀다. 규율부장 역시 워낙 의외의 반응에 놀랐는지, 더구나 2학년들의 목격으로 창피해서인지 잠시 주춤하고 있었다. 마침 우리 반 담임 선생님이 나타났다. 즉시 교무실로 불려갔다.

"야, 최용학, 너 임마 상급생, 규율부장 뺨을 때려?"

나는 무척 화가 나 있었으므로 반항하듯 큰 소리로 말했다.

"선생님, 전 잘못 없습니다. 선생님 아니면 그 새끼 죽여버리려 했습니다. 규율부장이 불공평하게 애들을 때리고 기압을 주니까……."

"최용학, 너 교감 선생님이 계신데 큰 소리야?"

"그건 제가 잘못했습니다."

"잘못했으니 맞아야지. 종아리 걷어."

무척 화난 듯 큰 소리였다. 나는 지체 없이 종아리를 걷었다. 그러

나 선생님은 몇 번 때리는 시늉만 하였으므로 아프지 않았다. 벌은 그
것으로 끝났다. 놀랄만한 사건이었다. 소문은 순식간에 교내에 번졌
다. 뒤숭숭한 분위기였다. 최용학이가 학생들 보는 앞에서 규율부장
뺨을 주먹으로 때린 것은 그야말로 충격적인 사건이었다.

"규율부장이 보재. 저 뒤쪽으로 오래."

내게 말을 전하는 학생이 잔뜩 겁먹은 얼굴이다. 정말 큰 사건이 터
질 예감으로 뒤숭숭한 분위기였다. 나는 움츠러들지 않고 건물 뒤편으
로 갔다. 규율부장은 뜻밖에도 싸울 표정이나 자세가 아니었다. 그래
도 나는 잔뜩 긴장하고 있었다. 한판 붙을 각오였다.

"최용학, 내가 사과한다. 네 말이 옳았다. 내가 잘못한 거다."

아이들에게 소문으로 들은 마라푼다를 의식해서이거나, 나의 전례
가 없는 즉각 반응에 겁을 먹었거나, 아마 그럴 것이다.

사실 나야말로 겁을 먹고 있었다. 규율부장의 뺨을, 그것도 우리 반
아이들이 지켜보는 앞에서 때린 것은 문제가 될 수 있다. 규율부장도
소문난 아이지만 규율부 지도교사는 더더욱 무서운 선생님이었다. 전
투경험을 한 육군 대위 출신으로 긴 칼을 들고 다니는 호랑이 선생님
으로 유명하다. 잘못하는 아이들을 발견하면 즉석에서 뺨도 때리고 주
먹질도 하는 그런 난폭한 선생님이다.

그 사건은 일단락되었고, 나는 덕분에 유명해졌다.

2학기가 되자 학생부장인 호랑이 선생님(별명이 여우보지다. 입이
그렇게 생겼단다.)이 나를 불렀다.

조그만 창고 같은 공간으로 데리고 들어가서(특별지도할 때 쓰는
선생님만의 공간이 있었던 것 같다) 문을 닫았다.

"최용학, 너 규율부장 해라."

거두절미하고 단도직입적이다.

"네에? 전……"

"야 임마, 내가 하라면 해. 너도 우리 학교엔 깡패도 많고, 학교 앞에 술집도 있고……. 우리 학생들을 학교에서 바로잡아 줘야 한다. 사회엔 여러 규범이 있다. 학생시절에 학칙을 지키면 사회생활에서도 사회규범을 지키게 되는 거야. 학교는 지식만 가르치는 데가 아냐. 양심, 정직, 상식, 준법질서 등 인생 전반에 적용되는 한 인간으로서 바르게 살아가도록 인격을 함양하는 곳이다. 넌 정의감이 있고 지도력도 있어. 넌 잘할 거다."

처음 들은 칭찬이다. 인정받으니 기뻤다.

규율부장 최용학.

왼쪽 팔에 붉은 줄이 있는 규율부장 완장을 차고 등교시간에 정문에 섰다. 지금까지는 등교 시 복장상태나 규정 위반의 긴 머리 내지 지각생들에게 교문 안에서 즉석 벌을 주는 게 전통이었다. 규율부장이 그 상태에 따라 때리기도 하고 토끼뜀이나 엎드려 있게 하는 벌을 주었다.

그러나 나는 일체의 체벌을 없앴다. 말로 단단히 주의를 주고 규칙을 잘 지키겠다는 약속을 받았다. 만약 나와의 약속을 이행하지 않는다면 단단히 혼내겠다고 다짐하였다. 나와의 그런 약속은 제대로 지켜졌다. 복장불량 등 학생답지 못한 위반행위가 현저히 감소되더니 곧 단속대상이 없어졌을 정도였다. 전쟁 직후의 야간고등학교 학생들이 주간 학생들보다 대체적으로 환경이 열악하였다. 변변치 않은 직장에

다니는 학생도 있고, 얼음 통을 어깨에 메고 거리를 누비면서 아이스 케이크 행상을 하거나, 구두닦이를 하는 그런 학생들도 있었다. 그런 데도 야간 학생들이 학교 규정을 잘 지키는 것이었다. 현장체벌 없앤 것만으로도 분위기가 달라졌다. 마음이 뿌듯하였다.

나는 등교시간 전이나 하교 후에도 학교 앞 중국집 등 주변의 학생 들이 많이 출입하는 업소들을 순찰하였다. 우리 학생들이 그런 곳에서 약간의 음식을 먹고 담배도 피우고 술도 마시는 행태를 익히 알고 있 었기 때문이다. 나는 교내에서만 규율부장이 아니라 학교 밖 주변에서 의 학생 지도도 필요하다고 생각해 왔다. 교내에서는 정상이지만 일단 교문을 벗어나면 일탈하는 경우가 허다하다는 사실을 야간 학생인 내 가 모를 리 없다. 알고도 내 책임 아니라고 외면하기 싫었다. 우리 학 생이라면 안팎에서 내가 할 수 있는 최선을 다하여 생활지도를 해 나 갔다. 학생부 부장선생님은 그런 지시를 하지 않았지만.

그러던 어느 날 하교시간에 중국집으로 초대하는 1학년 학생들이 있었다.

"우리 반 친구들이 선배님 모시고 짜장면 파티 한번 하려고 합니다."

"그래? 고맙다."

일단 초대에 응하였다. 그런 일이 한 번도 없었기 때문이다. 특히 이번 신입생 중에 깡다구 세다고 소문난, 교문에서 보아도 눈에 띄는 학생이 있었다. 일단 위반사항이 없었으므로 말 한마디 건네 본 적 없 지만 내심 저 녀석이 깡패라는 건 인지하고 있었다.

내가 들어가자 열 명쯤의 후배들이 자리에서 일어나 인사를 했다. 중앙에 그 녀석이 있었다. 내 자리는 그 녀석 정면 앞자리였다. 깡패는 깡패를 알아보고, 싸움 잘하는 아이는 싸움 잘하는 아이를 느낌으로 안다. 그들이 나와 눈도장을 확실하게 찍으려는 자리다.

"형님, 드시고 싶은 것 뭐든지 시키십시오."

"선배라고 불러라."

동네에서 좀 논다는 녀석들이 모인 자리라는 사실을 대번에 파악한 나는 초장에 이 녀석들 기를 꺾기로 마음먹었다.

"형님, 여긴 학교 밖이라서요."

"누구든지 학교 안팎 어디서든 선배라고 부른다."

내가 단호하게 말하니까 모두들 '네'를 합창하였다.

짜장면도 나오고, 그 당시 학생들이 최고의 음식으로 꼽는 탕수육도 나왔다. 전반적으로 학생들의 형편이 탕수육을 사 먹기가 어렵던 시절이다. 그 비싼 탕수육은 우리에게 특별식이다.

"이거 무슨 돈으로 사는 거냐? 누가 부잣집 아들이냐?"

"형님, 아니 선배님."

"실수로라도 형님이라 부르지 마라."

"예, 알겠습니다, 선배님. 선배님을 모시는데 짜장면만이면 그건 너무 결례라서요."

그때 독주 배갈이 세 병이나 술잔들과 함께 나왔다. 내가 단호히 말했다.

"술은 안 된다. 너희들 동네나 집에서도 안 된다. 학생신분이니까 학생답게 살자. 내 말이 맞다고 너희들 다 동의할 거다. 그러면 그렇게 살아야지. 나도 마라푼다야. 그러나 애들 때리고 돈 뺏고 싸움이나 하러 다니지 않는다. 졸업할 때까지 난 학생답게 산다."

그들 중에 두엇은 벌레 씹은 얼굴이다. 힘 좀 쓸 것 같은 불량한, 그래서 훈육선생 같은 내게 지극히 못마땅한 마음인 걸 나는 느꼈다. 그래서 술 없이 식사가 끝난 후 잘 먹었다고, 후배들에게 짜장면, 탕수육 대접 받은 건 처음이라고, 너희들 선배를 선배로 알아 줘서 고맙다고 제대로 인사를 한 후 불쑥 제안하였다. 애들을 초장에 완전 제압하는 게 좋겠다는 생각이었다.

패기만만했던 학생 시절

"우리 팔씨름하자. 한 명씩 도전해라. 어때?"

"네!"

곰처럼 큰 덩치가 하나 있었는데 그 녀석이 자신감이 넘치는 듯 냉큼 대답하였다. 저 거인은 이기기 어렵겠다는 생각이 들었다. 그러나 일단 대결했다. 9:1의 팔씨름이었다. 졌다. 그러나 맹물처럼 진 것은 아니다. 그 녀석도 힘 좀 써서 겨우 나를 이겼다. 그래서 다음 도전자로 이어갔다. 결과는 8승 1패였다. 순식간에 학교에 소문이 번졌다. 한두 달 지났을 때는 중국집에서든 인근 어디에서든 우리 학생이 담배를 피우거나 술을 마시는 일은 생기지 않았다.

실력 없는 대학 지망생의 불가피한 선택

고교시절은 야간으로 다니면서 낮에는 중부경찰서 사환을 하였다. 그것이 전부가 아니다. 진흙으로 만든 풍로만 생산될 때인데 대화풍로가 유명했다. 수명이 길도록 시멘트로 풍로를 만드는 공장에도 다녔다. 그런데 진흙 풍로는 불이 잘 붙는데 시멘트제품은 불이 잘 붙지 않아 사람들이 시멘트 제품을 선호하지 않았다. 그래서 신제품인 시멘트 풍로는 사지 않는 것이었다. 그러므로 직공들은 열심히 풍로를 만들지만 상품이 안 팔려서 일한 대가를 받을 수 없는 열악한 형편이 고생만 많이 하고 돈은 벌지 못하였다.

고등학교를 졸업하고 대학에 들어가야 하는데 초등학교도 다니는 둥 마는 둥한 데다 중학교를 건너뛰고 떼를 쓰다시피 하여 간신히 야간고등학교를 졸업한 나는 기초학력 자체가 현저히 부족하였다. 대학 진학을 위한 시험은 나로서는 여간 난감한 게 아니었다. 그래도 여기서 포기하면 과연 내가 이 험한 세상을 나 혼자의 힘으로 살아내기가 녹록치 않을 것이라 생각하니 포기할 수 없었다.

당시에는 수능시험이 없고 개체 대학에서 출제하여 입학시험을 보았다. 그래서 이 대학에서 떨어지면 다른 대학에 응시할 수 있었다. 시험 일자도 대학마다 달라서 복수지원이 가능하였다. 나는 두 대학에 응시하였으나 예상대로 낙방하였다. 이제 한 번 더 떨어지면 시간적으로 기회가 없는 상황이었다. 나는 마지막으로 시험 볼 대학을 찾다가 한국외국어대학에 지원서를 냈다. 러시아어학과를 선택하였다.

불가피한 선택이었다. 이유는 한 가지, 공산국가들의 종주국인 러시아는 우리나라에서 관심 밖이었다. 사용할 기회가 거의 없는 언어가 러시아어였다. 그러니까 목적이 있다거나 계획이 있어서가 아니라 합격권에 들기 위한 미달학과 선택일 뿐이었다.

합격자 발표의 날, 워낙 실력이 모자라 불합격을 예상하고 학교에 확인 차 갔다. 이번에 불합격이면 올해는 진학 기회가 없다는 사실 때문에 마음속으로 기도하며 갔다. 간혹 합격자 미달로 추가 모집하는 대학이 있을 수 있겠으나 나로서는 내 실력을 잘 아는 터여서 자신이 없었다.

대학 게시판에 합격자 명단이 붙어 있었다. 합격한 학생들이 방방 뛰며 춤추듯 좋아했다. 나는 긴장하며 응시자들 뒤편에서 어깨너머로 내 이름 석 자를 찾아보았다.

내 이름은 합격자 명단에 없었다.

한숨을 토했다. 그러고는 그 자리에 잠시 멍하니 서 있는데 어떤 응시자가 친구에게 '너 예비합격자다. 희망 있다.' 하는 것이었다. 예비합격자? 다음 순간 앞쪽으로 나가서 게시판을 다시 보았다. 합격자 명단 외에 예비합격자 명단이 붙어 있었다. 나는 그 명단에서 내 이름 석 자, 최용학을 발견하였다. 일단 가능성을 배제할 수 없다는 사실에 희망이 솟았다. 합격자 중에서 미등록자가 생길 경우의 보충대기자다. 그런데도 나는 춤을 추고 싶을 만큼 기뻤다. 내 실력으로 예비합격자 명단에 오른 게 어딘가!

1958년 러시아가 세계 최초로 로켓(스프트니크 1호)을 쏘아 올려

세계가 발칵 뒤집혔다. 특히 미국에 비상이 걸렸다. 이런 시기에 러시아어과에 입학했으니 내 속 모르는 사람들은 선견지명이 있다고 했다. 그 후 한국과 러시아가 수교를 맺게 되자 러시아어 전공학과 입학이 힘들어졌다. 커트라인이 높아진 것이다.

드디어 정규교육을 받지 못한 나는 한국외국어대학 러시아어과에 합격하였다는 통지서를 받았다. 대학생이 되었다. 기쁜 마음의 한편에는 천근의 무게가 짓눌러 왔다. 이제부터 학비도 많이 들고, 성인이 된 나로서는 지금껏 신세진 삼촌에게 더 큰 부담을 안기지 않고 어떻게든 자립해야 되었기 때문이다. 좋아만 할 때가 아니라서 나는 서둘러 이리저리 일자리를 찾아보았다. 열심히 모집 광고를 찾아보았고, 이력서를 들고 찾아갔다.

학우들 사이에 오가는 정보도 활용하는 등 취업하기 위해 맹렬히 서둘렀다. 중앙정보부에도, 외무부에도, 육군 군속 모집에도 이력서를 내고 시험을 치렀다. 모두 낙방이었다. 하루하루 날짜 가는 게 마음을 조여 왔다. 온갖 노력이 허사로 돌아간 후 마지막으로 찾아간 곳이 5촌 아저씨가 되는 최거덕 목사였다.

해방 직후 서울 한복판 정동에 덕수교회를 개척한 5촌 아저씨는 선친의 이름을 말하자 나를 보는 시선이 달라졌다.

"네가, 그러니까 상해임시정부에서 활동 중 비명에 간 최태현 지사의 유일한 아들이란 말이지? 네 아버지는 정말 대단한 분이셨다. 조선왕조의 마지막 특무대 장교로 체력도 좋고 애국심도 대단한 분이셨다. 서슬 퍼런 칼 찬 일본군 장교를 거리에서 때려눕힌 분이지. 그건 아주 유명한 얘기란다. 그래, 넌 그동안 어떻게 지냈니? 귀국 후 네 어머니가 돌아가셨다다는 이야기도 나중에 들었다. 너 고생이 많았겠구나."

최거덕 목사님, 그 당숙은 그분이 들은 이런저런 소식들을 들려주었다.

"네 할아버지가 큰 부자셨는데……."

나는 그동안 미군부대와 고아원을 거쳐 야간고등학교를 졸업하고 대학생이 된 과정을 간략하게 설명한 다음 본론으로 들어갔다.

"그동안 최창득 삼촌께 신세 지면서 고등학교를 졸업했습니다. 그 삼촌도 넉넉지 못하시고 저도 대학생이니 저 스스로 저를 책임져야 된다는 생각입니다. 대학 졸업 후 열 군데쯤 이력서를 넣었는데 안 되었습니다. 아저씨가 도와주시면 감사하겠습니다."

아저씨가 대안을 내놓았다.

"학교에서 일하겠니? 바로 이 근처다."

아저씨가 이사장인 피어선학교다. 전수학교와 중학교 과정인 고등공민학교와 바이블스쿨이 함께 있는, 1912년 왜정 치하에서 미국 선교사 피어선(Auther T. Pierson)이 세운 학교다. 현재의 평택대학교 전신이다. 고등공민학교는 1948년에 설립된 중학과정이다. 지금은 중학교의 보편화와 의무화로 거의 존재하지 않는다.

1966년 9월 6일 종로구 신문로에 있는 피어선 학교에서 아저씨의 안내로 조기홍 덕수교회 전도사(당시 학교 교장서리. 작고)를 만나 며칠 후 취직하게 되었다.

지금에 이르러 시간 순에 의한 이야기 전개의 구성상 역행이지만, 나는 평택대학교에서 나의 일생을 보내고, 동 대학 교육대학원장으로 정년퇴직하였다. 피어선 고등공민학교 영어 강사에서 평택대학까지,

생각하면 감개무량하며, 나를 인도하시며 도우신 하느님의 사려 깊으신 손길이 느껴진다.

　최거덕 목사님을 의식해서라도, 나의 인생을 위해서라도, 나는 내일에 최선을 다하였다. 학교를 월급 받는 일터로 생각하지 않고 이 학교가 곧 나의 인생이다, 내가 주인이라는 의식으로 임했다. 학교가 내 집이었다. 잠 잘 곳도 없던 시절, 쫄쫄 굶어 허기져 살던 시절을 생각하면 학교는 내게 낙원이었다.

　세월이 흐르면서 나는 학교 업무에도 밝아졌고, 내 일처럼 근무한 결과가 나타나기 시작하였다. 고등공민학교와 전수학교, 두 학교의 서무과 일을 총괄하는 서무과장으로 승진하였고 연세대학원에서 석사를, 필리핀에서 박사 학위를 받고 교육자의 길을 걸어왔다.

崔勇鶴

* 1937년 11월 28일, 中國 上海 출생(父:조선군 특무대 마지막 장교 최대현),
* 1945년 上海 第6國民學校 1학년 中退, 上海인성학교 2학년 중퇴, 서울 협성초등학교 2학년중퇴, 서울 봉래초등학교 4년 중퇴,
* 서울 東北高等學校, 韓國外國語大學校, 延世大學校 敎育大學院, 마닐라 데라살 그레고리오 아라네타대학교 卒業(敎育學博士),
* 평택대학교 교수(대학원장 역임)
* 현) 韓民會 會長

6 · 25와 나의 어머니

변 이 주

흙냄새 물씬 풍기시던 어머니

2023년 5월 31일, 어머니께서 가셨다.

흙냄새 물씬 풍기시던 어머니께서 86년 동안 정붙이고 사시던 이 세상을 떠나 영원한 나라로 가셨다. 슬하의 삼 형제와 큰며느리가 지켜보는 가운데, 목사인 막내가 읽어드리는 성경 말씀을 들으시며 조용히 마지막 숨을 쉬셨다.

당신의 일생이 결코 평탄하지만은 않았음에도 불구하고 마지막 가시는 모습은 말할 수 없이 평화로우셨다.

어머니는, 시집살이부터가 평탄치 않았다고 했다. 시어머니의 학대와 남편의 외도가 계속되는 가운데 역병이 창궐하여 자식을 다섯이나 내다묻는 아픔을 견뎌야 했다는 말도 들었다.

6 · 25전쟁을 겪는 중에 1 · 4후퇴에 밀려 강원도 철원에서 전라북도 김제까지 피란을 갔던바, 병든 시어머니와 병든 남편, 그리고 병든 자식을 차례로 업어 나르는 피눈물 나는 고생도 감수했다고 들었다.

결국 서른여섯에 남편마저 사별하고 자식도 다섯이나 잃은 채 달랑 남은 삼 형제를 훌륭하게 키워내신 것이다

숨을 멎으신 후에도 줄곧 그랬지만, 장례식장에서 내 손으로 마지막 화장(化粧)을 시켜드렸을 때 더욱 고요히 주무시는 것 같던 어머니 ─.

그러나 우리 형제들은 일생을 흙에서 사신 어머니를 온전히 흙으로 돌려

보내 드리지 못한 불효자가 되고 말았다. 국가 시책이 그렇기 때문이라는 핑계는 단지 구실일 뿐, 우리는 어머니를 안장할 땅도 마련해두지 못했던 것이다. 그뿐만 아니라 벽제 납골당에는 국가 유공자 외에는 수용하지 않는다는 사실을 미처 확인하지 못했기에 우리는 어머니께 납골당 한 구석도 마련해 드리지 못한, 그야말로 영원한 불효를 저지르고 만 것이다.

아무것도 받으신 것 없이 모든 것을 다 주고만 가신 어머니!

모든 사람의 어머니가 다 훌륭한 분들이지만 나에게는 내 어머니가 세상에 다시없이 귀한 분이셨다.

어머니, 그 혜안(惠顔)이 정녕 그립습니다. 〈농민문학 57호(24. 봄호)〉

어머니의 피란살이

나는 6·25 한국전쟁이 일어나기 3년 전인 1947년도에 강원도 철원에서 8남매 중 막내로 태어났다. 그 당시 우리 집은 닷 섬지기 부농이었다. 그러나 어머니의 삶은 평탄치가 못했다. 아버지의 외도로 가정의 분위기는 항상 싸늘했고 극심한 고부 갈등으로 맘 편할 날이 없었다. 할머니는 이유도 없이 어머니를 미워하여 구박이 심했다고 한다.

어느 날은 물동이를 이고 오는 어머니를 할머니가 작대기로 내리치는 바람에 물동이가 깨지면서 도기 조각이 어머니의 목을 찔러 생명을 잃을 뻔했다는 이야기도 들었다.

속칭 염병으로 통하는 장질부사가 창궐하여 많은 사람이 죽어 나갈 때 어머니도 자식을 다섯이나 땅에 묻는 아픔을 당했다. 그뿐이 아니었다. 아버지는 결핵으로 몸져누웠고 할머니 역시 손자를 잃은 충격과 아드님에 대한 염려로 자리보전하시고 드러눕게 되었다. 엎친 데 덮친 격으로 막내인 나 또한 장질부사의 증세를 보이며 온몸이 펄펄 끓는 가운데 울어 보채기만 했으니 그때 어머니의 심정이 어떠했을까.

그 난리 중에 진짜 난리가 터졌다. 북괴의 남침으로 한국전쟁이 발발한 것이다. '6 · 25'라는 말로 더 익숙한 한국전쟁은 1950년 6월 25일 새벽에 북위 38도선 전역에 걸쳐 북한군이 불법 남침함으로써 일어난 한반도 전쟁이다. 이틀 뒤인 6월 27일에는 서울을 점령당했고, 북괴 침략군은 곧바로 한강을 건너 파죽지세로 남진을 계속하였다.

항간에는 한국전쟁이 북침이라고 주장하는 어리석은 무리가 있는데 이는 말도 안 되는 소리다. 한국전쟁이 북침이었다면 어떻게 전쟁이 발발한 지 사흘도 안 돼서 서울이 점령당할 수 있단 말인가. 국제사회가 침략군 응징에 나섰다. 그해 9월 15일 새벽에 맥아더 장군의 인천상륙작전이 성공했고 9월 26일에 서울에 진입하여 9월 29일에 서울 수복 기념식을 거행했다.

아군은 물밀듯이 북으로 진군하여 압록강, 두만강까지 치고 올라갔으나 뜻밖의 중공군 개입으로 피눈물을 삼키며 후퇴할 수밖에 없었다. 그 과정에서 기네스북에 오른 사건이 발생했다. 이른바 흥남철수작전이다.

흥남철수작전은 인도주의의 백미로뿐만 아니라 배 한 척으로서는 가장 많은 인명을 구조한 사례로 2024년 기네스북에 등재되었다. 전쟁 수행을 목적으로 투입된 배가, 그것도 적과 대치한 상태에서, 선적했던 무기를 몽땅 육지에 내려놓고 1만 4천 명에 달하는 민간인을 태우고 철수작전을 감행한다는 것은 말도 안 되는 일, 그야말로 어불성설이다.

그러함에도 불구하고 흥남철수작전의 주인공들은 그 '말도 안 되는 일'을 감행했다. 그리고 성공했다. 단 한 사람의 인명 손실도 없었다. 인명 손실이 다 무엇인가? 오히려 절체절명의 피란길, 그 아수라의 현장에서 5명의 새 생명을 탄생시키기까지 했으니 인류 역사에 이렇게 감격스러운 일을 또 어디서 찾아볼 수 있을까 싶다.

임무 수행을 마친 날이 마침 12월 24일, 크리스마스이브였다. 그래서 이 날 세상 사람들은 오늘까지도 '크리스마스 기적의 날'로 기억하고 있다. 흥남철수작전을 배경으로 한 노래가 크게 유행하여 실향민들의 애환을 달래 주고 남북통일에 대한 희망에 불을 지폈으니 그 노래 제목이 "굳세어라 금순아"이다.

눈보라가 휘날리는 바람 찬 흥남 부두에
목을 놓아 불러봤다 찾아를 봤다
금순아 어디로 가고 길을 잃고 헤매었더냐
피눈물을 흘리면서 일사 이후 나 홀로 왔다.

일가친척 없는 몸이 지금은 무엇을 하나
이내 몸은 국제시장 장사치기다
금순아 보고 싶구나 고향 꿈도 그리워진다
영도다리 난간 위에 초생달만 외로이 떴다.

철의 장막 모진 설움 받고서 살아를 간들
천지간의 너와 난데 변함 있으랴
금순아 굳세어다오 남북통일 그날이 되면
손을 잡고 울어보자 얼싸안고 춤도 춰보자.

1951년 1월 3일 중공군의 불법 개입으로 의정부 방어선이 뚫리게 되었다. 수세에 몰린 유엔군은 1월 4일 서울을 다시 북한군에 넘겨주고 후퇴를 거듭했다. 어머니의 피란살이는 여기서부터 시작된다.

"용맹한 국군과 유엔군이 괴뢰도당을 물리치고 북진을 계속하고 있으니 며칠만 피해 있으라." 하는 거리 방송만 철석같이 믿고 가벼운 차림으로 피란길에 나섰다.

아버지는 병든 몸으로 쇠약하기 이를 데 없었지만, 할머니와 가재도 구를 손수레에 싣고 피란민 대열에 섞여 남행을 계속했다. 열여섯 살짜 리 첫째 형은 아버지와 번갈아 손수레를 끌었고 어머니는 나를 업은 채 머리에는 보따리를 이고 한 손으로는 일곱 살짜리 둘째 형의 손을 꼭 잡고 손수레의 뒤를 따랐다.

며칠만 피해 있으라던 방송과는 달리 피란의 행렬은 끝도 없이 이어 졌다. 날이 갈수록 도로는 피란민들로 가득 찼고 포탄 터지는 소리와 총소리는 바로 등 뒤에서 들리는 듯했다. 때로는 후퇴하는 군인들 틈에 섞여 피란길을 재촉하기도 했다.

피란 중에 유엔군 행렬을 만나는 것은 행운 중에도 행운이었다. 얼굴 이 희고 코가 뾰족하고 머리가 노란 외국 군인이나, 머리카락은 물론 온몸의 살갗이 시커먼 흑인 병사를 처음 보았을 때는 무척이나 낯설고 겁도 났다. 그러나 피란민들은 곧 외국 군인들과 친해졌다. 외국 군인 들은 친절하기도 했거니와 건빵이나 비스킷, 잼을 바른 식빵이나 초콜 릿 등 먹을 것을 주었다.

특히 흑인 병사들은 다섯 살짜리 아기인 나를 무척이나 귀여워했던 것 같다. 시커먼 손으로 초콜릿을 줄 때는 어린 마음에 겁도 나고 무 섭기도 했지만 그 달콤한 맛에 이끌려 주는 대로 받아먹은 기억이 70 년이 지난 지금까지도 생생하다.

피란민들은 어떻게 해서든지 유엔군 대열을 따라가려고 했다. 그러나 조직 단체인 군대를 따라갈 수는 없었다. 피란민 대열에 끼어 평택까지 내려왔다. 평택에 친척이 되는 분이 있어서 찾아보았으나 그 집도 이미 피란을 떠났고 집은 비어 있었다. 우리는 다시 피란민 행렬에 끼어 친 척이 사는 김제를 향해 걸음을 재촉했다.

평택을 떠난 지 며칠 못 되어 할머니께서 돌아가셨다. 땅은 꽁꽁 얼었고 삽이나 괭이 등 땅을 팔 만한 도구도 없었다. 어떻게 어떻게 하여 가까운 산비탈에 할머니의 시신을 매장했다.

다시 남행길을 재촉했다. 그런데 이번에는 아버지의 객혈이 심해지면서 거동할 기력조차 잃어버리고 말았다. 큰형도 지칠 대로 지쳐 손수레를 끌힘은커녕 혼자 걷기도 힘든 지경이 돼버리고 말았다.

그렇다고 주저앉을 수도 없었다. 결국 아버지를 손수레에 태우고 큰형과 작은형이 수레를 끌고 밀고 하여 남행을 계속했다. 언덕바지나 힘든 길을 만나면 어머니는 나와 아버지를 차례로 업어 나르셨다. 어머니 역시 지쳐 쓰러질 지경이었지만 모성애와, 실질적 가장이라는 무게 때문에 쓰러질 수도 없고 주저앉을 수도 없는 극한의 상황에 몰려 있었다.

죽기 아니면 까무러치기로 남행을 계속하여 최후 목적지인 김제 금구에 도착했다. 금구에는 고향 분이 살고 있어서 큰 도움이 되었다. 어머니는 방물장사에 떡 장사 등 할 수 있는 일은 다 찾아서 생활을 꾸려갔다. 큰형과 작은형은 참개구리 큰놈을 잡아서 뒷다리를 구워 나를 먹였다. 그 덕분에 나는 기운을 차렸고 점점 건강을 회복했다.

그러나 아버지의 병세는 점점 더 심해져서 기침할 때마다 많은 피를 쏟아냈다. 병원 치료를 받을 수 없는 상태에서 어머니는 최선을 다해 아버지의 병시중을 들었지만 별 소용이 없었다.

어머니를 괴롭히고 힘들게 한 것은 생활고와 아버지와 나의 병간호만이 아니었다. 밤만 되면 저승사자처럼 나타나 흡혈귀같이 모든 것을 강탈해 가는 빨치산의 횡포는 그야말로 공포의 대상이면서 분노에 치를 떨게 하는 것이었다. 빨치산들은 총으로 위협하여 돈은 물론이고 밥솥에 있는 밥과 반찬, 쓸 만한 옷가지와 신발 등을 강탈해 갔다.

'빨치산'이라는 용어는 주로 남한 지역에서 자생적으로 조직되고 활동한 사회주의 무장 유격대를 의미한다. 한국 정규군은 이들을 대개 '공비(共匪)'나 '반도(叛徒)'라고 불렀고, 민간인들은 주로 산에서 활동하는 사람들이라고 하여 '산사람'이라고도 불렀다.

우리 국군은 1952년 1월부터 동계 토벌 작전을 벌여 빨치산 토벌에 힘썼다. 1953년 휴전 이후 빨치산은 급격하게 세력을 잃었고, 잔여 세력은 1955년 무렵 거의 소탕되었다.

치료 한 번 제대로 받아볼 수 없는 상황에서 병마와 싸우던 아버지는 그예 세상을 등지게 되었다. 어머니는 서른여섯 그 새파란 나이에 홀몸이 되신 것이다. 어머니를 힘들게 하는 일은 여기서 그치지 않았다. 이번에는 큰형이 가슴막염(늑막염)을 앓게 된 것이다. 어머니는 또 큰형의 치료를 위해서 있는 힘, 없는 힘을 다해 애를 썼다. 그러던 중 전주 예수병원에 가면 외국 의사들이 병을 잘 치료해 준다는 소문을 들었다. 생활이 몹시 어려운 사람은 무료로 치료해 준다는 말도 들었다.

이 어려운 전쟁통에 공짜 치료라니? 어머니는 반신반의하면서도 밑져야 본전이라는 생각으로 큰형을 데리고 예수병원을 찾아가셨다. 소문대로 예수병원 의사들은 친절했다. 어머니가 지금은 돈이 없지만 벌어서 치료비를 내겠다고 하자 외국인 의사는 그렇게 하라고 하며 진찰했다. 큰형을 진찰한 의사는 며칠 후에 수술할 터이니 준비하고 오라고 했다.

지정한 날에 병원으로 갔다. 그런데 수술을 시도하던 의사는 난색을 표하며 수술을 멈추었다. 가슴막염이 전신에 퍼졌기 때문에 수술을 할 수 없다는 것이었다. 낙심한 어머니가 '그러면 어떻게 해야 하느냐.'고 묻자 의사는 어머니에게 너무 걱정하지 말라고 하며 약으로 치료해 보자고 했다.

약을 받아온 어머니는 의사의 지시대로 시간 맞춰 큰형에게 약을 먹였고 큰형의 밥은 쌀을 많이 넣어서 따로 지었다. 작은형과 나는 점심을 굶는 날이 많았지만 큰형은 점심을 거르는 때가 없었다.

어머니는 큰형의 점심밥을 그릇에 담아 솥에 넣고 장사하러 나가셨다. 내 눈에는 솥에 들어 있는 하얀 쌀밥이 항상 어른거렸다. 군침만 삼키던 나는 유혹을 이기지 못하고 부엌으로 들어갔다. 솥뚜껑을 가만히 열고 손으로 밥을 조금 훑어서 입에 넣는다. 쌀밥이 입에서 사르르 녹았다. 한 번으로 그치기에는 너무 아쉬웠다. '딱 한 번만 더!' 속으로 뇌며 손으로 밥을 훑어서 입에 넣었다.

그렇게 세 번, 네 번 하다 보니 밥이 푹 들어가고 말았다. 그런 날은 어머니에게 심한 꾸중을 들었다. 아무려나 어머니의 지극정성에 힘입어 큰형은 건강을 회복했다. 어머니는 열심히 돈을 벌어서 병원에 치료비를 청산하셨다.

어머니의 자녀 교육

1953년 7월 27일 정전협정이 체결됐다. 피란살이로 고생하던 사람들이 고향 집을 찾아갔다. 우리도 피란지인 김제 금구를 떠나 고향을 찾았지만 강원도 철원은 삼팔선 이북에 속해 있어서 귀향할 수가 없었다. 그 당시 우리가 갈 수 있는 곳은 고모부가 면서기로 있는 경기도 파주 적성이 유일한 곳이었다. 적성면 무건리는 첩첩산중이었지만 임시 면소재지였기 때문에 면의 모든 행정 기관이 무건리에 있었고 초등학교도 거기 있었다.

얼마 안 가서 마지리가 면의 행정구역으로 확정되면서 모든 행정 기관이 마지리로 옮겨갔지만 우리는 무건리에 정착할 수밖에 없었다. 스무 살 청년으로 성장한 큰형은 인근 미군 부대에 기거하면서 허드렛일

로 자기 한 몸은 겨우 건사할 수 있었다. 그렇지만 집안 살림에 보탬이
되지는 못했다.

어머니는 나와 작은형 두 아들을 키우시느라고 손에 못이 박히도록
일을 하셨다. 날품팔이는 물론이고 방물장사에 떡 장사, 그리고 철조망
거는 일 등 안 해 본 일이 거의 없었다. 특히 철조망 거는 일은 생명의
위협을 감수해야만 되는 일이었다. 매설된 지뢰가 터져 수없는 생명이
희생되었다.

내 친구 현구도 지뢰 때문에 어머니를 잃었다. 현구네 형 의구 씨는
미군 부대에 근무하고 있었는데 어느 날 갑자기 "의구야!" 하고 부르
는 어머니의 음성이 들렸다. 너무도 생생한 음성이라 혹시 어머니가
오셔서 부르나 싶어 사방을 살펴보았지만 주위에는 아무도 없었다. 갑
자기 불안한 마음이 들고 가슴이 두근거렸다. 아무리 진정시키려 해도
가슴은 자꾸만 뛰고 불안하기 그지없었다. 그때 헐레벌떡 달려온 동생
현구가 사고 소식을 전했다. 철조망을 걷던 어머니가 지뢰를 밟아 그
자리에서 즉사했다는, 그야말로 하늘이 무너지는 소식이었다.

지뢰 폭발로 인한 사고로 많은 사람이 아까운 생명을 잃었다. 그렇지
만 전쟁 복구 당시 치열한 생존경쟁 속에서는 생명을 담보로 한 것일지
라도 일감을 찾을 수 있는 것이 얼마나 다행스러운 일인지 몰랐다.

날품을 팔고 철조망을 걷어 근근이 살아가는 생활이었지만 교육에 대
한 어머니의 관심 덕분에 우리 형제들은 수업료 때문에 집으로 쫓겨 오
는 일은 없었다. 수업료 때문에 퇴학을 당하는 일이나 수업 시간에 집
으로 쫓겨 오는 일 등은 그 당시 아주 흔한 일이었다.

머리가 좀 길게 자랐다 싶을 때, 자고 나면 우리 형제의 머리는 말끔
히 깎여 있었다. 밤새워 가위로 우리 형제의 머리를 깎으신 어머니의

손에는 피멍이 맺혀 있었다. 어쩌다 가위가 머리를 찝어 우리가 깜짝 놀라 깨어 일어날 때면 어머니는 가위에 찝힌 머리를 어루만지며 울상을 하고 계셨다.

의복은 더러울 새 없이 빨아 입히셨고 해진 양말은 즉시 꿰매 신기셨다. 동네 어른들께는 하루에 몇 번이든 상관없이 만날 때마다 인사를 하도록 가르치셨고 특히 언어생활은 엄격히 통제하셨다. 거친 말은 거친 품성을 불러온다는 것을 누누이 경계하셨다. 어머니는 내 일생에 있어서 가장 큰 스승이셨다.

어머니는 고생하는 보람을 우리 형제에게서 찾으셨다. 우리 형제는 건강하게 자랐고 형제가 다 인사성이 밝아 동네 어른들에게 칭찬을 들었다. 학교에서는 공부도 잘해 해마다 우등상을 받았다. 전교 1등은 언제나 내 차지였다. 중학 과정도 입학시험에서 1등을 했기에 가능했다. 중학교 입학시험을 치르고 났을 때였다. 시험 결과 발표를 보고 온 막내에게 어머니는 어떻게 되었느냐고 물으셨다.

"겨우 1등밖에 못했어요."

너무도 기대를 벗어난 결과에 실망이 컸지만 1등을 놓친 막내의 안타까움인들 오죽할까 싶어 어머니는 더 이상 아무것도 묻지 않으셨다.

초등학교(당시는 국민학교)에서 1등으로 졸업한 학생이 입학할 경우 무조건 1년 장학생의 혜택을 주는 한편 입학시험에서마저 1등을 하게 되면 3년 장학생의 혜택을 준다는 배려에 고무되어, 비록 고등공민학교이긴 했지만, 인근의 초등학교에서 좋은 성적으로 졸업한 학생들이 많이 응시했다는 소식을 들어 알고 있는 어머니였다. 아무리 그렇기로 초등학교 6년 내내 1등의 자리를 고수한 막내가 겨우 1등이라니, 어머니로서는 실망이 크지 않을 수 없었던 것이다. 그 며칠 뒤 초등학교 교장 선생님을 길거리에서 우연히 만났을 때였다.

"이주 어머니, 기쁘시겠어요!"

교장 선생님은 희색이 만면하여 축하의 인사를 건네셨다.

"뭐가요?"

영문을 알지 못한 어머니가 의아하여 반문했다.

"모르고 계셨습니까? 이주가 입학시험에서 1등을 했는데요."

"그렇습니까? 걔는 1등밖에 못했다고 하던데요."

"원 녀석이 싱겁기는. 오늘 중학교에서 연락이 왔어요. 이주가 1등이라고요."

여느 애들 같았으면 1등을 했다고 크게 자랑을 하고 다녔으련만 나는 어린 나이에도 좀 싱거운 면이 있었던 것 같다. 나는 고등학교 장학생 선발 시험에도 합격했다. 그때도 어머니는 무척이나 기뻐하셨다. 군 복무를 마치고 신학에 입문하여 목사 안수를 받았다. 목회하면서 방송통신대학교에 편입하여 국어와 중국어, 영어 등을 공부했다.

나는 내친 김에 계속해서 공부했다. 사회복지대학원에 진학하여 석사 학위를 취득했고 60세가 넘은 나이에 박사 과정에 도전하여 학위를 취득했다. 목사로서는 우리나라 최초의 국어학 박사가 된 것이다.

이 모든 것이 첫째는 하나님의 은혜로 된 것이지만 어머니를 통해서 이루어진 일이기에 어머니를 생각할 때마다 고마운 마음에서 우러나오는 눈물을 감출 수가 없다. 그러면서도 '내가 조금만 더 일찍 서둘렀더라면 어머니 머리에 박사모를 씌워드렸을 텐데 ―' 하는 마음이 들어 아쉽기 한이 없다. 어머니께서 바라는 것이 그까짓 박사모를 쓰는 것일까마는 그래도 어머니께 대한 고마운 마음을 그렇게라도 표현하지 못한 것이 못내 아쉬운 것이다.

스물여덟 살 되던 해 신학 공부를 시작한 아들을 보고 "해가 있어야 길을 가지." 하면서도 "신학교 간 것은 못마땅해도 술 끊은 것은 반갑다." 하시며 애써 자위하시던 어머니셨다.

아무리 크고 또 많은 죄를 범했을지라도 예수님을 믿고 자신이 죄인임을 고백하기만 하면 구원받는다고 여러 차례 말씀드리고 나서 "어머니, 구원받으셨죠?" 하고 여쭸을 때 "그럼 그걸 못 받아!" 하셔서 웃음 중에도 오히려 많은 것을 생각할 기회가 되기도 했다.

"그럼 그걸 못 받아!" 하는 말씀이 내 귀에는 '그렇게 귀한 구원을 그렇게 쉽게 받을 수 있는데 그것을 거부하거나 구원의 기회를 놓친다는 게 말이나 되는 소리냐.' 하는 뜻으로 들렸기 때문이다.

어머니, 그 혜안(惠顔)이 정녕 그립습니다!

변이주

* 강원도 철원 출생. 휴전선 이북 실향 파주서 성장
* 총회신학교, 한국방송통신대학교, 목회대학원
* Western States Theological Seminary 한국분교(석사)
* 예원예술대학교사회복지대학원(석사)
* 군산대학교대학원(국어학 박사)
* 한국크리스천문학 등단
* 농민문학상 유승규 문학상 수상
* 저서 「일세교육연구」, 「교회의 우리말(공제)」, 「한글개역성경의 우리말 연구」, 「크고 따뜻한 등(소설)」, 「교도소로 긴 성자」, 「흰 가운 검은 가운」
* 알곡교회 목사

빨간 완장

심 혁 창

1950년 6월 25일 새벽, 멀리서 천둥 소리가 우르르 쿵쿵하고 들려오기 시작했다. 심한 가뭄에 시달리는 농부들은 그 소리에 어딘가 멀리서 비가 오고 있나 보다고 기대를 걸었다.

그러나 비는 오지 않고 그 소리만 하루 종일 들려오고 다음 날은 더 크게 들려왔다. 산골 동네에서는 그게 무슨 소리인지 알지 못했다. 그런 소리가 나고 삼 일째 되는 날 낯선 사람들이 보따리를 이고 메고 동네로 몰려들었다.

그제야 사람들은 북한에서 전쟁을 일으켰다는 소식을 들었다. 전쟁이라는 말에 사람들은 놀라 일손을 놓고 여기저기 모여 웅성거렸다.

"난리가 났다네."

"북쪽에서 김일성이가 쳐들어왔다는 거야."

"서울 쪽에 사는 사람들이 이리로 피란을 오고 있는데 우리는 어디로 피란을 가야 하지?"

포격 소리는 북쪽에서만 나는 게 아니었다. 사방에서 울려 퍼지고 사람들은 불안에 떨기 시작했다. 피란민이 동네 앞을 지나 어디론가 줄을 지어 가는가 하면 어떤 사람들은 동네 사랑방을 빌려 보따리를 풀었다.

그리고 며칠 안 있어 학교에는 휴교령이 내렸다. 그뿐 아니라 담임

선생님이 군대에 나갔다는 소문이 들릴 뿐 학교문은 잠겼다.

동네에서 열일곱 살이 넘은 형들은 군대에 가야 한다고 동네를 떠났다. 우리 아버지도 보급대로 끌려가고 집에는 어린 동생과 엄마만 남았다. 학교를 가지 못하게 되고 며칠 뒤 민희가 찾아와 울상이 되어 말했다.

"오빠, 우리 집은 피란을 간다는데 오빠네는 어떻게 한대?"

"우리는 못 가."

"왜?"

"아버지도 안 계시고 어린 동생들과 엄마는 갈 수가 없어."

"우리는 부산 작은아버지 댁으로 피란을 간다는데 난 어떡하지?"

"……."

그 애는 울상이 되었다.

"난 피란 가는 거 싫어."

"어른들이 가신다고 하면 가야 해."

"그럼 오빠 못 보잖아?"

"피란 갔다가 돌아오면 보게 될 거야."

"난 몰라. 난 안 가고 싶어……."

다음 날 동네 사람들은 보따리를 싸서 이고 지고 피란을 떠나기 시작했다. 집집마다 마당을 파고 그 속에다 쌀과 김치, 옷가지를 묻고 그 위에 마른 짚단 등을 놓아 남이 모르게 해놓고 집을 떠났다.

민희네도 잿간에다 소중한 것들을 묻어 놓고 재를 덮은 다음 짐을 꾸리고 떠났다. 민희는 가기 싫다고 몸부림을 치다가 어른들한테 꾸지람을 듣고 눈물을 흘리며 우마차에 올랐다.

나는 민희가 소달구지에 실린 짐 꾸러미 위에 타고 가며 눈물을 흘리는 민희를 한없이 바라보았다.

'민희야 잘 가, 전쟁이 끝나면 돌아와……'

민희네가 멀리 보이지 않을 때까지 바라보고 서서 속으로 울었다.

마을에는 오십이 넘은 노인들과 여자들과 아이들만 남았다. 청년들은 군대로 가고 아저씨들은 보급대로 가고 온 동네가 어지러운 가운데 팔에 붉은 띠를 두르고 머리에 빨간 띠를 맨 공산군이 들이닥쳤다.

그 가운데 모자를 쓰고 팔에 빨갛고 넓은 완장을 찬 사람이 온 동네를 휘젓고 다니면서 집집마다 뒤졌는데 그 사람은 바로 동네에서 가장 천대받던 대장간 조씨였다.

그 사람을 보고 동네 아주머니가 물었다.

"이봐, 조씨. 어떻게 된 거야?"

어제까지만 해도 동네 사람이 '조가야' 하고 부르면 '네네' 하던 그 사람이 눈을 부라리며 큰소리로 윽박질렀다.

"뭐야? 조씨? 내가 날마다 조씨인 줄 알아? 건방지게 말버릇이 그게 뭐야! 난 이제 너 같은 것들이 부르는 조씨가 아니란 말야. 세상이 바뀐 줄을 알아야지. 내가 이 마을 담당대장이란 말야. 말 조심해!"

조씨는 아주 기세등등하여 동네 사람을 깔보고 반말질을 했고 아주머니들은 놀라서 조씨가 나타나면 숨었다. 조씨는 마을 교회로 가서 청소하는 집사를 향해 소리쳤다.

"야, 오가야, 장로놈 어디 있냐? 간나 새끼들 아직도 교회 다니는 놈이 있나?"

며칠 전만 해도 오집사님이라고 깍듯이 머리를 숙이고 굽실거리던 조씨가 갑자기 '오가야' 하고 반말하는 소리를 들은 오집사는 어이가 없어서 큰 소리로 꾸짖었다.

"뭐야? 오가야라고?"

조씨가 기세등등하여 대답했다.

"그래, 오가라고 했다. 어쩔래, 이 병신아!"

"뭐어! 뭐라고?"

오집사는 노기가 가득한 눈으로 노려보며 절름거리는 다리를 끌고 달려들었다. 오집사는 소아마비를 앓고 장애인이 되어 남들 다 가는 군대도 못 가고 남아 있는 사람이다. 그가 가장 싫어하는 말은 병신이라는 말이다. 그는 병신이라는 말에 가슴이 터질 듯한 분노를 느꼈다.

조씨는 아주 당당하게 가슴을 펴고 명령을 했다.

"병신 육갑떨지 말고 내 말 잘 들어!"

"병신 육갑? 네 놈이 언제부터……."

이때 조씨가 오집사 뺨을 갈겼다.

"무엇이 어때? 감히 나를 보고 네 놈이라고?"

뺨을 맞은 오집사가 들고 있던 빗자루를 높이 치켜들었다.

"뭐? 네 놈이 언제부터……."

"허허, 이 병신이 세상 바뀐 것도 모르고 감히 동대장한테 대들어? 너 죽고 싶지 않으면 당장 무릎 꿇어!"

오집사는 성한 사람도 아니면서 조씨의 멱살을 잡으려고 달려들었다. 그러나 힘이 황소 같은 조씨가 발길질을 하여 오집사를 넘어뜨렸다.

"아이구우우!"

넘어진 오집사를 조씨가 걷어차며 소리를 질렀다.

"죽어, 이 병신아!"

조씨는 교회에서 떠나 동네를 한 바퀴 돌아보고 공산당 사무실로 쓰는 이장네 사랑방으로 갔다. 북한 인민군 소위가 버티고 앉아 조씨에게 물었다.

"오늘 밤 정신교육이 있다. 면 담당 중대장님이 나와서 교육을 하신다. 모일만한 장소가 있나? 동무."

"교회가 있습니다. 동무."

"간나 새끼들 아직도 교회 다니는 놈이 있나?"

"있었지만 다 달아나고 아무도 없습니다."

"오늘 밤 교육은 교회당에서 한다. 집집마다 알려서 저녁에 모이라고 해라."

"예, 알겠습니다. 동무."

조씨는 집집마다 다니며 저녁에 교회로 모이라고 알렸다. 교회를 안 다니는 사람들도 공산당의 명령이 무서워서 모두 교회로 모였다.

면 담당 중대장이 마을 사람들 앞에 나서서 눈을 반짝거리며 입을 열었다.

"오늘 내가 하는 말 잘 듣기요. 교회에 다니면서 하나님을 믿는 사람은 앞으로 나오시오. 교회 다니는 사람은 앞으로 있을 야간 교육에 참석하지 않게 해주갔소."

반동분자, 인민재판으로 총살

이때 오집사가 일어서서 앞으로 나갔다. 면 담당 중대장이 더 큰 소리로 물었다.

"더 없소? 이 사람만 야간 교육에서 빼주갔소."

"저도 나갑니다."

박송자 집사가 일어나 앞으로 나갔다. 중대장이 또 다그쳤다.

"두 사람뿐이오? 이 두 사람만 교육에서 면제하겠소. 더 나올 사람은 빨리 나오라."

동네에서 술주정뱅이로 알려진 주 할아버지가 싱끗 웃으며 나갔다. 중대장이 물었다.

"당신, 정말 하나님 믿소?"

"믿고 말굽쇼, 이 세상에 하나님밖에 어디 믿을 데가 있습니까?"

"그 말이 사실이오?"

"어느 안전이라고 거짓말을 하겠습니까."

마을 사람은 모두 오십여 명쯤 되었다. 모두가 교회라고는 들여다보지도 않던 주씨 노인이 하는 꼴을 보고 속으로 비웃고 있었지만 아무도 입을 열지 못했다. 공산당원이 사람들을 둘러보고 나서 말했다.

"남은 사람들은 밤마다 교육을 받아야 하오. 매일 저녁은 다섯 시에 먹고 다섯 시 반까지 모이시기오. 남조선 인민은 정신교육을 잘 받아야 우리 수령님의 위대하신 정치신념을 알게 된다 말이오, 아시갔소?"

아무도 대답하는 사람이 없었다. 이때 한 노인이 일어나 나가며 말했다.

"난 밤마다 나오기는 힘들어요. 이제부터 교회에 다닐 테니 나도 교인으로 끼워 주시오."

중대장이 대답했다.

"좋소. 소원대로 하오."

동네 사람들 앞에 네 사람이 나란히 섰다. 중대장이 들고 있는 지휘봉으로 한 사람씩 쿡쿡 찌르며 말했다.

"이 반동분자, 너희들은 인민재판에 붙여 총살하겠다. 동대장 조칠성 앞으로!"

조칠성은 우쭐하여 목에 힘을 주고 앞으로 나가 경례를 붙였다.

"중대장님, 명령만 하십시오!"

"이 예수꾼들은 세상에 살려둘 가치가 없다. 내일 아침 동네 사람들이 다 모인 자리에서 인민재판을 하여 처벌한다."

그리고 네 사람은 별도로 묶고 다른 사람들에게 공산당 교육을 한다고 밤이 깊도록 붙잡아 놓았다. 그러나 아무도 꼼짝 못하고 하라는 대로 앉아 졸아가면서 강연을 들었다.

그리고 다음날 아침 동네 사람이 모인 가운데 오집사와 묶여 있는 사람들을 세워놓고 중대장이 인민재판을 했다.

"이 간나새끼들은 반동분자다. 이런 반동은 죽여서 야간 교육장에 안 나오게 해주갔다."

이때 주영감이 큰소리로 말했다.

예수꾼보다 더 나쁜 간나새끼

"대장님, 저는 예수를 믿지 않습니다. 살려주십시오."

"뭐 이런 간나새끼가 있나. 예수꾼보다 더 나쁜 간나새끼. 조동대장, 이 늙은이 허리를 분질러라."

조칠성이 몽둥이를 들고 나서서 주명수 노인 앞에 턱을 받쳐 들고 말했다.

"주가야, 내가 너한테 얼마나 설움을 당했는지 동네 사람들은 다 안다. 지금이 어느 세상인데 이랬다저랬다 지랄이야, 누구를 놀리나?"

주노인은 기가 차서 입을 딱 벌리고, 오집사는 분노로 주먹을 부르르 떨었다. 이때 중대장이 명령했다.

"죽어도 예수를 믿겠다는 자는 앞으로!"

오집사가 묶인 채 앞으로 나왔다. 중대장이 눈을 부릅뜨고 남은 사람을 향해 말했다.

"너희들은 저 간나새끼보다 더 악질이다. 이랬다저랬다 기회만 노리는 간나들!"

중대장은 동 담당 소위와 동대장 조씨에게 명했다.

"이 간나들을 총살에 처한다. 조칠성 동대장, 이 간나들 저 산속으로 끌고 가고 소대장은 즉시 총살하라."

마을 사람들은 누구도 입을 열지 못하고 벌벌 떨었다. 오집사 어머니가 중대장 앞에 무릎을 꿇고 빌었다.

"대장님. 우리 아들을 살려주세요. 무슨 죄가 있다고 이러십니까?"

"예수 믿는 간나들은 다 반동분자다. 에미나도 예수 믿는가?"

"예수님을 믿는 것은 죄가 아닙니다. 예수님을 믿지 않는 것이 죄라고 했습니다."

"뭐라고? 그럼 예수 안 믿는 저 사람들과 내가 죄인이란 말임매?"

"그러합니다. 대장님."

중대장은 송장 같은 얼굴이 되어 소리쳤다.

"조칠성 동대장, 이 에미나도 끌고 가라."

"넷!"

중대장이 마을 사람들을 위협하는 소리로 명령했다.

"오늘 인민재판은 이것으로 끝내갔소. 다들 돌아가서 당과 수령님을 위하여 열심히 일하시오."

오집사 어머니까지 오랏줄에 매인 채 칠성이가 끌고 가는 대로 산속으로 끌려갔다. 이웃끼리 날마다 웃고 이야기하며 순박하게 살던 평화스런 동네에 먹물 같은 공포가 내리눌렀다. 공산당 총 앞에 모두가 겁에 질려 아무도 입을 열지 못했다.

꽁꽁 묶인 채 총을 멘 소대장과 조칠성에게 끌려 산등성이를 넘어가는 사람들은 고개를 돌려 마을 사람들에게 눈인사를 했다. 입은 열지 못해도 그 눈빛은 "모두들 평안히 살기 바라오." 하는 마음을 담은 눈빛이었다.

마을 사람들은 누구 하나 잘 가라는 인사도 살려달라는 애걸도 못하고 미어진 가슴을 쓰다듬을 뿐 모두가 벙어리가 되었다.

빵. 빵. 빵. 빠앙—!

마을 사람들이 흩어져 가고 얼마 안 있어 범굴(호랑이골) 산속에서 총소리가 메아리치며 하늘을 휘감았다.

'빵 빵 빵 빠앙~'

그 소리가 무엇인지 아는 마을 아주머니들은 광목치마로 눈물을 훔치며 어린 자식들을 품에 안고 울 뿐 아무 말도 항의도 못했다.

하루아침에 세상이 바뀌어 동네에서 가장 천대받던 조칠성이가 빨간 완장을 두르고 온 동네 사람을 종 부리듯 해도 누구 하나 말 한 마디 함부로 못했다. 다만 황소처럼 날뛰는 그놈이 무서워서 사람들은 벌벌 떨 뿐이었다.

그러는 가운데도 밤이면 어디서 숨었다가 오는지 낯선 피란민들이 이집 저집으로 기어들었다. 조칠성이는 밤잠도 자지 않고 마을로 숨어 드는 피란민을 찾아내어 소대장한테 일러바쳤다.

우리 집에도 밤중에 한 가족이 찾아들어 아주 작은 소리로 부르는 소리가 들렸다.

"주인님 계신가요?"

어머니가 조심스럽게 문을 열고 내다보았다.

"누구시오?"

밖에 찾는 사람이 기어들어가는 소리로 말했다.

"피란민입니다. 신세 좀 지면 안 되겠습니까?"

얼굴은 안 보여도 목소리가 유순했다. 어머니는 작은 소리로 대답했다.

"그러고 있지 말고 안으로 드시지요."

부부인 듯한 젊은 사람과 어린 여자 아이 하나가 들어섰다. 가물가물한 등잔불을 켜놓고 문을 광목치마로 가렸다. 전쟁이 나고 며칠 안 되어 사람들은 밤에 불을 켜면 문을 가리는 습관이 생겼다. 밤에는 불빛이 밖으로 새어나가지 못하게 하라는 지시 때문이었다.

어머니가 물었다.

"어디서 오셨소?"

"서울서 왔습니다."

"시장하실 텐데……."

"아닙니다. 괜찮습니다."

"잠깐만 기다리시오."

어머니는 밖으로 나가 감자를 껍데기도 벗기지 않은 채 삶아가지고 들어왔다.

"많이 시장할 텐데 이거라도 드시오."

딸인 듯한 여자 아이가 엄마 아빠를 돌아보며 먹어도 좋을까요 하는 눈빛을 보냈다. 아이 아빠가 고개를 끄덕이자 아이는 감자를 껍질도 벗기지 않고 허겁지겁 먹었다. 어머니가 물을 따라 주며 말했다.

"급히 먹으면 체한다. 물마시고 먹어라."

"감사합니다. 아주머니."

여자 아이의 엄마가 겸손하게 머리를 숙여 인사를 했다. 어머니는 여자 아이를 보고 작은 소리로 말했다.

"예쁘고 곱기도 하다. 이렇게 예쁜 것이 배가 많이 고팠던가 보구나."

이북 사투리까지 흉내를

아이 뒤를 이어 엄마 아빠도 감자를 먹었다. 어머니는 두 사람을 살펴보며 조심스럽게 말했다.

"이 동네에서 남자는 머물 수가 없어요. 저들한테 들키면 잡혀갑니다."

"어떻게 하면 좋을까요?"

아이 엄마가 물었다.

"아이 엄마와 아이는 우리 사랑방에 머물면서 우리 친정 조카라고 하시고 아기 아빠는 숨어야 합니다."

잠시 무거운 침묵이 흘렀다. 아이 아빠가 구원을 청하는 눈으로 엄마를 바라보았다.

"아이 아빠는 오늘 밤 숨어야 합니다."

그러면서 나를 바라보았다.

"애야, 너 우리 뒷밭 무 구덩이 알지?"

"응."

"아저씨 모시고 그 무구덩이로 가거라."

어머니는 아이 아빠에게 눈길을 돌리고 말했다.

"이 애를 따라 가요. 우리가 겨울이면 무를 저장하는 무구덩이가 있어요. 그 속에 들어가 숨어 계시면 밤마다 먹을 것을 넣어드릴 테니 그리 아세요."

"이렇게 은혜를 베풀어주시니 감사합니다."

나는 엄마가 싸주는 보따리를 들고 아무도 모르게 아이 아빠를 그 무구덩이로 안내했다.

구덩이는 한 사람이 머물 만큼 넓었다. 바닥에 가마떼기를 깔고 그 위에 요와 이불을 폈다. 그리고 말했다.

"아저씨 안녕히 주무세요. 아구는 짚단으로 가려서 아무도 몰라요."

"고맙다. 네 이름이 무엇이냐?"

"혁우입니다."

"혁우, 고맙다. 조심해 가거라."

다음 날 아침 조씨가 전에 없던 총까지 메고 동네를 뒤지며 혁우네 집까지 왔다. 낯선 아이를 보자 눈을 부릅뜨고 물었다.

"이 아이는 누구냐?"

깜짝 놀란 여자 아이가 엄마 품속으로 파고들었다. 어머니가 대답했다.

"이 애는 내 조카고 이 사람은 친정 올케라오."

조씨가 문초하듯 물었다.

"언제 왔소?"

"어제 저녁 무렵에 왔어요. 걸어서 오느라고 늦었다오."

"이 계집아이와 에미나이뿐이오?"

며칠 사이에 조씨는 북한에서 오기라도 한 듯 이북 사투리까지 흉내를 냈다.

"그렇다오, 우리 친정 오빠는 인민군에 자원입대하면서 당분간 우리 집에 가 있으라고 했다오."

"그게 사실이오?"

부엌에 있는 엄마한테 조씨가 반말로 아버지 이름을 대고 물었다.

"심○○이 어디 갔어?"

전에는 아버지 어머니한테 마님이라고 굽실거리던 사람이 갑자기 반말을 하자 어머니가 불쾌한 소리로 대답했다.

"텃고개 누님이 아프다고 약 지어 가지고 갔네."

"언제 와?"

어머니 화 난 음성.

"왜 반말이여?"

"왜 반말이냐고? 지금 세상이 바뀐 걸 몰라서 물어? 이 팔에 빨간 완장 안 보여? ○○이 언제 오느냐고?"

"내가 알어?"

"오는 대로 보고해. 안 하면 반동분자 이름에 올릴 거여."

조가가 자리를 떴다.

보급대에 가기 전 아버지는 다락에 숨어 지냈다. 조가가 떠나자 아버지는 주먹을 부르르 떨었지만 겁먹은 얼굴이었다. 내가 물었다.

"난 무서워, 아버지도 무서워?"

아버지는 말없이 고개를 끄덕였다. 나한테는 강하고 호랑이 같은 아버지인데 갑자기 작고 약하게 보였다. 아버지는 겁먹고 화난 얼굴로 중얼거렸다.

"저런 상놈의 자식이!"

김일성 만세에 노래까지 부르고

조씨가 갑자기 나타나 아이 엄마한테 명령했다.

"오늘 밤 예배당에서 교육이 있소. 한 사람도 빠짐없이 나와야 하오, 아시갰소?"

어머니도 아이 엄마도 겸손히 대답했다.

"네, 네."

어머니는 아이 엄마한테 친정집에 대하여 설명해 주고 진짜 친정 오라버니 가족처럼 하라고 일렀다. 저녁때 온 동네 사람들이 다 교회당으로 모였다. 만약 참석하지 않으면 반동분자로 인민재판을 받기 때문에 아무도 거역하지 못하고 참석했다.

교육은 김일성 찬양 노래와 김일성이 얼마나 위대한 지도자인가를 강조하고 그 앞에 모두 충성해야 한다는 것이었다. 같은 교육을 밤마다 귀가 닳도록 하여 사람들은 다 알고 있었지만 싫다고도 못하고 그들이 하라는 대로 김일성 만세도 부르고 노래도 불렀다.

교육이 끝나고 돌아온 어머니는 나한테 음식보따리를 싸주면서 무구덩이로 보냈다. 피란 온 지 보름쯤 되었을 때 아이 이름은 황유미이고 아이 아빠는 황성춘이라는 것을 알았다. 유미 엄마가 말했다.

"어머님 고맙습니다. 이 은혜를 어떻게 갚아야 좋을지 모르겠습니다."

"전쟁이 빨리 끝나야 한 텐데 걱정이우. 변변치 못한 음식을 먹는데 무슨 은혜요. 서울서는 무슨 일을 하시었수?"

"우리는 종로에서 인쇄소를 하다가 왔습니다. 갑자기 피란길에 짐을 챙겼는데 아이 아빠가 다른 것은 다 놔두고 백노지만 한 아름 지고 왔습니다."

그러면서 가지고 온 보따리를 풀어 보여주며 말했다.

"피란 가면 어디서든지 인쇄를 할 일이 있을 것이라면서 종이가 있어야 한다고 가지고 온 것이 겨우 이것이랍니다."

보기 힘든 하얀 종이가 펼쳐지자 나는 신기한 눈으로 들여다보았다.

"엄마, 이 종이 학교에서 그림 그릴 때 쓰는 백노지잖아?"

"그래, 백노지로구나. 종이가 커서 그림 그리기보다는 창호지 대신 문에 발라도 좋겠다."

그렇지 않아도 안방 건넌방 사랑방 문이 종이가 낡아서 너풀거렸다. 어머니가 종이를 쓰다듬으면서 물었다.

"이 종이가 꽤 비싸지요?"

"저도 잘 모르겠어요. 필요하시면 몇 장 드릴게요."

유미 엄마가 문짝 숫자대로 넉 장을 내놓았다. 그 날 문들은 새 옷을 갈아입고 환하게 웃었다. 그것을 본 이웃 사람들이 백노지를 사가기 시작했다. 백노지 두 장에 보리쌀 한 되씩을 주고 가져갔다.

그 아바이 반동 아이오?

나는 휴교중이라 할 일이 없었다. 그래서 시간 날 때면 뒷동산에 올라 피란 갔던 수미가 언제나 돌아올까 생각했다. 보따리를 들고 이고 갔던 사람들이 얼마 안 되어 돌아오기 시작했다. 그러나 부산으로 간 수미네는 돌아오지 않았다.

멀리 길을 바라보고 있는데 언제 왔는지 민자가 곁으로 다가오며 물었다.

"오빠 무슨 생각을 하고 있어?"

"응, 민자냐?"

"오빠, 난 오빠를 만나는 순간 아주 오래 전에 알던 사람같이 느껴졌어."

나도 그랬다. 처음 본 민자 눈빛이 가슴속으로 파고드는 느낌을 받았다. 그러나 대답은 달랐다.

"그러니? 난 안 그런데."

"내가 오빠 맘에 안 든다는 뜻이야?"

"그런 건 아니고……."

"오빠, 고마워."

"뭐가?"

"밤마다 우리 아빠 음식 날라 주고……."

"그게 뭐가 고마우냐?"

"고맙지, 오늘 밤부터는 내가 날라다 드릴까?"

"안 돼, 위험해."

"그럼 오빠하고 같이 가면 안 될까. 나도 아빠가 보고 싶은데."

"그러다가 빨갱이한테 들키면 큰일 나."

"딱 한 번만 같이 가게 해 줘."

민자의 맑은 눈빛과 하얀 피부가 좋았다. 그러나 수미를 생각하며 민자와 눈을 마주치지 않으려고 피했다. 하루에도 몇 번씩 마주하고 이야기하고 바라보는 민자는 날이 갈수록 예쁘게 보였다. 말하는 것도 깜찍하고 걸어가는 모습도 예쁘고 웃을 때는 더 예뻤다. 어머니도 그 모습을 보며 같은 말을 몇 번씩 하셨다.

"참 예쁘기도 하다. 어쩌면 살결이 배꽃같이 고우냐. 웃을 때도 배꽃을 보는 것 같다. 난 어려서부터 배꽃을 좋아했는데 네가 꼭 배꽃 같다는 생각이 드는구나."

그럴 때마다 나는 민자를 흘깃거렸다. 솔직히 말하면 민자가 수미보다 예쁘고 고왔다. 수미가 반달이라면 민자는 보름달같이 밝고 시원한 느낌이 들었다.

나는 밤마다 어머니가 싸주는 음식을 들고 민자 아빠한데 갔다. 남들 눈을 피해 몰래 가서 무구덩이 뚜껑을 열고 음식을 밀어 넣고 재빨리 돌아섰다.

누가 보면 안 되기 때문이다. 하루는 밭 귀퉁이를 살금살금 내려오는데 가까이서 무슨 소리가 났다. 깜짝 놀라 그 자리에 굳어버린 채 섰다. 누구냐고 물어볼 수도 없는데 킥킥거리며 웃는 민자 목소리 같았다.

"민자냐?"

"응, 나야."

"어쩌자고 여기까지 왔어?"

"아빠가 너무 보고 싶어서."

"안 돼, 들기면 큰일나."

내가 민자 손을 잡고 비탈길을 내려오는데 저쪽 모퉁이에서 발소리
가 쿵쿵 들려왔다. 순간 나는 유미를 꽉 끌어안고 납작 엎드렸다. 조
씨가 소대장과 순찰을 돌면서 하는 소리가 들렸다.

"종간나새끼가 이 근처를 밤마다 돌아다닌단 말이오."

"누가 말임메?"

"아주 쥐새끼 같은 놈이오."

나는 가슴이 쿵하고 내려앉았다.

"쥐새끼라고? 그 간나새끼가 몇 살임메?"

"육십도 넘은 여우같은 늙은이가 밤마다 이쪽에서 저쪽으로 왔다갔
다 하는데 그 이유를 모르겠단 말입메."

"그 아바이 반동 아이오?"

"반동은 아닙네다."

"그럼 됐소."

두 사람이 저만큼 걸어갔을 때 나는 숨을 크게 내쉬었다. 그리고 안
고 있던 유미를 밀쳤다.

"너, 다시는 이런 짓 하지 마, 알았지?"

"알았어. 그런데 오빠……."

"뭔데?"

"오빠가 안고 있으니까 가슴이 두근거렸어."

"……"

나는 아무 대답도 않고 부지런히 걸었다. 조씨 때문에 놀라 두근거
리는 가슴이 아직도 가라앉지 않았는데 유미는 엉뚱한 소리를 하고 있
어서 미웠다. 집으로 돌아와서도 말없이 어머니 방으로 들어갔다.

"다녀왔어 엄마."

"수고했다. 별일은 없었지?"

"오다가 들었는데요, 조씨가 뒷집 순배 할아버지를……."

어머니가 말을 막았다.

"순배 할아버지가 왜?"

"밤에 어디를 왔다 갔다 한다면서 뒤를 밟고 있는 것 같았어."

"넌 아무것도 모르는 척해라. 알았지?"

"무슨 일이 있어?"

"며칠 전에 끌려갔던 순배 아버지가 돌아왔는데 집 마루 밑을 파고 숨겼다가 조씨가 자꾸 조사를 다니기 때문에 저쪽 산 속 금정 구덩이에 숨겼다. 그리고 밤마다 음식을 날라다 주고 있어. 조씨한테 들키면 큰일 나는데."

"그런 것도 모르고 나는 조씨가 나를 알아보고 하는 말인 줄 알고 얼마나 놀았는지 몰라요."

"조심해야 한다. 만약 유미 아버지가 들키는 날이면……."

"알어."

전쟁이 나고 두 달이 지났다. 땅속에 숨은 젊은 사람들은 밖으로 나오지도 못하고 나이 많은 어른들은 들에서 일을 하고 밤에는 교회당에서 마음에도 없는 김일성 노래를 부르며 강제 교육을 받았다.

빨갱이 조가 놈을 죽여라!

나는 날마다 유미를 데리고 산으로 들로 냇가로 다니며 나무 열매도 따 먹고 가재도 잡으면서 재미있게 물놀이도 했다.

유미 엄마는 어머니를 따라 다니면서 들일을 거들다가 얼굴이 새까

맑게 탔다. 그러면서도 자기 딸을 동생처럼 데리고 다니는 나를 대견하게 생각하고 좋아했다.

한여름이 지나고 구월 어느 날이다. 갑자기 인민군이 여기저기서 나타나더니 동네 앞을 지나 북쪽으로 줄줄이 꼬리를 물고 행진했다. 모두가 지친 모습으로 총을 질질 끌며 동네 뒷산을 넘었다.

마을 사람들이 수군거렸다.

"저놈들은 패잔병이야. 아군한테 공산군이 패하여 달아나는 거야."

"자유 세상이 다시 돌아오고 있어."

"미군이 인천 상육작전에서 성공했다는 거야."

동네 사람을 들볶고 교육을 시킨다고 큰소리치던 소대장이 어디로 갔는지 사라졌다. 조씨가 소대장을 찾아 헤맸지만 소대장은 어디도 없었다. 그렇게 기세등등하던 조씨가 허둥거리기 시작했다.

인민군은 며칠을 두고 무리를 지어 북으로 달아나고 뒤를 이어 국군이 들어왔다. 그제야 마을 사람들은 먹장구름이 걷힌 하늘을 보듯 기뻐서 만세를 부르며 춤을 추었다.

마침내 땅 속에 숨었던 유미 아버지가 나오고 순배 아버지도 굴속에서 나와 가슴을 폈다. 잠깐 얼굴을 보고 무구덩이에서 여름을 난 유미 아빠는 어머니한테 큰절을 올렸다.

"아주머니, 이 은혜 평생 잊지 않겠습니다. 살려주셔서 감사합니다."

그리고 나한테도 정이 담긴 눈길로 말했다.

"고맙다. 밤마다 음식을 나르느라고 수고 많았다. 내 너의 고마운 마음 잊지 않으마."

학교도 개학을 하였고 아이들이 모두 학교에서 만났지만 안 보이는 아이도 있었다. 피란 가서 오지 않은 아이도 있고 전쟁에 죽은 아이도 있었다. 그리고 젊은 선생님들은 한 사람도 안 보였다. 모두 군인이 되었거나 전사했다고 했다.

유미도 우리 학교에 편입하여 사학년이 되었다. 국군이 압록강까지 밀고 올라갔다가 중공군이 인해전술로 밀고 내려와 1·4후퇴를 하였다. 그렇게 밀리기도 하고 다시 밀고 올라가기도 하는 동안 겨울이 지나고 봄이 왔다. 그렇게 시끄럽던 총소리 대포 소리도 멀리 북으로 올라갔고 마을 교회에서는 평화의 종소리가 다시 울려 퍼졌다.

쫓겨난 빨간 완장
마을 사람들이 몽둥이를 들고 대장간으로 몰려들며 소리쳤다.
"빨갱이 조가 놈을 죽여라!"
"조가를 죽여라!"
그 소리에 숨었던 조씨는 혼비백산하여 달아나다 잡혔다. 화가 풀리지 않은 동네 사람들이 몽둥이로 대장간을 와장창 퉁탕 때려 부수었다. 그러면서도 마을 사람들은 매질을 하지 않았다. 조씨는 무너지고 깨지는 대장간을 바라보다 보따리 하나를 끼고 한쪽 어깨를 늘어뜨린 채 정처 없이 떠났다.

아버지와 나는 뒷동산으로 올라가 그 조씨가 가느다란 들길을 거지처럼 달아나는 것을 바라보았다. 마음 약한 아버지가 한숨을 쉬었다.
"저게 어디로 가서 어떻게 살까."
내가 물었다.
"아부지, 저 사람이 아버지 이름을 막 불렀는데 그래도 불쌍해유?"
"불쌍하지. 공산당이 쳐들어오기 전에는 동네 사람들한테 마님 마님

하면서 잘하고 호미, 곡괭이, 쟁기보습 고장이 나면 잘 고쳐 주어서
편했는데, 저 사람이 떠나고 대장간도 없어지고……."

"아부지도 저 사람이 미웠지유?"

"미웠지만 무서운 공산당이 한 짓이 더 밉다."

나는 바보 소리를 했다.

"아부지는 공산당보다 모기가 더 무섭다고 하셨지유?"

미군 패잔병

동네 앞 동쪽 골짜기로 퇴각하는 인민군이 끝없이 줄을 이어 산속
으로 들어가고 있었다. 가끔은 장교인 듯한 사람이 동네로 들어와 물
을 달라고 하여 마시고 가기도 했지만 일반 병사들은 대열에서 나오지
못하고 일렬로 줄을 이어 개미들처럼 꼬리를 물고 걸었습니다.

그 대열을 구경하고 돌아오던 나는 대문 앞에 사람이 쓰러져 있는
것을 발견했다. 깜짝 놀라 엄마를 불렀다.

"엄마!"

아들의 놀란 소리를 들은 엄마가 나와 보다가 더 놀라서 입을 딱 벌
리고 섰다.

"어마! 이게 뭐야?"

가까이 가서 쓰러진 사람을 들여다보았습니다. 군인이었다. 다리가
길고 텁수룩한 수염이 노랗고 철모를 쓴 채 어깨에 총을 메고 있었다.

"엄마. 군인인가 봐."

엄마가 서둘렀습니다.

"이 사람은 인민군이 아닌 것 같다. 빨리 이장님한테 알려드려라."

나는 바람같이 달려 밭일을 하고 있는 이장님을 불렀다.

"이장님, 우리 대문간에 이상한 사람이 쓰러져 있어요. 빨리 가 보셔요."

"그게 뭔 소리냐?"

이장님은 급히 달려와 쓰러져 있는 사람을 보고 말했다.

"이 사람은 미국 군인이다. 안으로 모시고 들어가자. 지나가는 인민군한테 들키면 큰일 난다."

이장님은 다리가 기다랗고 원숭이같이 생긴 군인을 들쳐 메고 안방으로 들어갔다. 방바닥에 널브러졌던 미군이 정신이 드는 듯 머리를 들고 두리번거렸다. 이장님이 철모를 벗겨주었다. 머리도 노랗고 수염도 노란데 눈은 파랗다. 이장님이 물었다.

"정신이 드시오?"

군인은 무슨 말인지 대답을 했지만 벙어리 소리 같아서 알아들을 수가 없었다. 다만 손짓으로 목이 마르다는 듯 목과 입을 가리켰다. 이장님이 알아채고 물을 마시고 싶다는 것 같다며 물을 떠오라고 했다.

부엌에서 바가지에다 물을 떠다 미군한테 대주자 단숨에 한 바가지 물을 꼭 들이켜고 무슨 소리인지를 했다.

"병규, 뱅류"

이게 무슨 소린지는 몰라도 고맙다고 하는 것 같기도 하고 배가 고프다는 말 같기도 했다. 군인은 다시 손으로 배를 가리켰다. 이장님이 알아채고 말했다.

"배가 고프다는 것 같다. 뭐 먹을 것 좀 없니?"

내가 급히 나가 따다 놓은 늙은 오이를 들고 와 그것을 미군한데 내

밀며 먹으라는 사물을 했다. 미군은 받아들자마자 허겁지겁 먹어치웠다. 엄마는 부엌으로 들어가 감자와 고구마를 가져다주었다.

이장님이 말했다.

"일단 이 미군을 이렇게 두어서는 안 됩니다. 지나가는 인민군이 언제 들이닥칠지 모르니 어디든 숨깁시다."

그렇게 하여 미군을 짚을 쌓아둔 헛간 속에 자리를 만들고 말이 통하지 않아 손짓 발짓을 하여 그 안에 들어가 숨어 있으라고 했다. 미군도 대문 앞으로 지나가는 인민군 대열을 보고 우리 뜻을 알아채고 이장님이 하라는 대로 했다.

이장님이 돌아가고 저녁이 되었다. 엄마가 꽁보리밥에 김치를 미군한테 들이밀었습니다. 배가 고픈 미군은 주는 대로 아무것이나 잘 받아먹었다.

미군을 숨기고 있다는 소문이 동네에 퍼지자 이 집 저 집에서 음식을 가져왔다. 그 가운데 중학교까지 나왔다는 서울아줌마가 호밀 빵을 쪄왔다.

"미국 사람은 밥보다 빵을 더 좋아해요. 그래서 호밀빵을 좀 해왔어요."

그러면서 빵을 넣어주자 미군은 좋아서 입을 크게 벌리고 웃으며 머리를 몇 번씩 주억거렸다. 미군이 우리나라를 돕기 위해 왔다는 것을 아는 마을 사람들은 한 마음으로 걱정하면서 인민군들이 빨리 지나가기를 기다렸다. 그렇게 미군을 숨겨놓고 인민군이 다 지나가기를 기다렸다. 인민군은 무려 열흘이 넘도록 떼로 몰려 지나다가 끊어지고 또 몰려오더니 낙오병 몇이 절뚝거리며 지나가곤 잠잠했다.

이장님이 말했다.

"이제 인민군이 다 지나간 것 같으니 미군을 나오라고 하여 내보냅시다."

서울 아줌마도 한 마디 했다.

"먼 미국 땅에서 우리나라를 돕기 위해 이렇게 와서 고생을 하여 미안하네요. 그 동안 동네 분들이 정성껏 음식을 만들어준 성의를 저분은 아실 거예요. 여기를 떠나 자기 부대로 갈 때까지 무사하도록 빌어줍시다."

그렇게 하여 말 한 마디 통하지 않는 미군을 마을에서 떠나보낼 때 마을 사람들은 모두 안타까워했다. 자기들도 먹고 살기에 어려운 처지에서도 이집 저집에서 미수가루도 만들고 호밀 빵, 밀개떡을 만들어다 미군 병사 허리춤에 달아주고 보냈다.

미군은 땡큐 소리만 남기고 길을 떠나 고개를 넘고 들길을 걸어 안성과 평택으로 잇는 신작로로 갔다.

내가 손짓으로 설명했다.

"이쪽으로 가면 평택, 저쪽으로 가면 안성인데 어디로 가실래요?"

"평택! 땡큐!"

미군은 기다란 다리에 높은 허리를 굽혀 인사를 하주고 평택쪽으로 길을 잡았다. 마을 사람들은 길가에 서서 그가 보이지 않을 때까지 손을 저었고 미군도 고맙다는 인사를 하고 아득히 사라졌다.

이름도 성도 모르고 짐승을 만난 듯 말 한마디 못했지만 우리를 도우러 온 미국 사람이라는 것을 아는 마을 사람들은 그가 무사히 부대를 찾아가기를 빌었다. 한동안 어떻게 하여 그 산골까지 미군이 왔는지 궁금했었는데 70년 후에 나는 친구(정연웅)을 통하여 그 비밀을 알았다.

우리 마을 뒷산 너머에 도곡리라는 마을이 있고 그 마을 앞 골짜기로 안성서 용인으로 가는 신작로가 있다. 그 동네 앞을 후퇴하는 인민군이 있었는데 동네 철없는 젊은 빨갱이가 있어서 후퇴하는 인민군에게 정보를 주어 산골짜기 양편에 북괴군이 매복해 있다가 미군이 탄 군용차를 공격하라고 일러준 것이다.

미군 차가 들어서자 양쪽에서 일제히 사격을 하여 미군을 모두 전멸시킨 거다. 그 속에서 살아난 미군이 방향도 모르면서 높은 산을 넘고 골짜기를 지나 우리 동네까지 왔던 거다.

다행히 마을 사람들이 보호하여 안전하게 떠나보냈지만 그가 무사히 평택으로 가고 살아서 귀국했는지 지금도 궁금하다. 북괴군이 매복하게 반역질을 했다는 빨갱이는 동네 사람들의 몽둥이에 맞아 죽었다고 한다.

심혁창

* 「아동문학세상」 등단,
* 장편동화 「투명구두」, 「어린공주」 외 50권, 한국문인협회, 사)한국아동청소년문학협회 회원,
* 한국크리스천문학상, 국방부장관상, 아름다운글 문학상 수상,
* 도서출판 한글 대표

‖ 6·25전쟁 당시10대가 80대 노년까지 일생기 ‖

철없는 어린이에서 산업일꾼으로

이 동 원

‖제1부 개구쟁이 소년기‖

1950년 6월 하순은 첫 여름이 시작되는 절기다.

월요일 아침에 일어나 보니 바깥에서 웅성거리는 소리가 들려 마루에 나가니 울타리 넘어 이웃사람들이 무엇인가 수군대고 있었다.

아침을 먹고 학교에 가니 동무들이 끼리끼리 모여서 얘기를 하는데 전쟁이 터졌다며 무섭다고 했다.

조회를 하려고 운동장에 전체 학생들이 모여 교장 선생님의 훈시를 듣는데 어제 북한군이 쳐들어와서 지금 국방군이 열심히 싸우고 있으니 너희들은 집으로 돌아가서 학교에서 연락할 때까지 등교하지 말라고 하셨다.

교실에 들어와서 담임 선생님의 말씀을 듣고 당분간 못 볼 3학년 3반 이정희 담임 선생님께 친구들과 함께 작별인사를 하고 집으로 돌아왔다.

학교를 못 가니 일어나면 아침 먹고는 마을을 돌아다니며 친구들과 어울려 다니다 집으로 돌아오니 어머니가 이 난리통에 돌아다니지 말고 집에 꼭 있으라고 하셨다.

　우리 집은 충북 음성군 음성읍 읍내리 3구에 대지 200평 가운데 일자형 초가지붕에 네 칸으로 지은 집으로, 텃밭은 채소와 여러 가지 과실수와 꽃을 좋아하시는 어머니가 집 주위에 채송화며 나리꽃이며 토종 꽃들을 심어 집을 예쁘게 꾸며서 시골에 사시는 친척들이 장날에는 꼭 들러서 쉬시다 가시곤 했다.

　전쟁이 나니 사람들이 라디오가 있는 우리 집으로 와서 소식을 듣고는 모두 불안해하며 손에 일이 안 잡힌다며 돌아들 가곤 했다. 며칠 지나고 점심때쯤 국군이 백마를 타고 우리 집으로 들어오고 있었다. 그날 말도 처음 보고 군인도 처음 보았다. 말에서 내린 군인은 아버지 어머니께 인사를 했다. 아버지가 나를 보고 말씀하셨다.

　"네게는 8촌 형님이시다. 인사드려라."

　하셨다. 인사를 하니,

　"네가 동명이냐?"

　하고 물으면서 머리를 쓰다듬 어주 셨다. 아버지는 군인에게 '말은 대추나무에 매놓고 들어오라'고 권했다.

　"아닙니다, 지금 작전 중이라 곧 부대로 들어가야 합니다."

　라고 말하니 어머니가 잠시 마루에 앉아 냉수라도 마시고 가라고 하셨다. 잠시 마루에 걸터앉은 군인은 말을 타고 온 얘기를 했다. 그 소리를 나도 들었다. 십리 밖에 감우재라는 곳에는 산등선을 깎아 만든 고개가 있었는데 그곳은 북위 37도 선이 지나가는 곳으로 서울서 장호원을 거쳐 음성읍을 통과하여 충주와 청주, 괴산으로 빠지는 주요 도로로 방어선을 구축하기에 최적지라는 것을 후에 알았다.

　형님은 고개 너머 무극마을이 자기 집이라서 그곳 지리는 꿰뚫고 있었다. 적을 어느 지점에서 공격해야 한다는 것을 잘 알고 소대장으로서 부하들을 적소에 매복시키고 자기 명령 없이는 총을 함부로 쏘지 말라는 지시를 하고 대기했다.

적 정찰병 두 명이 오는 것을 그냥 통과시켜서 아군의 후방을 정탐하도록 하고 그들이 정탐 후 돌아가도록 놔두었다고 했다.

예상했던 대로 직선으로 난도로 양편으로 많은 인민군이 무장한 채로 올라오고 그 가운데로 백마를 탄 장교가 올라오는 것을 그냥 통과시키고 난 후 총공격을 하여 많은 인민군을 죽이고 말도 그때 사로잡았다고 말했다.

"저는 잠시 진지를 구축하고 휴식 시간에 말을 타고 아저씨께 안부나 드리려고 왔습니다. 아무래도 우리가 후퇴해야 할 것 같습니다. 아저씨, 우리 집에도 소식을 전해 주세요."

그 한마디를 남기고 형님은 말을 타고 떠났다.

피란 가다

소대장 형님이 가고 나서 우리 식구는 큰집 식구들과 피란 준비를 했다. 아버지와 큰아버지 내외분은 남아서 집을 지키고 어머니는 젖먹이와 우리 5남매들과 사촌 형제들을 인솔하여 초천2리(푼내)라고 하는 십리쯤 떨어진 산골 진외가 댁으로 피란을 갔다.

진외가는 산등선을 따라 난 길 끝에 있는 첫 집이었다. 진외할아버지는 한학자로 하얗고 긴 수염을 기품 있게 기르시고 망건을 쓰고 우리 일행을 맞으셨다.

여기도 작은 아저씨가 벌써 피란 오셔서 집이 좁았다. 그래서 고모네 옆집에 양해를 구하고 방 한 칸을 얻어 12명 가족이 짐을 풀었다.

지쳐서 깊은 잠을 자고 아침에 눈을 뜨니 모두가 낯설었다. 산마루에 지은 집이라 대문을 열면 바로 산자락이 집을 둘러싸고 있어 산에서 호랑이라도 나올 것 같아 무서웠다.

어머니가 형과 나를 데리고 젖먹이 동생의 기저귀를 빨려고 산등성이 너머 산골짝 계곡으로 우리 형제를 앞세우고 가셨다. 집도 없고 밭도 없는 산골짝 도랑에 자리 잡고 앉았을 때 능선에서 '7연대, 11연대!'하고 부르는 소리가 들렸다. 일어나 보니 군인들이 이동하고 있었다. 어머니가 빨래를 시작하고 조금 있을 때였다. 갑자기 땅 하고 총소리가 나더니 순식간에 여기저기서 총소리가 콩 볶듯 요란하게 하늘을 갈랐다. 어머니가 우리한테 다급하게 소리치셨다.

"엎드려!"

그러면서 어머니는 몸으로 우리를 덮쳤다. 얼마나 지났을까. 총 소리가 멎자 어머니는 빨래도 하지 않고 우리를 끌고 쏜살같이 산등선을 넘어 집으로 돌아오셨다. 이어 식구들에게 명령하듯 단호히 말했다.

"빨리 짐을 싸라."

우리들은 아침도 굶은 채 허둥지둥 길을 떠났다. 옆 산에 주둔한 군인을 피해 서쪽 산모퉁이 두 개를 지나 밤나무골이라는 몇 가구 안 되는 마을로 갔다. 그곳에는 먼 친척집이 있었다. 어머니가 갑자기 피란오게 된 이야기를 하고 방 한 칸을 얻어 짐을 풀었다.

피란 온 곳이 인민군 진지일 줄은

거기도 나직한 산 맨 꼭대기에 있는 집이었다. 짐을 풀고 늦은 아침을 먹고 온 식구가 작은방에서 불안한 마음으로 둘러앉았다. 너무 긴장하여 누구도 입을 열지 못했다.

여름 날씨라 너무 더워서 방 앞뒷문을 활짝 열어놓고 있었다. 나는 뒷문 앞 울타리 쪽을 향해 앉아 있었다. 그런데 어디서 나타났는지 이상한 군복에 장총과 짧고 소불알같이 둥근 통이 달린 총(따발총)을 멘 군인들이 나타났다. 저쪽에서 밀짚모자를 쓴 흰 농부 옷을 입은 사람이 손으로 한쪽 방향을 가리키자 모두가 납작 엎드리는 것이었다. 나는 어머니한테 달려가 귀에 대고 말했다.

"엄마, 인민군이 울타리에 엎드렸어."

어머니는 식구들을 향해 입에 손가락을 대고 나직이 말했다.

"쉿, 조용히 해라!"

그러시면서 앞뒷문을 닫으시며 명령하듯 말씀하셨다.

"모두 방바닥에 납작 엎드려라!"

그 말이 떨어지기가 무섭게 '딱콩! 따르르르!' 하고 요란한 총소리가 귀청을 때렸다. 어머니는 방으로 총알이 들어오지 못하게 막아야 한다며 싸가지고 온 솜이불로 문을 가렸다.

인민군이 엎드려 총질하는 곳은 방에서 6M 정도로 가까웠다. 따쿵 따쿵 하는 장총 소리와 따발총 소리가 귀청을 찢을 듯이 파고들었다. 우리가 모두 엎드려 오들오들 떨고 있을 때 밖에서,

"동무, 동무 없소?" 하는 소리가 들렸다.

안방에서 집주인 노인이 문 여는 소리가 들렸다. 나는 문창호지에 손가락으로 구멍을 내고 밖을 내다보았다. 인민군들이 울타리 옆에 서서 집주인에게 물었다.

"여기가 어디 뭔 마을임매?"

노인이 무어라고 대답하자 우리가 있는 집에 달린 연초 건조장으로

우르르 몰려 들어가는 것이었다..

   그 순간 우리는 놀라 얼굴이 모두 새하얗게 질렸다. 그 안에는 갓 결혼한 22살 사촌 형님이 방이 비좁다고 건조장에서 멍석을 깔고 자고 있기 때문이었다.

   사촌형수는 안절부절못하고 어머니도 마찬가지였다. 나는 형님이 인민군에게 끌려나올 것만 같아 문구멍에서 눈을 떼지 못했다.

   조금 있다가 인민군들이 건조장에서 나와 대문을 나가는데 형님이 안 보였다. 내가 식구들에게 작은 목소리로 말했다.

   "형님은 안 보여요."

   그러면서 방문을 열었다. 조금 있자 형님이 나타났다. 모두가 반색을 하며 어떻게 된 것이냐고 묻자 이렇게 대답했다.

   "자다가 총소리에 놀라 깔고 자던 멍석을 누운 채 둘둘 말고 창고 벽에 바싹 붙어 숨을 죽이고 있으니 인민군들이 들어와 멍석 위에 앉아 쉬다가 나갔습니다. 간 떨어지는 줄 알았습니다."

   어머니는 감동하여 말했다.

   "다 조상님 은덕이다. 조상님께 감사하고 오늘은 여기서 자고 내일 푼내 진외가로 다시 가자."

   그리고 잠을 자기로 하고 자리에 제각기 누웠다. 그러나 나는 빈대 등쌀에 잠을 잘 수가 없었다. 자다 일어나 긁고 다시 누워 뒹굴지만 빈대가 물어대는 통에 막냇동생이 징징거려서 어머니도 다른 식구들도 다 잠을 설쳤다.

   진외가로 다시 돌아와 하룻밤을 자고 아침을 먹고 나서 어머니가 걱정을 했다.

"먹을 쌀이 떨어졌다. 어떻게 해야겠니?"

어머니 말씀을 듣고 나와 5살 위 사촌형이 읍내 집으로 가서 쌀을 가져오자고 하고 길을 떠났다. 뒷산 길을 따라 어제 국군들이 싸우던 곳을 지나 읍내로 가는 넓은 산등성이에서 우리는 놀랐다. 한쪽에 세퍼드가 총에 맞아 죽어 있고 피 묻은 군복 바지가 깔려 있는가 하면 한쪽에 정사각형 딱총 화약 종이에 앵두 알만한 빨간 화약이 붙은 종이가 어지럽게 널려 있었다.

화약에는 터진 것이 있었는데 이 화약은 때리면 땅하고 총소리만큼 컸다. 국군이 실탄이 부족하여 총소리를 내기 위하여 화약을 터뜨렸던 것으로 짐작되었다.

고갯길을 내려와 신천리 마을에 오니 밥집을 하던 가게에 인민군이 책상을 놓고 어디론지 전화를 열심히 하고 있었다.

그 앞에는 트럭 한 대가 있었고 보초 한 명이 서 있는데 마침 그때 오토바이 한 대가 옆에 사람을 태우는 쪽배 모형의 통에 싣고 온 설탕 봉지를 내려서 차에 싣고 있었다.

내가 잠깐 서서 바라보고 있자 인민군이 물었다.

"어린이 동무, 어디 가기요?"

말씨가 이북 사투리 같았다. 어른한테 들어보지 못한 동무라는 소리에 섬뜩한 생각이 들었다. 내가 대답을 못하자 재차 어디를 가느냐고 물었다. 나는 잔뜩 겁에 질린 목소리로 대답했다.

"피란 갔다가 양식이 떨어져서 집으로 가지러 가유."

인민군은 생각보다 친절하게 가르쳐 주었다.

"가다가 비행기가 오면 나무에 바짝 붙어 있어야 한다. 알았지?"

사촌형과 나는 인민군이 무서워 뒤도 돌아보지 않고 뛰다시피 그 자리를 떠나 급히 집에 도착했다. 우리를 맞은 아버지와 큰아버지 내외분이 놀라시면서 물었다.

"너희들이 어떻게 산을 넘어왔나?"

"양식이 떨어져서 엄마가 걱정을 하셔서 왔어요."

"알았다. 점심 먹고 가거라."

큰아버지가 지게에 양식을 지고 우리가 피란 간 길을 5리쯤 갔을 때 올 때 본 인민군은 없고 개울둑을 따라 낯선 탱크들이 포진을 하고 있었다.

산 고개 중간쯤 이르렀을 때 비행기 소리가 나서 올려다보니 단발 프로펠러의 작은 비행기가 우리 쪽으로 다가왔다. 아침에 인민군이 알려준 대로 나무 사이로 가서 피했다. 비행기가 낮게 날아 지나갔다. 비행기에는 두 사람이 타고 있었다.

큰아버지는 정찰기라고 알려주셨다. 정찰기가 두 번 돌다가 남쪽으로 가고 나서 우리는 고개를 넘어 집에 도착했다. 오래지도 않았는데 마치 며칠이나 못 본 듯이 가족들이 서로 반기며 안부를 주고받았다.

저물기 전에 고개를 넘어가야 한다며 큰아버지가 서둘러 가시었다. 그 후 우리는 이틀간 더 피했다가 집으로 돌아왔다

새로운 세상

며칠이지만 이리저리 떠돌다가 돌아오니 집이 그렇게 편하고 좋을 줄은 몰랐다.

예전에는 미처 몰랐던 고마운 것들이 집 안에 가득한 것을 깨달았다. 우물이 뒤란에 있어 언제든 마음껏 퍼 마실 수가 있고 더우면 두

레박으로 물을 퍼서 등목도 하고 목욕도 할 수 있으니 고맙고, 변소도 울타리 안에 가까이 있다는 게 너무 좋았다.

아침을 먹고 동무들이 모여 노는 마당으로 나갔다. 마당에는 낯선 여자 인민군이 있었다. 바지 옆 솔기에 붉고 굵은 줄을 친 군복에 가 죽 장화를 신은 젊은 여군들이 나를 보자 웃으면서 반겼다.

"어린이 동무 어서 오라요."

내 머리를 쓰다듬어 주고 이름과 학교와 학년과 나이를 묻고 담임 선생님 이름과 교장선생님 이름까지 물었다

노래 교육을 받다

묻는 대로 대답하니 가서 동무들을 데리고 오라고 했다. 나는가까운 집에 사는 동무 3명을 데리고 왔다. 인민군은 그 아이들에게도 똑같은 질문을 하고 이렇게 말했다.

"이제 동무들은 김일성 장군님의 도움으로 새 세상을 만난기라요. 학교도 전철 타고 다니고 교과서도 공책도 옷도 모든 것을 공짜로 주실 것이니 동무들은 공부만 열심히 하면 되는기라요."

우리들은 그 말이 너무 좋았다. 사친회비도 못 내고 학용품도 제대로 못 사고, 옷도 제대로 못 입고 다니는데 모든 걸 공짜로 김일성 장군이 다 주신다니 얼마나 신나는 일인가.

인민군이 물었다.

"어린이 동무들 기분 좋지요?"

우리는 한 목소리로 대답했다.

"네, 네. 예!"

"그럼 장군님께 감사해야디요."

인민군은 손을 저으며 말했다.

"지금부터 노래를 배워서 장군님께 감사해야 합니다."

그러자 다른 여군이 두 손을 앞에 모으고 노래를 불렀다.

장백산 줄기줄기 피어린 자욱

압록강 굽이굽이 피어린 자욱

오늘도 자유조선 꽃다발 위에

역력히 비춰주는 거룩한 자욱

아~ 그 이름도 그리운 우리의 장군

아~ 그 이름도 빛나는 김일성 장군

만주벌판 눈바람아 이야기하라

밀림에 긴긴 밤아 이야기하라

만고에 빨치산이 누구인가를

절세의 애국자가 누구인가를

아~ 그 이름도 그리운 우리의 장군

아~ 그 이름도 빛나는 김일성 장군

(4절까지 있었는데) 2절까지만 여군이 가르쳤다. 이마저 기록하고 싶지 않지만 6·25의 실상을 증언하기 위해 남긴다.

여군은 고운 목소리로 먼저 부르더니 지금부터 따라 부르라고 하면서 한 소절씩 가르쳐 주었다.

나는 어려서부터 노래를 잘 불러서 동네잔치가 있을 때는 불려가서 노래를 부르고 용돈도 제법 받았다.

음성군에서 제일 큰 음성수봉국민학교는 매년 5월 어린이날 전교음악 콩쿨르 대회가 열리는데 전교생 천백여 명으로 학급에서 남녀 각 1명씩 2명이 출전을 하였다. 우리 반에서 남자는 나, 여자는 송숙자라는 예쁜 동무와 한 달간 선생님의 지도하에 밤에는 선생님 집에서 연습을 하고 출전을 하였는데 여자 친구는 전교 2등을 하고 나는 4등을 했다. 3등까지만 상품이 주어졌다.

나는 실망하여 교실로 들어와 풀이 죽어 있는데 담임선생님이 이렇게 말씀하셨다.

"이동명(동원)이 노래는 잘 불렀는데 태도가 너무 경직되어서 점수가 깎여 아쉽게 4등을 했지만 아주 잘 불렀으니 여러분 박수 쳐 주세요."

이렇게 말씀하시자 반 친구들이 박수를 요란하게 쳐주었다. 나는 속으로 1등을 바랐는데 내가 노래를 부르러 무대에 서니 하필 내 앞이 3학년 학생들 자리라 우리 반 친구들이 손가락으로 나를 가리키며 이름을 불러댔다. 그래서 그들과 눈이 마주치자 그만 얼어 버려서 두 손을 다리에 바짝 붙이고는 꼿꼿한 자세로 앞만 보고 노래를 끝낸 것이 몹시 안타까웠다.

집으로 돌아오는 길에 같이 출전한 여자 동무는 내게 '미안해' 라고 했다. 그 순간 나는 더 창피하여 뒤도 안 돌아보고 왔다.

공산치하 3개 월

나는 이번에는 노래를 잘 불러서 칭찬을 받으려고 한 소절 한 소절을 정성을 다하여 따라 부르며 몸도 좌우로 흔들며 목청껏 소리를 냈다.

노래도 금방 외워서 가사도 정확히 부르자 가르치는 인민군 여자가 박수를 치며 어린이합창단에서 노래를 부르라고 칭찬까지 해주어 우쭐했다.

노래 공부가 끝나자 집에 가서 아버지 어머니도 모시고 함께 나오라고 했다. 나는 조금 전에 배운 노래를 신나게 부르며 집으로 돌아와 자랑을 했다. 아버지가 칭찬을 해 주실 줄 알았는데 그게 아니었다.

"나가서 회초리 하나 가지고 와!"

평소의 아버지답지 않게 화를 내시면서 회초리로 내 종아리를 때리시며 다짐하셨다.

"다시는 거기 나가면 안 돼. 알았어? 또 나가면 집에서 내쫓을 거다."

아버지한테 실망한 나는 그곳에 나가지 않고 하루 종일 뒷동산 골짜기에 파놓은 방공호로 가서 놀다가 밤에 집으로 돌아왔다.

방공호로 가는 길에는 성황당 고개가 있었다. 그 고개를 막 넘어서면 길가에 국군이 시체를 묻지 못하고 후퇴하면서 들것에 가마니를 덮어놓은 곳이 있었다. 그리고 방공호 맞은편에는 한자로 '팔로군 묘'라고 붓글씨로 쓴 팻말도 있었는데 그 길을 혼자 가려면 무서워 동무들을 데리고 다녔다.

2일쯤 지나자 동무가 방공호로 찾아왔다. 인민군이 없어졌다고 했다. 마을 마당에 나가 보니 정말 아무도 없었다. 동무와 같이 삼거리로 나가 보았다. 우리 반 동무 집에서 하는 제일 큰 홍아여관에 인민군대의 본부가 있는 것 같았다.

인민군 '선무공작대'라는 글씨가 보였는데 우리 동네에 왔던 그런 군복 차림을 한 여자 인민군이 우글거렸다. 나는 혹시 우리들한테 노래를 가르친 군인이 있을지도 모른다는 생각에 겁이 나서 급히 집으로 돌아왔다.

보위부가 생기고

읍내에서 인민군이 사라지고 나니 보위부란 간판이 붙고 조금 지나자 붉은 완장을 팔에 찬 머슴, 행상꾼, 건달, 배달꾼 등 주로 사회의 불만 계층에 있던 사람들이 활개를 치고 돌아다녔다.

그때서야 주민들이 나와 돌아다녔고 마을에서는 남자들이 자주 모여 서로 정보를 묻고 하는 것 같았다. 하루는 로터리(마을이름)과수원에 사시는 사촌매형의 형님이 오셔서 아버지께 상의할 것이 있다면서 말씀드렸다.

"우리 과수원에서 이십 리 떨어진 평촌에 있는 과수원 머슴이 붉은 완장을 차고 보위부 사람과 같이 와서 과수원을 접수하고 오늘부터 이 동무가 여기 관리인이니 짐을 옮기라고 해서 윗집을 내주고 아랫집으로 내려왔습니다. 어떻게 해야 할지 모르겠습니다."

아버지는 일제 때 음성을 떠나서 강원도 춘천에서 일가를 이루시고 사업을 하시다가 대동아전쟁이 일어나자 모든 사업을 정리하고 철광석을 발굴하여 광산권을 총독부에 넘겨 많은 돈을 받아 가지고 죽어도 고향에 가서 죽는다고 이사를 하시어 음성군에서 유지로 대접을 받고 계셨다.(아버지는 초대 대통령 선거 때 공로로 이승만 대통령으로부터 건국공로 표창장을 받았음. 이 표창장은 가죽 트렁크 속에 넣어 1.4후퇴 때 피란지에서 트렁크 째 도둑맞음)

아버지는 느긋하게 말씀하셨다.

"절대로 반항하지 말고 시키는 대로 하면서 때를 기다리게. 그들의 세상이 오래는 못 갈 것이야."

그 해 여름에는 비가 다른 해보다 자주 오고 소위 반동분자들을 잡으러 다니는 완장 찬 빨갱이들이 밤낮으로 다니면서 설쳐서 젊은이나 배운 사람이나 군인가족, 경찰가족들은 땅굴이나 마루 밑에 땅을 파거나 다락에 숨어 지내느라 전전긍긍 하루하루를 힘겹게 버텼다. 날마다 여기저기서 인민재판을 열어 그 자리에서 몽둥이로 때려 죽였다는 소문이 돌았다.

7월 중순부터는 마을사람들을 밤에 나오라고 해서 소위 사상교육을 시켰는데 빠지는 사람은 반동으로 분류한다는 소문에 어쩔 수 없이 나가서 교육을 받았다. 그런 가운데 젊은 사람들 중에는 징용으로 끌려가는 것을 피하려고 시키는 대로 협조하는 사람들이 늘어났다.

연초 건조장에서 멍석을 말아서 인민군의 의자가 되었던 사촌형님도 그들의 지시대로 움직이는 협조자 일을 하게 되었다고 사촌형수는 어머니께 와서 걱정을 하며 주로 하는 일이 반동분자들 감시하는 일을 한다고 했다.

형님이 수시로 우리 집에 오셔서 아버지와 대화를 나누곤 하였는데 보위부에서 어느 집은 언제 나간다는 정보를 몰래 가서 미리 전해 준다고 했다.

8월부터는 우마차가 있는 집들은 사람과 우마차를 징발하여 전쟁터로 곡식과 부식을 싣고 짚으로 덮어 비행기를 피하려는 위장을 하고 밤에 남쪽으로 인민군의 경비를 받으며 떠났다.

우리 앞집 방앗간과 사촌 매형네 과수원, 그리고 대농을 하는 집들의 우마차들이 모두 징발되어 나갔다가 4일 만에 돌아왔는데 절반도 돌아오지 못했다.

도중에 비행기 공습으로 마차와 소는 죽고 사람만 돌아오기도 했다. 8월 들어서 쌕쌔기라고 이름 붙은 비행기들이 자주 와서 다리라는 다리를 다 폭격하여 부수고 경찰서와 군청도 폭격했다.

하루는 보위부 인민군이 시내를 가다가 쌕쌔기를 만나 급히 고등학교 교장 관사 돌담 호박 덩굴 속에 숨었는데 그걸 본 쌕쌔기가 돌아와 거기다가 기총 소사를 했다. 그 인민군이 총에 맞아 죽어 끌어다 땅에 묻었다며 현장을 보고 온 이웃 아저씨가 동네 사람들한테 전해 주었다.

나는 학교가 궁금하여 가 보았다. 교실마다 일련번호가 붙어 있는데 우리 반 교실에는 43이라는 숫자가 붙어 있었다. 교무실에는 사범학교를 갓 졸업하고 3월에 오신 남자 선생님과 여자 선생님이 와서 빨간 완장을 찬 사람들과 무엇인지를 열심히 이야기하시다가 나를 본 선생님이 이제 곧 학교에 등교하게 될 거라고 하셨다.

8월 말에 접어들면서 밤이면 이천 장호원 쪽에서 물건을 싣고 우마차가 수시로 지나가고 밤에는 많은 사람들이 마른 짚을 한 다발씩 옆구리에 끼고 도로 양옆으로 줄서서 청주 방향으로 내려갔다. 어른들 말씀은 젊은 사람들이 징용으로 끌려가는 거라고 했다.

9월이 되자 조가 익어서 고개를 숙여 수확시기가 다가왔다. 하루는 보위부에서 두 사람이 나와 오백 평에 심은 조 가운데 제일 크게 여문 한 송이를 따더니 그걸 비벼서 약주 종지에 담아 보고 수량을 적더니

밭고랑 수와 고랑 길이를 측정하고 갔다. 어른들 말씀이 수확하면 공
출하라는 기준 자료를 해가는 거라고 했다.

중순에 접어들면서 보름달이 뜨면 이웃 아줌마들이 우리 집으로 와
서 대야에 물을 담아 손거울을 물에 넣고 물속 거울에 비친 푸른 색깔
이 많으면 국군이 이기고 있다면서 좋아들 하셨다.

그러다가 어느 날부터 마을이 술렁이기 시작했다. 유엔군이 진격해
올라오고 있다며 이럴 때일수록 조심해야 한다고 외출도 자제하고 먼
길도 떠나지 않았다.

중순이 지날 무렵 보위부에서 마을의 지식인 소재를 파악한다는 소
문이 돌았다. 그간 숨어 있던 사람들이 산 속으로 피신을 하고 협력자
들도 짐을 싼다는 소문이 돌았다. 사촌 형님이 밤중에 집에 왔다.

아버지 어머니께 인사하러 왔다고 했다. 아버지가 단호히 말씀하셨
다.

"너는 그동안 다니면서 감시자들에게 피신하라고 일러주었으니 수
복이 되어 부역자들 조사할 때 그 사람들이 증인으로 나서 줄 것이다.
아무 걱정 말고 집으로 가지 말고 우리가 쓰던 방공호로 가서 연락할
때까지 꼼짝 말고 있거라."

한밤중에 담 너머에서,

"외삼촌 저 갑니다, 안녕히 계셔유."

하는 소리가 들렸다. 괘종시계를 보니 밤 1시였다. 아침이 되자 여
기저기서 동네 사람들이 모여 밤사이에 누구네 아들이 북으로 갔다며
웅성거렸다.

우리 마을에서도 고종사촌 큰형님과 큰집에 세든 청년 등 여섯 명,

우리가 피란 간 진외가의 청주농고 교사인 작은 아저씨 그리고 백마 타고 온 군인 형님 바로 아래 동생 등이 다 장가들어 자녀를 한둘씩 두고 있었는데 북으로 갔다.

패잔병 인민군

큰 도로에 나가 보니 인민군이 걸어서 충주 쪽으로 길게 늘어서 가는데 옷은 남루하고 총도 없이 가는 사람, 부상 입은 팔에 붕대를 감고 가는 사람, 장총이 길어서 땅에 질질 끌고 가는 사람, 철모가 아닌 모자를 썼는데 낡아서 구멍이 나고 발에는 소위 지까다비를 신었는데 옆구리가 터진 것을 신은 사람 등등 가지가지였다. 다음날도 인민군이 떼를 지어 가고 있는데 모두가 지쳐 시들시들 걸었다.

마지막으로 부상자들을 마차에 태워 충주 쪽으로 가고는 끝으로 더는 보이지 않았다.

국군 선발대가 차를 타고 충주 쪽으로 올라갔다는 소식은 온 읍내에 퍼지고 하룻밤이 지나자 이른 아침에 젊은 청년들이 우리 집으로 아버지를 찾아와서 아직 경찰들도 오지 않고 치안이 공백 상태라 치안대를 조직했으니 아버지께서 자치대장을 맡아 달라고 청했다. 아버지는 흔쾌히 승낙하시고 그들과 함께 음성 군내를 다니시면서 면단위 치안대를 조직하고 경찰이 복귀하기까지 활동을 하셨다.

학교에서 등교하라는 소집통보를 받고 3개월 만에 학교에 가니 안 나온 학우도 있고 무엇보다도 이정희 담임선생님이 안 보였다. 보위부에 협조하던 두 선생님도 보이지 않았다. 여자 친구 송숙자도 보이지 않았다. 옆반 선생님이 오셔서 종례를 마치고 귀가 도중 그 애네 집에 가 보니 집이 비어 있었다. 옆집 어른들께 물어보니 그 집은 빨갱이라 식구가 모두 밤중에 도망갔다고 했다.

우리 집에는 백부모님이 일찍 돌아가셔서 조카 남매를 춘천에 데려다가 성장시켜 출가시킨 사촌 누님이 경찰 시동생이 피란을 못 가고 보위부에 잡혀 반동분자로 인민재판에서 가족들이 보는 앞에서 총살하는 것을 본 사촌매형이 충격을 받아 돌아가셔서 어린 아들 둘을 데리고 청상과부로 우리 집으로 돌아오셨다.

그해 가을은 월북한 가족은 빨갱이 집이라는 손가락질을 받고 겨울 1.4후퇴 때는 너도나도 남쪽으로 먼저 피란 가느라 분주했다.

우리 가족은 후생사업을 나온 군 트럭을 이용하여 큰집, 고모네 집, 사촌매형 가족 등 40여 명의 대가족을 청주까지 가고 충남 연기군 군남면 금촌리까지 걸어가 겨울까지 피란 생활을 하고 봄에 돌아왔다.

‖ 제2부 청년에서 노년으로 ‖

종교와 나

(참고 : 네이버. 다음 창에 '금강대도'클릭)

종지(宗旨)

금강대도(金剛大道)는 1874년 이토암 대성사부(李土庵 大聖師父)님과 서자암 대성사모(徐慈庵 大聖師母)님에 의해 창도된 민족종교이다. 유도(儒道)의 오륜(五倫)과 불도(佛道)의 자비(慈悲)와 선도(仙道)의 청정(淸淨)을 삼합진리로 하며 의성(義誠)사상을 바탕으로 충(忠)·효(孝)·성경(誠敬)·가화(家和)·청결(淸潔)을 실천하여 도덕군자가 되는 것을 목표로 한다. 나아가 중생을 구제하여 천·지·인(天·地·人) 삼재(三才)의 합일로써 우주가화(宇宙家和)의 도덕개화(道德開化) 세상을 이 땅에 이루고자 하는 종교이다.

금강대도는 제1대 도주이신 만법교주님과, 제2대 도주이신 동화교주님, 제3대 도주이신 통천교주님께서 주관하셨고, 현재는 제4대 도주이신 용화교주님께서 대도를 이끌어가고 계시며 앞으로 5세대를 맞이할 준비를 하고 있다. 신앙대상의 존칭은 대도덕성사건곤부모(大道德聖師乾坤父母)이다.

아버지의 종교를 버리고 교회로 가다

1956년 여름 16살 고등학교 1학년 때 교회에 나가는 동네 친구인 신만호를 찾아가 말했다.

"나 교회 좀 데려가 다오."

부탁받은 친구는 놀라 반문했다.

"너 교회에 다녀도 돼? 너 아버지가 교회 가라고 했어?"

"아니야, 절대로 비밀로 해야 해."

그리고 친구를 따라 충북 음성읍에서 가장 오래된 음성감리교회로 가서 첫 예배를 드림으로 기도교인이 되었다. 아버지한테 교회 다니는 것 들키지 않으려고 온갖 잔머리를 썼다. 교회에 가면 창문 쪽이 아닌 벽 아래 붙어 조심하였다. 그러나 '금강대도' 신도가 보고 아버지한테 고자질을 하여 아버지께 들키고 말았다. 아버지는 크게 노하여 소리치셨다.

"족보 파줄 테니 당장 집 나가라!"

그때부터 내 신앙생활은 가시밭길이었다. 내가 교회에 나간 목적은 단 하나였다. 기독교인들은 결혼을 한 번밖에 못 한다는 말(당시는 소실 두는 것이 용인되었음)이 좋아서 교회를 나간 것이다. 하나님이 누구신지도 모르고 다만 크리스마스 때 예수님이 교회에서 사탕주는 날로만 알고 있었다.

교회에는 1학년 친구 3명이 있고 그들이 성가대원으로 있어서 나도 따라 테너파트 성가대원이 되었다. 목사님은 6·25전쟁 때 평양에서 월남하신 노인인 정 무슨 목사님(성함 잊음)과 사모님이 계셨다. 나는 목사님과 교우님들의 보살핌으로 행복한 믿음생활을 하였다.(목사님

은 하나님이고 교우들은 천사로 생각)

우리 아버지는 금강대도 음성군 총책임자로 법명은 서운장, 직책은 선교사(어머니는 단전부인으로) 교주에게는 측근 중 측근이었다. 대동아전쟁 말기에 강원도 춘천에서 사업체를 가지고 광산에도 관여하시고 광산 기사를 고용하여 철광석을 발견하고 총독부에 신고하러 갔다가 광산권을 총독부에서 인수하는 조건을 제시하여 좋은 값으로 팔아 엄청난 돈을 받고 대동아전쟁을 피하여 고향 충북 음성으로 이사 올 때 트럭 3대에(이삿짐에는 2단 장롱 3채, 부모와 아이들 것)싣고 와 좁은 읍내에 굉장한 화제가 되었다. 이 때 아버지가 금강대도에 빠져 신도가 되었다.

어머니 별세와 고난

내가 13살 때 아버지는 금강대도에서 교주의 맏아들(법명 월남장)과 측근 두 분의 자제 등 3명을 우리 집에 데려다 음성고등학교에 입학시키고 학비까지 지원했다. 그분들은 동기학생들의 신분이 아니라 차기 교주와 신도의 신분으로 예의를 지키는 생활이라 우리 형제들도 따라서 조심하며 지냈다.

그해 겨울 그분들은 방학이라 귀향하고 어머니는 쌍둥이 동생들을 낳고 산후 후유증으로 돌연사. 내 위로 3살 연상 형과 쌍둥이까지 5명의 동생까지 7남매의 집안 살림은 복잡했다. 내 밑에 초등학교 4학년짜리 여동생과 가까이 사는 사촌형수와 고종사촌 형수들의 도움으로 살림을 꾸려갔다. 그러는 중 쌍둥이는 제대로 보살피는 손이 없어 어머니를 따라 가고 16살에서 3살까지 5남매를 둔 홀아비가 되신 아버지는 재혼도 쉽지 않았고 도와주던 사촌 형수들도 발길이 뜸하여 학

교도 중퇴한 여동생의 고생은 이만저만이 아니었다. (아버지는 사업장을 비울 수가 없었음)

오랜 세월이 지났을 때 시골에서 아이를 못 나서 이혼하고 서울서 살다가 시골로 내려온 분이 계모로 들어오셨다. 그분은 자유분방한 생활이 몸에 밴 분이었다. 계모는 살림엔 관심이 없고 어린 여동생에게 가사는 맡기고 이웃집으로 큰집으로 나돌았습니다. 아이를 낳아보지도 못했고 애를 키워보지 못한 분이라 자식들이 학교를 가든지 말든지 관심이 전혀 없었다.

두 분의 계모

아버지도 집안 살림이 엉망인 것을 아셨으나 고민만 할 뿐 대책이 없으셨다. 그런데다 큰집에서는 계모를 보내서는 안 된다고 하심으로 더 어쩌지 못하셨다. 특히 계모가 얼마인지는 모르나 아버지 사업에 자금을 좀 대주었던 듯 이러지도 저러지도 못하고 계모가 하는 대로 내버려 두었다. 설상가상으로 금강대도에서는 우리 집안 실정을 파악하고 함흥에서 월남했다는 한문에 박학한 젊은 여자 분을 계모로 인연을 맺게 하고 우리 집에서 기거하게 하였다. 그분은 나한테 관심을 가지고 귀여워도 하고 세심히 돌보아 주기도 했지만 두 계모가 있는 집에서 갈등을 하다가 교회를 찾게 된 동기가 되었다.

먼저 모신 계모는 형을 지원하고, 금강대도에서 들어온 계모는 나를 지원하였는데 내가 서울로 대학에 간다고 떠나자 나를 돌보겠다며 나를 따라 의정부 사촌누님 댁으로 왔다. 누님 댁 옆에 방을 얻어 주며 음성을 떠날 때 아버지가 생활비 지원 약속을 하셨으나 약속이 지켜지지 않자 얼마 후 나를 버려두고 떠났다.

한편 경제권을 쥐고 있는 젊은 계모는 끝내 나를 외면했다. 그런 가운데 나는 아버지가 위급하시다는 전보를 받고 곧장 고향으로 내려갔다.

새 세상을 향한 도전

아버지는 병환에서 회복하고 음성에서의 생활을 접고 같은 도인이 서울 이문동 아들 집으로 이사를 하고 그곳에 생활 터전을 잡고 아버지를 초청하여 계모와 형과 남동생이 먼저 올라가고 나와 여동생은 고향에 남아 1년 동안 지내다가 아버지의 부르심을 받고 상경했다.

이렇게 복잡한 환경에서 나는 내 길을 모색했다. 가장 쉬운 탈출구는 입대하여 집을 떠나는 게 최선이라는 결론을 내렸다. 마침 6촌 형님의 손녀가 대전공군기지 사령부에 군무원으로 있었는데 그 애가 공군에 입대하라고 권하여 지원하고 여의도비행장에서 신체검사를 받았다. 그런데 마지막 단계 색맹검진에서 적색 색약으로 불합격.

1961년 5월 16일 새벽군사혁명이 일어나고 라디오에서는 긴급뉴스와 혁명공약과 국민들의 행동요령이 보도되고 있어 해병대사령부에 신검에 대해 문의하니 예정대로 진행된다고 하여 후암동 해병대 사령부에서 국어와 일반상식 시험에 합격했다.

그런데 거기서 내게 큰 벽은 적색색약이었다. 신체검사에서 공군에서 색약으로 불합격된 내 바로 앞에서 신검자와 심사관 사이에 맞느니 틀리느니 실랑이를 벌이는 혼란 속에 일어나서 보니 맞는 것 같은데 검사관은 숫자를 써 보이며 그 사람을 불합격 처리했다.

색약검사에서 그 다음이 내 차례였는데 호명하여 나가 섰더니 방금했던 검진표를 지적하기에 검사관이 조금 전 지적한 그대로 담대히 대답했다. 그랬더니 합격! 하고 판정을 내렸다.

5월말 용산역에 집합하여 해병대사령부 군악대의 연주를 들으면서 만감이 겹치는 생각도 잠시, 한강을 벗어나자 우리 칸에 해병 인솔자와 헌병 한 명이 와서 군기를 잡는데 삼랑진역에 도착할 때까지 원산 폭격 뭐뭐 등 기압 종류가 있는 대로 다 실시했다.

그리고 5일후, 6월 5일 해병118기 9291294군번을 받고 만12주의 해병은 자연적으로 생기는 것이 아니고 만들어지는 것이란 구호를 몸으로 익히고 결국 진해 기지사령부 군악대에 배속되었다.

왼쪽 팔꿈치에 생긴 흉터

군악대에 동기생들과 부대에 도착했을 때 나는 정신이 혼미하여 내가 살아 있는 건지 죽은 것인지 내 정신이 아니었다. 훈련소 마지막 4주간은 창원군(시) 산악훈련소에서 새벽 4시에 기상하여 산에서 실전을 방불케 하는 훈련을 하고 귀대하여 밤 12시 취침 점호가 끝나야 일과가 끝나는 맹훈령이었다.

마지막 1주간을 남기고 밤 12시 취침점호가 끝나고 당직사관이 "내일 이대생(이화여자 대학)이 훈련소 견학을 올 예정이니 자지 말고 군장정리를 철저히 하라"고 지시하고 나가는데(내가 소대 보급관리 병이라 내 소관임) 내가 "4시간 자는 것도 부족한데 이대생과 우리가 무슨 상관이 있어 차라리 잡아먹어라"하는 소리를 듣고 사관이 되돌아와 벼락을 쳤다.

"그래! 잡아먹는다 이 자식!"하고 소리치며 야전 침대 마구리를 뽑아 빠따 30대를 치며 복창을 명했다. 나는 엎드려뻗쳐 자세로 15대까지 복창을 하고 그 다음은 소리 없이 맞고, 이어 침대 배치까지 30분

동안 이를 악물고 버텼다.

한밤중에 후송되다

군악대에 배속 받고 며칠간은 부대환경에 적응하는 동안은 악기연습이나 교육은 없었다. 선임들의 눈치 보면서 동작들이 굼뜨지 않고 절도 있는 행동을 하여야 하는데 나는 왼손은 안으로 굽어 마비가 오고 등줄기는 척추를 따라 부어오르고 우측 하복부는 손바닥 크기로 붉은 반점이 생겼다. 밤중에 누가 흔들기에 깨어 보니 선임하사관이었다. 자다가 앓는 소리를 하자 듣고 깨웠는데 자다 일어서니 아무리 정신을 차리려 해도 자꾸 쓰러지자 옷을 벗겨 보고는 급히 어딘가에 보고를 하고 동기들을 깨워 내 관물을 챙기고 부축하여 앰뷸런스에 태워 진해 해군병원 응급실로 후송했다.

도움의 손길

아침 긴급히 외과 내과 성형외과 군의관과 간호장교 위생병들이 모여 나를 놓고 회의를 하는데 의식이 몽롱했다. 들리는 말은 최선을 다해 보자는 결론으로 우선 모든 근육이 굳어진 상태로 주사도 마취도 할 수가 없어 머리와 팔다리에 위생병들이 누르고 붙들어 움직이지 못하게 하고 왼쪽 팔꿈치 안쪽 안 굳어진 곳을 가르고 굳어진 근육을 주물러서 썩은 피를 빼내는 수술을 했다.

간호장교가 알약을 먹여 주었다. 깜박 잠이 들었다 깨었다고 생각하고 보니 중환자실에는 팔에 사다리같이 생긴 보조대에 탄력붕대로 감겨져 있었다.

중환자실에는 해군하사의 어머니 권사님이 위(胃)환자 아들 치료를 돕기 위해 진해까지 와서 방을 얻어 죽을 끓여 가져오시는데 옆에 별명이 검둥이(삼복더위에 훈련받느라 피부가 검음)환자인 나를 보고 내가 손을 쓰기까지 친절히 밥을 먹여주셨다.

기독교 신자인 외과과장(소령)과 간호장교(대위)는 출근 시 병실에 들려서 "좋은 아침! 자네는 하나님이 살려주실 거야"라며 쾌활한 웃음 보여주시고 퇴근할 때도 들려서 내 상태를 체크하였다.

하루는 나를 불러서 사무실로 가니 "자네 맞아서 생긴 병이니 누가 그랬는지 솔직히 얘기해"라고 재차 물었다. 나는 체력이 달려서 생긴 것이라고 부인했다. 외과 과장님은 웃으면서 '그래 믿어주마'하시고 더 이상 문제 삼지 않았다.

1개월 치료를 받고 환자 40명이 있는 일반병실로 옮겨졌다. 그리고 내게는 아침 식사 후 저녁 식사 전까지는 병원구내는 자유롭게 다니도록 조치를 해주어 도서실에서 많은 책을 읽었다.

미국의 여류소설가 펄 벅 여사의 대지(大地), 북경서 온 편지 등 그분의 소설은 모두 읽었다.

12월 하순경 외과 과장님이 부르시기에 사무실로 갔다.

"자네 의병제대하게."

하시기에 단호히 대답했다.

"아닙니다. 저는 끝까지 군복무를 마치겠습니다."

내 말을 듣고 잠시 뜸을 들이시더니

"지금 포항에서 동계상륙훈련을 마치고 환자들이 열차로 이리로 오고 있어서 병실을 비워야 하니 해병대 기지사령부 인사과로 가게."

그러면서 서류를 주며 한 마디 더했다.

"하나님이 함께하실 것이다."

그러면서 웃어 보였다. 할 수 없이 작별 인사를 드리고 4개월 만에 진해 해군병원을 떠나 해병기지사령부 인사과를 거쳐 포항기지 사령부로 전출되었다.

연말이라 전출 병은 나 혼자라 관물 백을 메고 2박 3일 열차표와 전속 비용을 받고 잠시 서울 집에 들러서 인사를 드리고 포항 해병기지 사령부에 도착신고를 하고 서류 접수를 했다. 그 후 상병의 안내를 받아 숙소로 가서 혼자 일주일간 대기생활을 시작했다. 대기기간 동안은 장교식당에서 보조 일을 했는데 식사 때마다 기도하고 식당을 깨끗이 정리정돈을 하는 것을 지켜본 하사가 나한테 우정을 베풀었다. 친한 사이가 되자 내 고충을 털어놓으니 포항기지사령부 군악대에는 자리가 없어 해병 1사단으로 배속되어 갈 때 나보고 거기 가 있으면 자기가 군종실로 보내 주겠다고 했다. 그러나 나는 그 말을 믿지 않았다.

결국 나는 1사단 1연대 1대대 화기중대 중 군기가 가장 세다는 81mm박격포중대로 배속되어 고된 군생 활이 시작되었다. 훈련 중에 포판을 메고 뛸 때는 병원에서 퇴원한 지 1개월이 안 된 상태라 다리가 떨려서 휘청거리면서도 이를 악물고 뛰었다.

며칠 후 소대 서무담당 상병이 내게 선임자 김장배 하사의 전령(일종에 몸종)을 맡으라기에 내가 해병대에 지원한 것은 나라를 지키기 위해 온 것이지 일개 하사의 전령 노릇을 하려고 온 줄 아느냐 절대 못 한다고 했다. 그랬더니 밤12시에 자는 나를 깨워서 밖으로 나가더니 세워놓고 여기가 사회인 줄 아냐 이 새끼하면선 주먹으로 명치끝을 쥐어박았다.

나는 그 자리에 꼬꾸라지면서 순간 그래 너 죽고 나 죽자는 오기가 생겨서 돌멩이를 찾으러 더듬거렸다. 그것을 본 그가 나를 끌어안으며 빌었다.

"야야, 왜 그래. 내가 잘 못했다. 용서해라."

그 일로 내게 붙은 별명이 독종. 그렇게 되어 내무생활은 수월했다.

도서실에 파견되다

사단부대 안에 도서실이 생겼는데 근무할 병사 1명을 뽑는다고 중대에서 여러 명이 추천되어 면접을 보았는데 모두 불합격되고 다시 뽑는다며 하사관이 나보고 한번 중대장께 가보라고 하여 갔더니 나의 최종학력과 근래에 읽은 책을 얘기해 보라고 하여 병원에서 읽은 미국의 소설가 펄 벅 여사의 대지와 북경에서 온 편지 등 그분의 저서를 읽은 대로 말씀드리니 대지에 대해서 말해 보라고 해서 왕릉 일가를 중심으로 일어나는 일과 당시 사회상과 한 가문의 흥망성쇠를 다룬 소설이라고 간략하게 말씀드렸다.

2일 후 훈련 중에 중대장 실에서 나를 찾으면서

"지금 당장 관물을 챙겨서 연대본부로 가라. 도서실로 파견 명령이 났다."

일순간 동기생들이 축하해 주고 나를 추천한 하사관도 잘해 보라고 격려해 줬다. 연대본부에서 주의사항을 교육받고 숙식은 도서실 한편에 침실로 이용하고 모든 책은 본인이 책임지고 관리하고 군사도서와 일반도서는 그 사용자를 장교와 병으로 구분하라는 지시를 받고 그날로부터 반입되는 군사도서는 병과별로 분류하고 일반도서는 일반도서와 전문도서 월간지로 구분하여 진열했다.

　15일간의 준비를 마치고 개소식을 하는 날 사단장(소장 해병대사령
관 다음 계급)과 각 부대의 참모들이 연대장의 인솔로 도서실 앞에 해
병 일병인 내가 부동자세로 서 있으니 연대장님이 제게 사단장님을 안
내하게 하시어 도서실 안의 모든 시설을 안내하고 질문을 하면 큰 목
소리로 대답했더니 나가시면서 수고했어 하시면서 흐뭇해 하셨다.

　다음날부터 내 위상이 달라졌다. 군사 도서를 찾는 장교들도 내게
함부로 대하지 않고 하사관들은 거의 들리지 않고 잡지를 주로 병들을
시켜 빌려가고 제일 신나는 사람들은 내 동기와 취사병들로 동기들은
식사 때마다 들려서 밥통으로 제 밥과 부식을 받아오면 제 밥그릇에
먹을 만큼 덜어주고 자기들이 나눠먹고 그릇관리는 알아서 보관했다
(취사병들은 배식이 끝나면 도서실 내 방에서 월간지를 보며 즐겼다)

　나 자신도 군사 도서에서 '귀신 잡는 해병대의 유래와 도솔산의 전
투 등 많은 전투에서 불후의 전공을 세운 선배 해병대의 투철한 정신'
을 배운 해병대원으로의 자부심을 갖게 되었다. 도서실에서 근무하며
나름대로 자부심도 키우고 앞으로의 꿈도 꾸어 보면서 병으로서의 책
무도 실수 없이 이행하여 상사로부터 질책을 당하지 않으려 주의했다.

목사도 사람이다

　어느 날 11연대(포병연대) 군목이 나를 찾아왔다. 찾아온 목적은 나
와 함께 군목실에서 일해 보지 않겠느냐고 했다. 군목의 말을 듣고 군
종실에 근무한다는 건 생각조차 해본 일이 없기에 나는 신학교도 다
닌 적이 없다고 했더니 군종실은 목사를 도와 행정과 성가대지휘와 찬
송가반주와 교회관리 병사들의 신상을 파악하는 것이니 나를 추천한
사람으로부터 내 신상을 파악해서 걱정할 필요가 없다고 했다. 마침

우리 연대가 김포 1여단에 보병연대를 1년에 한 번씩 교체하는 과정이라 도서실도 인수 준비 중이라 승낙했다.

2일 후 연대본부 인사과에서 오라는 연락을 받고 갔더니 11연대 군종실로 전출한다는 통보였다. 입대 후 1년이 넘도록 휴가를 한 번도 못 갔으니 휴가를 갔다가 와서 가면 좋겠다고 하니 인사계와는 좋은 관계로 내일부터 15일간 휴가를 다녀오라고 했다. 11연대 목사님께 말씀드리니 인사계의 연락이 와서 알고 있다며 잘 다녀오라고 쾌히 허락했다.

최전방으로 가다

1년 동안 군사정부가 들어선 뒤 서울의 거리는 질서가 잡혀가는 것이 눈에 띄게 달라졌다. 부대를 떠나 고향으로 내려가 친구와 교회목사님을 뵙고 군목실 근무를 하게 되었다고 말씀드렸다. 목사님이 반가워하시며 몸가짐을 잘하라고 당부하셨다.

휴가를 끝내고 인사과에 가니 전출명령이 취소되었다는 것이다. 부대 이동시 1개월 전에는 인사이동이 전면 중단되어 이미 11연대에는 통보가 되었으니 부대 이동 전날까지 도서실에서 모든 것을 인계하고 중화기 중대로 복귀하여 지시를 받으라는 것이었다. 결국 나는 모든 임무를 마치고 81mm박격포 소대로 복귀하여 구룡포 부두까지 도보로 이동하여 해군 LST함정에 승선, 2박 3일간 동해에서 남해안을 거쳐 서해안을 통과하여 인천까지 중간 중간 훈련을 겸한 부대 이동이 시작되었다.

바다는 서울에 공부하러 올라와 인천 바다를 찾아가 구경했는데 진해 해병훈련소가 바닷가에 있어서 눈뜨면 보았지만 동해와 남해, 서해를 배를 타고 2박 3일간 해안을 따라 이동하다 본 우리나라 해안은 그림처럼 아름다웠다.

육지에서 자란 나는 바다가 그립답기도 했는데 이렇게 바다를 누비며 구경한 경험은 지금도 가슴에 젖은 추억이 되었다. 함선 내에서는 자유롭게 활동할 수 있어서 훈련소에서 교회성가대원으로 활동한 동기생을 배에서 만나 바다를 함께 보면서 즐거운 시간을 보내기도 했다. 울산 앞바다를 지날 때 돌고래 무리가 두 마리씩 짝지어 헤엄치는 모습과 갈매기 노래 소리는 영화에서 보는 장면보다 아름다운 장관이었다.

저녁식사 후 소대 내 도서실에서 근무하다가 어제 합류한 제게는 아무도 신경을 안 가져 동기생과 오붓한 밤바다를 감상할 수 있었다. 뱃전에 둘이 나란히 앉아 부산을 돌아 남해안을 지날 때 마침 둥그런 보름달이 잔잔한 바다 속에 떠서 우리를 유혹하여 미치도록 아름다움에 가슴에서 이태리 민요 '산타루치아' 노래가 흘러나왔다.

나는 큰 목소리로 목청껏 노래를 불렀다. 마침 성악공부를 하던 중이라 바다 위 한밤중 조용한 갑판에서 청중은 친구 하나뿐이었지만 가슴을 활짝 열고 원 없이 노래를 부르자 갑판 근무자 해군하사관이 다가오며 박수를 쳐주고 12시 전에 갑판에서 내려가라고 부탁하여 더 기뻤다.

나는 이 기회가 아니면 다시는 바다를 마음껏 향유하기 쉽지 않을 것 같아 친구와 상륙하기 전 많은 시간을 배의 갑판에서 보냈다.

목사님과 24시간을 함께하다

긴 항해 끝에 인천에서 하선하여 군용차량으로 김포 해병여단 관활

지역 보병연대에 도착하여 군장을 풀고 정리하는데 해군 대위 군목이 저를 찾아 왔다. 포항 11연대 군목님의 전화를 받고 오셨다며 제 인적 사항을 적어갔다. 그리고 3일 후 군종실 발령을 받고 갔다. 숙소 겸 사무실은 미군이 사용하던 반월형 철판 막사로 동서방향이었고 동쪽 반 칸은 정훈사무실과 침실, 서쪽 반은 군종실과 침실로 되었다.

군종실 위로 3m 높이에 산을 불도저로 밀어서 군종실과 같은 막사를 남북으로 지어서 북쪽은 연대장 침실과 집무실과 병사들 침실이었다. 연대장 지프차가 항상 우리 앞에 대기하고 있고 남쪽 절반은 교회 예배당으로 사용하여 군종실에서 차량 관리를 했다.

해병은 장교나 하사관이나 병들은 철저히 기수를 따지는 문화다. 같은 대위라도 해군과 해병은 다른 과정의 장교인 데다가 군목은 일반 참모회의는 물론 특별참모회의에도 참석하는 반면 본부중대장은 참석을 못했다.

중요 안건은 특별 참모회의에서 결정되기 때문에 불교신자인 본부 중대장한테 목사는 눈에 가시처럼 보였던 것이다. 그래서 고래 싸움에 새우등 터진다고 그 갈등의 불똥이 항상 내게 튀었다. 하루는 본부중대에서 오라고 하여 갔더니 서무 담당자가 오늘 밤부터 군종실에서 자지 말고 중대본부 내무반에서 자라면서 중대장 명령이라고 했다. 나는 "여기는 최전방이라 장교도 영내 거주하는데 부서 장교가 자는 곳에서 병이 함께 자면 유사시 즉각 출동하는 준비를 하는 임무를 하는 게 병의 의무중 하나입니다."라고 단호히 거절하고 돌아왔다. 그리고 며칠 후 토요일 목사님은 서울 집에 외박을 나가고 그 침실에는 정훈장교 해병 중위가 자고 있었다. 밤중에 누가 문을 두드려 나가보니 본부

중대장이었다. 분위기가 심상치 않아 차려 자세로 섰더니

"너 내 말이 우스워? 왜 말을 안 들어!"

하면서 뺨을 후려쳤다. 내가 눈을 똑바로 뜨고 쳐다보니 확 밀쳐 도 랑으로 처박는 것이었다. 다시 벌떡 일어나서 다시 앞으로 가 정자세 로 바라보니 또 주먹질을 했다. 나는 정색을 하고 단호히 말했다.

"연대장님 명령서를 가져 오십시오. 그러면 실행하겠습니다."

큰 목소리로 누구든 들으라고 소리쳤더니 본부중대장이 움찔 멈추 었다. 교회가 연대장님 숙소 옆이라 매일 교회 안 청소와 교회 앞마당 을 수시로 쓸어 티끌 하나 없이 깨끗하게 하여 연대장이 지나실 때에 불편하지 않게 하려고 해 왔던 나였다.

그런 나는 연대장님이 수시로 지나시다가 자주 마주쳐 보셨기에 뒷 배가 든든하여 연대장님 명령서를 가져 오라고 엄포를 한 것이었다.

목사님은 해군 대위로 미혼이고 일요일은 예배를 주관하기 때문에 토요일 외박을 하는데 여단본부 군종실 목사님은 해군소령으로 전용 지프차가 배당되어 토요일 외박할 때 우리 부대로 오시어 목사님과 함 께 외박하시고 주일아침 일찍 귀대하시어 예배를 주관했다.

사무실은 직사각형의 다리 4개에 서랍 2개의 목사님 책상 1개와 접 이식의자 4개가 전부인 전형적인 언제고 출동준비를 갖춘 최소한의 집기로 찬송가와 성경책은 교회에 비치해 두었다. 병들이 쓰는 책상은 침실과 예배당에서 주로 업무를 보았다.

어느 날 목사님이 목포가 고향인 신병을 데리고 와 내게 잘 데리고 있으라고 하셔서 침실에 안내하고 짐 정리를 하고 사무실 규칙을 주지 시키고 인적사항을 기록하면서 알게 된 것은 집안이 어려워 고등학교

진학을 못하고 작은 공장에서 일하다가 군에 왔는데 그나마 군대에 오니 집안 형편에 신경이 쓰여 근무에 집중이 안 되는 데다 밤마다 강 건너 북한군이 스피커로 북한 생활을 선전하며 귀순하라고 하여 힘들다고 했다. 우리는 함께 생활하면서 일요일에는 예배를 마치고 목사님의 외출증을 받아 부대 인근 민간인 교회에서 예배드리고 점심도 교회에서 먹고 청년들과 교제를 통하여 다른 세상을 체험하도록 했더니 3개월 만에 안정을 찾아 다른 부대로 전출되었다.

내가 하는 업무 중 예하부대에 병들의 애로사항을 파악하여 목사님께 보고하고 해결하는 일인데 해병대가 주둔한 한강 하구는 비무장지대가 바로 한강으로 겨울에는 한강이 얼면 그 당시에는(휴전직후) 철조망이 없어서 인민군이 건너와 조는 초병의 머리를 잘라가는 일이 있어서 우리 해병 10명이 건너가서 열 놈의 인민군 머리를 잘라온 유명한 전설이 있는 부대가 이동한 후 모두가 긴장하며 한강 초소를 철저히 경비했다.

해병도 인간이다

해병은 전원 지원병들이라 군에 온 사연들도 가지각색인데 여자 친구 문제도 만만치 않았다. 한 병사는 결혼을 전제로 교제를 하여 제대를 하면 바로 결혼을 하여야 하는데 동성동본으로 혼인신고 자체가 안 되고 아이들을 낳아도 동거인으로 남는다면서 하소연을 하는데 제도 자체를 바꿔야 하는 문제로 사회 이슈로는 언론에서 다루는 게 좋겠다고 생각하고 마침 군종실에서 조선일보를 보는데 거기에 독자 투고란이 있어 동성동본도 결혼을 허락하라는 제목으로 글을 써 보냈다. 그랬더니 서부전선 어느 해병으로부터라고 실렸다(1962년 여름)

밤에 사무실이 조용하면 쥐가 들락거리면서 목사님 서랍에 들어가서 오줌을 싸 서류가 훼손되어 밤에 자기 전에 서랍이 책상 판에 달라붙어 공간이 없게 받침목을 끼워야 하는데 토요일이라 깜빡 잊고 있다가 생각나서 급히 서랍을 여니 다행히 오줌은 안 쌌는데 목사님이 편지를 보시고 그냥 펴놨는데 언뜻 보이는 글에 개병대라는 글귀가 있어 제가 읽어보니 동덕여고 기독학생들로 해병대 교회에 간다고 할 때 왜? 개병대라고 욕하는 데를 가느냐고 했는데 와서 보니 그렇지 않더라는 내용이었다.

나는 해병대에 입대해서 모난 성격과 많은 변화를 받은 사람으로 도서실에 근무하면서 해병전사를 정독하여 해병으로서 자긍심이 있었기에 바로 그 학생에게 6·25전쟁 때 인천상륙작전과 서울수복 후 중앙청 깃대에 태극기를 처음 단 것도 해병들이며 원산상륙작전 도설산 전투 등 수많은 전투를 모두 승리로 이끈 승리 이기다란 뜻의 개병대(凱兵隊)라고 설명하는 편지를 보냈다.

며칠 후 목사님이 자네 학생에게 편지했냐고 무르시기에 편지를 보내게 된 동기를 말씀드리니 앞으로 또 그런 일이 있으면 인사 조치하겠다고 경고했다.

크리스마스 축하예배를 방해하는 북한
1962년 성탄 축하예배를 서부전선 애기봉에서 여단 군종실과 1연대 군종실 연합으로 진행하였다. 한강 하구의 겨울 강 건너 개풍군 마을은 드문드문 불빛만이 긴장감이 배어 있고 분단의 슬픔만이 짙게 내린 비무장 지대로 성탄프로그램은 우리 군종실에서 짜되 민간인 성가대는 여단 군종실에서 지원하기로 진행하여 밤 10시에 애기봉 크리스마스트리의 점등식과 함께 '기쁘다 구주 오셨네.'라고 합창으로 시작하자 강 건너 개풍군 마을 초소에서 우리보다 성능이 훨씬 좋은 스피커로 경기민요 창부 타령을 크게 틀어서 우리 예배를 방해를 하더니 목사님의 북한 동포들에게도 성탄의 기쁨이 함께 하시를 축원하고 마치니 저들도 끝냈다.

　생활이 반복되는 것만큼 생각도 반복된다면 그것은 생각만 해도 끔찍한 일이다. 아지랑이 피고 종달새 지저귀는 3월 한동안 잠잠하던 본부중대장이 직접 불러서 너 55(군악) 병과니 앞으로 1주간 여단본부 군악대에 가서 신호나팔 부는 법(트럼펫에서 마우스피스가 없는 악기) 배워 와 신호병으로 근무하라고 했다. 나는 변명하지 않고 네 하고 나와서 목사님께 말씀드리고 배낭을 챙기고 여단군악대로 갔다.트럼펫을 부는 동기생을 붙여주어 다음날부터 부대 근처 묘지에서 진해 기지 사령부 군악대를 거쳐 병원생활, 군종실에 근무하며 오늘 여기까지 오게 된 얘기를 하고 악기를 배우고 싶은 생각은 꿈에도 없고 군종실에서 군대생활을 마칠 것이니 3일 동안 쉬다 갈 터이니 군악대장에게 소질이 없어 가르치기를 포기하겠다고 말해 달라고 하여 3일 만에 귀대하여 중대장님한테 죄송하다고 신고했다. 중대장님은 아무 말도 않더니 연대장 숙소 야간동초근무를 새벽 1시까지 시켰다. 그뿐 아니라 자잘한 일을 시키는 등 여러 가지로 괴롭혔지만 묵묵히 이겨냈다.

　목사님과 24시간을 함께 보내야 하기 때문에 여자가 해야 할 몫이 만만치 않았다. 군화와 단화는 항상 얼굴이 비치도록 광을 내놔야 하고 양말과 손수건은 수시로 빨아서 대기시켜놔야 했다.

　여단본부 군종실 군목은 소령으로 전용 지프차가 있어 수시로 와서 목사님과 상담하는 시간에 운전병과 나는 경험담을 나누었다. 그와 대화 중 기억에 남는 것은 그가 목사님을 모시는 일화 중에 목사님 속옷을 자기에게 꼭 빨라고 시키시는데 하루는 흰 팬티 뒤쪽에 노란 색이 묻어 있어 손으로 못 빨고 돌을 주워다 그곳을 싸서 빨래판에 문질렀더니 구멍이 났단다. 그래도 말려서 드렸더니 다시는 속옷을 벗어주지 않고 집으로 가져가 빨래하는 고역을 면했다고 했다.

 일 년간 별명이 새끼목사로 작은 교회에 젊은 부부 전도사님을 도와 청년들과의 친교활동을 통한 교회봉사 활성화를 정착시킨 일, 수요예배 때 내게 간증을 하게 하신 전도사 내외분이 우리 부대가 포항으로 이동할 때 전교인들이 환송예배를 드려 주시고 형형하며 따르던 친구는 후에 돌아오지 않는 해병이란 영화촬영 엑스트라로 출연 중 폭발물 사고로 한쪽 다리를 잃었다는 소식을 들었다. 하지만 제대 후 사는 게 바빠 연락도 못하고 지내다가 얼마 전에 찾아갔더니 아파트 단지로 개발되어 그를 만날 수가 없었다.

 서울에서 가까운 거리지만 일 년간 한 번도 외출이나 외박을 하지 못하고 오직 군종병으로서 책임을 다했다. 목사님이 해군 소속으로 포항으로 동행하지 못하므로 작별 인사를 드리고 포항으로 이동했다.

 포항으로 이동하니 예배당 건물이 없고 현대식으로 지은 병영막사 끝 한 칸 가운데 복도를 중심으로 한쪽은 예배당으로 한쪽은 사무실로 쓰고 옆의 중대 병들의 침실에는 이동식 칸막이로 분류하여 병들이 함부로 넘나들지 못하도록 해 놓았다. 그러나 김포 전도사님 교회에서 선물로 주신 가죽지갑이 없어진 일이 생겨 소대 선임하사께 말씀드리고 돌려주기를 요구했으나 그런 일 없다고 딱 잡아떼어 더 이상 문제를 일으키지 않으려고 입을 다물고 말았다. 어려운 교회 성도들의 선물을 관수하지 못한 것이 지금도 송구한 생각을 잊지 못한다. 목사님은 해병대 중위로 해군 소속이 아니고 포항은 후방이라 자택에서 출퇴근을 하였다.

김포에서의 새끼 목사란 직무도 포항에서는 없고 부대도 넓은 비행장 안에 모여 있어서 동쪽은 포항 기지 사령부, 북쪽은 보병 연대 남쪽은 포병연대로 한 울타리에 묶여서 업무는 단순했다. 연대 지시사항에 대한 일반 업무와 예배를 위한 업무로 포항시내 침례교회에 군인 중에 남자 성가대원을 뽑아 인솔하여 주일예배를 돕는 일이 주 업무였다.

목사님이 그 일을 하고 계셨기에 남자 성가대를 테너파트와 베스파트를 작은 수송차량에 앉은 인원 10명을 뽑아서 수송부에 9시 반까지 교회에 배차 받아 10명의 이름을 목사님 명의로 오후 5시까지 외출증을 발부받아 포항 침례교회 여성성가대와 맞춰 보고 예배를 드리고 점심 대접을 받고 각자 알아서 5시까지 귀대했다.

목사님이 나의 제대할 날짜가 많지 않으니 미리 훈련을 시킨다고 침례교신학교를 다니다가 입대한 상주 출신 강 일병을 배속 받아 나와 함께 근무하게 하였다.

여성성가대 대원중에 포항도립병원 간호사가 자기 집에서 운영하는 제과점에서 먹어보지 못한 고급 빵을 가져와 식사 후 우리 두 명에게 따로 차와 함께 대접하고 영일만 해변을 산책도 했다.

영일만 해변 숲속에 천주교 여자 수도원이 있었는데 여름저녁 해 그늘에 모래사장에 앉아 바다를 바라보던 수려한 수녀가 지금도 그려

진다.(지금은 포항제철이 들어서 없어짐)

활달하고 쾌활한 딸 9명의 맏이로 부모님도 개방적으로 하루는 초
대를 받고 방문하니 형부하며 우리를 반기는데 무슨 말인 줄 모르고
멍하니 있으니 예배드릴 때 우리를 성가대에서 보아서 알고 있어서 강
일병에게는 4째가 소위 점찍었다는 것이다.

군에서는 수요예배가 없는 대신 침례교회에서 받은 다음 주일예배
에 부를 찬송가를 모여서 배웠고 강 일병과 일요일 시내 교회 외에 부
대 근방의 작은 교회를 돕기로 하고 북문에서 가까운 영일만 호미곶에
작은 교회를 돕기로 하고 수요 예배에 참석하니 노인 할머니와 중년의
아주머님 몇 분이 중년의 목사님과 예배를 마치니 모두 들 반갑게 맞
았다.

처음으로 해병대 군인 두 사람이 수요 예배를 드린 것이 처음이라
고 하시기에 내 신분을 밝히고 자주 찾아 예배드리겠다고 약속하고 시
내 교회에서 예배를 마치고 귀대하여 밤 예배는 호미곶 교회에서 드리
기로 정하였다. 우리가 가자 청년들이 하나 둘 모이기 시작하여 그 해
추석에는 교회에서 밤에 작은 모임을 준비하기로 하고 우리도 참석하
기로 하고 준비를 했다.

우리는 우선 매주 나오는 건빵을 모으고 담배도 모으고 준비를 마
쳤는데 갑자기 추석 전후 외출외박이 중단되는 명령이 하달되어 나갈
방법이 없었다. 사단 정문에 연락하여 군종실의 행사라고 해도 절대
불가능했다.

도저히 교회에 연락할 방법은 없고 그쪽에서는 우리를 기다릴 것
같아 비상수단으로 철조망을 넘기로 하고 좀 돌아가더라도 안전한 곳

을 택하여 낮에 사전 답사를 했다. 그리고 어둠이 내리기 시작할 때 강 일병을 데리고 준비한 물건은 들고 나갈 수가 없어 허리둘레에 넣을 수 있는 만큼 넣고 낮에 보아둔 곳으로 갔다. 마침 동초가 왔다 갔다 하여 다가가서 자초지종을 설명했다. 그 병사가 교회예배에 참석하여 나를 보았다면서 울타리 넘어 7m 아래 수수 밭으로 내려가는 길을 알려주었다.

내가 앞서 밭 중간쯤 갔을 때 손전등 불빛이 눈을 비춰더니 "정지!" 하고 헌병대 수사관이 다가와 자기 신분을 알리고 연행한다고 했다.

내가 우리 사정을 말하고 선처를 부탁했지만 단호했다.

"사정은 헌병대에 가서 하라."

나는 뒤따라가면서 허리에 찬 물건을 빼내며 걷자 뒤따르던 강 일병도 눈치를 채고 빼버렸다. 헌병 차에 태워 남문 위병소에 넘기고 거기서 사단 본부 헌병대에서 호송차로 헌병대 본부로 보냈다. 거기 도착하여 조사를 받았다. 담당이

"사정은 딱하지만 어쩔 수 없다. 대신 영창은 안 보내겠지만 그냥 귀대는 안 된다. 내일 아침 목사님이 인수자 사인을 해야 석방 된다."

그리하여 우리는 날이 밝기만 기다렸다. 아침에 목사님이 오셔서 사인을 하고는 그냥 가시었고 우리는 풀려났다. 강 일병과 십리 길을 걸어서 교회로 가는데 그 길이 어찌나 고통스럽던지 예수님이 골고다 언덕길을 오르실 때의 심정이 이러셨으리라 싶은 생각도 들었다.

귀대한 우리는 목사님 앞에 섰을 때 내가 말했다.

"모든 잘못은 제가 저질렀습니다. 책임은 제가 지겠으니 강 일병에게는 책임을 묻지 마십시오."

솔직히 말씀드리니 물러가 대기하라고 했다. 그 후 나는 모든 일을 강 일병에게 위임하고 대기하고 있다가 연말에 정기 인사 시 연대에서 군기가 가장 세다는 보병중대로 전출되어 2개월 후 전역을 했다.

전역식 날 목사님을 찾아뵈러 갔으나 출타 중이라 일 계급 오른 강 상병과 눈물의 작별을 하고 해병대 생활을 마감했다. 나는 대한민국 해병대원이 된 것을 하나님께, 영광으로 올리며 해병가 1절을 기록하는 것으로 그간의 간증을 읽어주신 여러분께 감사드린다.

해병가

우리들은 대한의 바다에 용사 충무공 순국정신 가슴에 안고
태극기 휘날리며 국토 통일에 힘차게 진군하는 단군의 자손
나가자 서북으로 푸른 바다로 조국 건설위하여 대한 해병대

제대 후 첫 사업

작은 자본으로 할 수 있는 것으로 우선 건어물 장사로 선택하였다.

누님이 마장동 시장에서 건어물 상회를 크게 하시고 계셔서 누님과 상의를 하고 아내의 직장과 가까운 이태원 파출소 옆 복합 건물상가 좌판 대에 건어물 장사를 시작하였다.

이태원 대형 압사 사고가 난 그 골목이다. 좁은 골목에 1층은 상가고 이층은 주택으로 그 당시에는 용산 주둔 미군들이 밤에 주로 이용하는 환락가로 미군을 상대하는 케이들의 주거지였다.

주위에 주거 형태를 보니 좌판에 건어물로는 승산이 없어 보여 상가에서 나와 길가 1층에 상가로 이전하여 유흥업소에서 일하는 사람들이 아침에는 주로 간단하게 계란 프라이를 많이 먹으므로 계란을 추가하고 야채도 같이 하였다.

아내는 학교로 출근하고 나는 거래처 확보를 위하여 열심히 일하고 계란이 잘 팔려서 양평 용문사 근처 양계장을 직접 찾아 현금결제로 신선한 계란을 확보했다.

주위에 장사하시는 분들과도 친분도 쌓았고 그중 한분이 저를 정동 문화방송건물(지금의 경향신문자리)지하1층에 코스모스 다방을 소개 시켜주셔서 주방장을 찾아 만났다.

주방장은 젊은 분으로 거래 시 어떤 대가를 바라는 사람 같아 보이지는 않아 보였다. 지금 거래하는 곳이 있는데 소개하는 분이 하도 칭찬을 하여 생각해 보겠다고 하면서 우선 샘플로 계란 한 판을 가져 오라고 하여 모닝커피에 들어가는 계란을 가지고 가서 모든 조건에 합의하고 납품하기로 하였고 최종적으로 사장의 결정이 남았으니 사장을 만나기로 하였다.

사장은 목사로 토요일 오후에나 시간이 되어 약속 날 다방에 가서 주방장과 같이 홀로 나가니 사장이 나보고 기다리라고 하고는 새로 일하는 레지의 월급 책정으로 직원에 대한 근무태도와 이력 같을 것을 묻고는 다른 직원들에 대해 비교하고 급료를 정하고는 다른 직원들 하나하나 불러서 지시를 하고난 후 주방장으로부터 나에 대한 얘기를 듣고 우선 한 달간 써보라고 지시를 했다.

토요일 오후라 방송국 지하 다방에는 많은 사람들이 몰려들어 한마디로 대박 나는 장소였다. 주방장에게 내일 오겠다고 말하고 이태원 집으로 오면서 많은 생각을 했다.

첫 거래 계약을 파기하다

목사님은 토요일에는 일요일 예배를 위하여 전할 말씀으로 놓고 기도하고 묵상하면서 한 주간 세상풍파에 시달려온 성도들에게 심령의 치료와 마음에 평안과 용기와 희망을 주는 귀한 시간을 다방에 나와서 직원들에게 잘하라고 지시를 하고 월급이나 논하는 것을 어떻게 받아들여야 할지 자전거로 페달을 밟으서 갈등했다.

　가게를 정리하고 집으로 들어와 아내와 마주앉아 이 문제를 진지하게 의논하였다. 다방 납품 물량은 상당하여 장사에는 도움이 되겠지만 신앙인으로서는 도저히 용납이 안 되어 포기하고 싶다고 하니 아내도 동의를 하여 월요일에 다방으로 가서 주방장에게 사실대로 말하고 거래를 못하겠다고 했다. 주방장도 더는 권하지 않겠다고 하여 끝냈다.

　사립학교는 당시에는 여교사 채용 시 결혼 후 임신을 하면 사퇴해야 한다는 조건이 있어 아내는 그 해 겨울방학 때 사퇴하고 이듬해 3월 첫딸을 낳았다.

　첫 딸이라 귀엽고 애초부터 딸 하나만 낳아서 잘 기르겠다고 생각한 나였기에 매일 자라는 아이가 신기하고 귀여웠다. 딸이 자라면서 낮에는 아내가 가게에 나와 틈틈이 봐주었다. 나는 그 시간 거래처에 물품을 배달하고 마장동 누님가게에 들러 건어물과 야채 시장을 다니면서 좋은 물건을 구해 왔다.

　장사는 안정정적으로 자리를 잡았다. 그러나 딸이 자라면서 이곳 환경에서 보고 배울 것이 없겠다는 생각이 들었다. 마침 시장에서 포목점을 하던 분이 면목동 시장으로 이사를 하면서 내게 같이 가자고 하여 면목동 시장을 가보았다. 신시가지로 시장규모도 크고 인구도 늘어날 전망이 밝은 곳이란 말씀도 있어 내 나름대로 이태원보다는 전망이 좋다고 판단했다.

아내와 상의한 결과 더 늦기 전에 우리도 면목동으로 이사를 하자고 결정하고 가게를 넘기고 면목동으로 이사를 했다. 시장을 살펴보니 이태원의 상품으로는 채산이 안 맞아 가을이라 고춧가루 가게가 몇 군데 있어서 관심을 가지고 보니 장사가 잘되었다. 가게 주인을 만나 과 상담해 보니 고추는 청량리 시장에서 떼어온다고 했다. 내 고향이 고추고장 음성이라면서 고추를 대주면 어떻겠느냐 하니 흔쾌히 대답하여 고추로 상품을 정하고 준비를 했다.

몇 군데 더 고추 가게를 확보하고 시작했다. 음성 고향에는 고종사촌 형님이 고추중간 집하 장사를 하고 계셔서 각 가게마다 필요로 하는 고추 품질과 단가를 맞춰서 첫 납품을 성공적으로 끝냈다.

장사는 잘 되었다. 물품을 구매하여 쌓아 둘 장소도 필요 없고 재고도 없으니 혼자서도 할 수 있고 시간적으로도 여유가 있어 앞으로 사업 구상도 할 수가 있었다.

시즌이 지나니 문제가 생겼다. 고추란 가을 김장철이 지나고 나면 매출이 확 줄어들어드는 단점이 있었다. 가게들은 고추방앗간을 겸하고 있으니 그때그때 고춧가루를 소매하며 유지하지만 나 같은 중간 상인한테 비수기는 절망이었다. 이때를 대비하여 가을에 고추를 사서 비축하여 다음해까지 판매를 해야 하는데 그러려면 많은 자금이 필요했다. 이리 저리 궁리하다 겨울과 봄에 할 수 있는 장사를 조사해 보니 전국적으로 간장 담그는 시기에 필수적인 상품이 소금이라는 것을 알았다. 그래서 소금배가 인천에 들어오는 부둣가에서 구매방법과 단가를 조사해 보았다. 시골에서 소매가와 운송비와 하역비 판매에 필요한 경비를 제하고 순수 마진이 20%로 봄 장사로는 좋은 편이라는 판단

아래 1차로 인천에서 8톤 트럭으로 1차에 300포대를 구매하여 음성 사촌형님 창고에 하차했다.

소금을 판매하니 고향 이웃 어른들이 소금은 상급인데 시골에는 농사철이 시작하는 4월 전에 이미 간장용 소금을 사놓았다는 거였다. 그래서 판매가 어렵게 되어 고등학교 동창 중에 시골 이장으로 있는 친구를 찾아가 사정을 말했더니 깜짝 놀라면서 어떻게 소금 장사를 하느냐고 물었다. 그간의 살아온 자초지종을 말하니 이장이 동창 5명을 불러 한 집에 50포씩 마을 창고에 넣고 소매가 되는 대로 받기로 하고 250포를 동창들에게 의탁하고 50포 판매 분만 가지고 돌아왔다.

딸아이의 화상

막내 여동생이 주말이라 기숙사에서 조카가 보고 싶다고 외박 나와 자고 아침에 아내가 젖이 부족하여 암죽을 쒀서 먹이는데 3월이라 석유곤로를 방에 놓고 암죽을 끓이는데 동생이 딸을 안고 곤로 옆에서 불을 쪼이고 있는데 딸이 손으로 암죽그릇을 건드려서 딸의 왼손 팔꿈치에 쏟아졌다. 긴급히 택시로 청량리위생병원으로 가서 치료를 받았는데 2도 화상으로 팔 전체를 붕대를 감고 3일간 입원했다가 퇴원했다.

당시는 의료보험 제도가 없어 100% 환자가 치료비를 부담하여 치료비 감당하기가 벅찼다. 어린아이가 매일 당하는 고통도 보는 것이 힘들었고 그 일로 아내의 불만도 커져 갔다. 그나마 가지고 있던 돈도 생활비와 치료비로 들어가고 시골 소금은 가을 김장철이나 바라보는 일이라 나도 지쳐가고 있었다.

할 수 없이 다시 직장생활을 하기로 하고 신문을 보니 화창물산이라는 여성용 의류란제리 회사에서 구인광고가 있었다. 그 회사는 국내 제일의 섬유회사다. 이력서를 제출하고 발표 날까지 매일 밤 무릎 꿇고 눈물로 기도를 했다.

'주님 이 회사에 입사하는 것만이 저의 탈출구입니다.' 하고 간절히 기했으나 합격자 명단에는 없었다. 하루는 아내가 내게 친정에서 당신을 필요로 하니 일해 보지 않겠느냐는 연락이 왔다고 했다.

그동안 아들도 낳아 네 식구가 되었다. 가장으로의 의무도 있으니 고민이 되었다. 처가 쪽이나 아내도 결혼 후 바로 회사를 그만둔 사정을 알고 있으니 조심스럽게 대하고 아내도 조심스럽게 의향을 타진하므로 잠시 갈등이 생겼다.

작은 회사에 들어갈 수는 있겠으나 처가 쪽에서도 3년간 함께 일하면서 나에 대한 신뢰도가 있는 것 같아 이 기회에 처가에 도움을 줄 수 있다는 자신감이 생겨 재입사하기로 결정하였다.

하나님이 바라시는 것 / 재입사

내가 처가 공장으로 재입사를 하는 날 청량리 대왕코너에 화재가 발생하여 동대문 쪽에서 오는 소방차가 쉴 새 없이 오는 바람에 용두동 시장 맞은편 어름제조공장으로 이사를 하는데 애를 먹었다.

공장을 떠난 지 3년 만에 입사를 하니 그간 공장 규모는 커져 있었고 새로운 조직이 필요한 상황이었다.

큰처남도 결혼하여 자식 둘을 둔 가장으로 책임도 있으니 정신 차리고 일하라는 것 같았다. 공장 현장일은 처남이 맡고 사무실과 외부 업무는 내가 맡았다.

첫 업무는 상공부에서 중소기업을 육성하는 제도가 있다고 하니 알아보라는 지시였다. 중앙청 앞 새로 지은 종합청사 건물11층 상공부 섬유과로 찾아 갔다. 박정희 정권 1-2차 경제개발에 경공업 발전을 위해 적극 지원하는 시기였다. 회사가 필요로 하는 것은 공장 건물이었기에 그에 필요로 하는 서류를 받아서 준비를 하였다.

상공부에서 요구하는 내용은 태양섬유(장인회사명)가 준비된 것이 전무한 상태로 장인께 보고하기는 저를 다시 부르신 장인어른 기대를 저버릴 수가 없어 하나님께 지혜를 주시기를 간절히 기도로부터 시작하고 장인께는 최선을 다해 보겠다고 말씀드리고 우선 거래하는 무역부와 상공부 직원들과의 인과관계를 쌓는 일부터 시작했다.

매일 출근을 하여 사무실 업무를 확인하고 그날 일정을 장인께 보고드리고 동국무역 섬유과에 들러서 직원들과 담소도 하고 앞으로 상공부에서 지원받아 공장을 확장하는 일에 잘 부탁드린다고 미리 협조를 구하고 상공부에는 담당자가 내와 이름이 끝자만 달라 무조건 형님으로 부르고 앞으로 모르는 것 잘 가르쳐 달라며 밉지 않을 만큼 행동하였다.

내 나이 삼십대지만 동안이라 이십대 중반으로 봐서 내 거동에 운신의 폭이 넓었다. 당시 동국무역은 섬유과를 신설하여 확장하는 시기라 담당과장은 나를 같이 일하자고 제안을 하는 정도의 신뢰를 구축하였고 상공부 섬유과는 직원 6명에 과장으로 구성되었는데 자주 들리니 구면이 되어 공무원과 업자란 신분을 떠나 부서의 막내 정도의 간격으로 좁혀 있었다.(단, 식사시간은 피하는 게 나의 원칙)

상공부에 출입한 지 한 달 후 직원들과 저녁식사를 약속했다고 장인께 말씀드리니 소주 값에 갈비탕 값을 주시었다. 회사가 부도나고

다시 시작하는 중이라 어느 정도는 이해가 되었으나 나 또한 이런 일
은 처음이라 어떻게 해야 하는지 걱정도 되었다. 그러나 저녁에 약속
장소에 나가서 상공부 직원을 만났다. 커피 한잔을 하면서

"형님, 솔직히 말씀드립니다. 외부 인사대접을 어떻게 하는지 모르
고 장인께서 주시는 대로 얼마를 받아 왔으니 형님에 알아서 가십시
오."하고 말씀드리니 웃으면서 "아우야, 걱정하지 마라" 하시면서 근처
한옥 작은 식당으로 가서 소주에 갈비탕으로 간단하게 식사를 했다.
그리고 '아우야, 2차 가자' 하면서 다른 찻집으로 갔다.

마담이 와서 "주사님, 어서 오세요."하고 반겼다. 그러나 "내 아우야.
잘 봐."하며 나를 소개했다. 마담이 "똘똘한 아우 두셨네."라고 하는데
아무리 20대 중반으로 보이는 동안이지만 너무하다 싶어 "우리 형님 안
목이 있으셔서 마담 같은 미인을 두셨습니다."라고 하자 마담의 입이 귀
에 걸리면서 후한 서비스가 나오고 형님과의 대화도 슬슬 풀렸다.

상공부 일이 마무리 되다

"아우야, 솔직히 얘기해 봐라"하시기에 그간 나의 유년시절부터 장
가 가기까지 그리고 지금의 처지까지 사감 없이 말하니 다 듣고 내 등
을 두드리면서 "그래, 이 형이 널 도와 줄게"했다.

상공부 문제는 공장을 새로 짓는 대신 기존시설 매입으로 다른 과
의 동의로 해결하고 태양섬유 앞으로 외국에서 받은 십만 불 신용장은
동국무역에서 받은 20만 불 신용장이 태양섬유에서 전량 생산을 하는
것이 인정받아 상공부 융자가 해결이 되었다.

상공부 1억 원의 융자로 화양동(어린이 대공원 인근)일본 세이코시
계 공장 옆에 대지 700평에 ㄷ자형 2층 건물을 구입하고 그 옆에 사

택도 구입하여 이전을 하고 금호동 언덕에 있던 집은 우리 전세금을 빼드리고 그리로 이사를 했다.

공장이 확장되니 기존 시설로는 공간이 너무 넓어 시설을 늘려야 했다. 장인께서 서울 시청에서 공장사업 자금을 지원한다는데 알아보라고 하시어 시청 서무과로 가서 확인하고 담당자에게 상담을 하니 융자를 해주는 조건으로 본인의 땅에 봉제공장을 짓고 싶으니 도와 달라는 조건이 있어 일차 상담은 희망적이었다.

이 분은 경상도 진주 군청 출신으로 김현옥 시장의 인맥으로 서울 시청으로 온 정형적인 공무원으로 이재에 밝은 사람이었다. 상공부 공무원과는 차원이 다른 사람이라 서로 상부상조하는 일이라 쉽게 처리할 수가 있었고 이미 장인 공장 일을 경험한 후라 공장 짓는 것과 거래처 알선과 직원 모집 등 모든 것에 자신이 있었고 장인께는 여러 조건을 처리하여 주는 조건으로 일하는 것을 승인을 받아 진행 속도가 빨랐다.

시청에서 운영자금을 융자받아 각종 최신형 재봉틀 종류를 일본에 60대를 발주하고 환 편직기도 종류를 늘려서 추가로 보충하고 낡은 시설을 교체하고 나머지는 운영자금으로 비축하여 기업을 든든하게 만들었다.

공장 확장과 동시에 운영의 다변화를 기하기 위한 조치로 동국무역과 삼성무역과도 거래를 확보하여 계약을 체결하려고 하니 삼성무역에서는 담보를 요구하여 장인께 말씀드리니 담보는 제공할 수가 없다는 말씀에 조건이 좋은 삼성과는 결실은 맺지 못하고 끝냈다.

공장이 대로변이라 교통이 편리하고 작업지시가 내려지면 원사가

일본에서 들어오면 편직과 염색 가공을 거쳐 제품생산과 수출이 일괄
되니 좋은 조건으로 삼성과 장기적으로 작업을 하가로 한 것인데 아쉬
움이 컸다.

사업은 번창하여서 업계에서도 알아주는 회사로 성장했다. 장인께
서 가방 수출이 활기를 띠고 있으니 가방공장을 만들어 보라고 지시
하셨다. 가방은 섬유와는 다른 분야로 시설부터 기계와 원단(가죽과
비닐)보관 창고부터 모든 과정을 처음부터 배워야 하고 거래처 확보
기능공 확보 등 문제가 많았으나 조사한 대로 말씀드리니 우선 공장
안에서 작은 규모로 시작을 해 보라고 하셨다.

문제 발생

큰처남이 공장을 책임지고 있는데 공장 안에 가방공장을 함께 한다
는 것에 이의를 제기하고 작은처남은 가방 공장은 아버지가 자기에게
준다고 했다면서 공장에 소문을 내서 공장 분위기가 좋지 않았다.

가방공장을 따로 설치할 금액은 서울시에서 받은 지원 금중 봉제공
장의 시설 투자 금을 제외한 상당한 자금의 여유가 있었다.

장모님은 공장도 잘되고 주택도 양옥 2층으로 이사하고 그동안 세
상 풍파를 신앙 하나로 이겨내시며 내가 열심히 일하여 공장도 일으켜
세우고 하니 항상 나를 흐뭇한 시선으로 지켜 주시고 장인의 외도 문
제도 굳게 견뎌내셨는데 간경화로 57세의 안타까운 삶을 마감하시었
다.

나는 13세에 어머니를 잃고 터라 장모님을 어머니로 모셨는데 갑자
기 돌아가시니 하늘이 무너지는 심정이었다. 장모님이 안 계시니 더
이상 회사에서 일할 의욕이 사라져 회사를 떠나고 싶어졌다. 직원도

보충해 놓았고 그동안 회사가 필요한 모든 것을 이루어 놓았으니 만사 위로 조금도 부끄럼이 없이 일하고 떠난다고 생각하니 후회는 없었다. 그 동안 하나님께서 이끌어 주고 지혜를 주시어 모든 어려움을 가능하게 하여주신 하나님께 감사 기도를 드린 후 출근하여 장인께 작별인사를 드리고 퇴사했다.

‖ 제3부 하나님이 바라시는 것 ‖

7년 만에 이루어진 기도

나는 섬유종합상사 공장에 차장으로 공장장 밑에서 5개부서 과장들을 관장하는 업무로 노동조합이 있어 본사에서 지시가 제대로 실천되지 않아 나를 보낸 것인데 출근하고 보니 공장장과 과장들의 유대관계가 공장장과 부하직원의 관계가 아닌 형님과 아우란 개념의 관계로 업무가 시작되면 업무의 회의가 아닌 커피타임으로 시작되었다.

본사에서 나를 채용할 때 공장의 문제점을 미리 파악하고 출근하였기에 공장장과 단독으로 면담하여 아침 부서장과 커피 타임을 점심식사후로 변경하고 부서장들을 업무지시와 확인을 할 때만 사무실로 부르는 것 외에는 근무 질서를 바로 잡아 나가기 협조를 요청하고 협조 약속을 받았다.

6개월 동안 노력한 끝에 공장의 근무 질서가 잡히고 노조도 협조하여 본궤도에 오르자 일하는 보람도 있고 인정도 받았지만 나를 그 회사에 소개한 분이 전화를 하여 본인이 화창물산 김포 와이셔츠공장 책임자과장으로 가니 자기 밑에 과장대리로 함께 가자고 제안했습니다.

자세히 알아보니 7년 전 그 회사에 입사 원서를 넣고 하나님께 무릎 꿇고 간절히 입사하게 해 달라고 기도한 그 회사여서 두말 않고 승낙하였다.

마지막 직장으로 인도하신 하나님

화창물산 본사는 영등포 공단 넓은 대지에 직원이 700명에 가연 편직 봉제 스타킹 트리코트(일명 비로도)를 주 생산으로 여자들의 란제리 의류계통에는 화창레이스가 선발주자로 남영나일론 회사보다 앞선 기업으로 1억불 수출 탑도 받은 기업이었다.

본사에서 사령장(和昌 第457號辭令狀 姓名 李東源 課長代理에 임명함. 金浦工場勤務를 命함. 技術管理課長代理에 補함. 西紀1976年 2月 7日 株式會社 和昌物産 代表理事 朴淙錫)을 받고 김포 비행장 입구 제재소 건물 2층으로 가서 공장 시설부터 직원들 모집까지 마치고 공장 설립취지대로 일본에서 신소재로 개발되어 수입되는 TC186P원단으로 남성용 Y셔츠를 대우물산에서 소련으로 장기적으로 수출하는 작업을 화창물산에서 하청받아 봉제를 하는 공장으로 신설했다.

봉제 기능공은 본사 기숙사에서 회사 버스로 출근시키고 기타 직원들은 김포지역에서 모집을 하였다. 직제는 공장 책임자 과장 1명 생산관리 대리 1명 각부서의 주임과 반장들로 Y사스 2개 반 60명의 직원으로 출발했다.

홍은동에서 김포까지 버스로 출퇴근하는데 늦어도 2시간 전에는 집에서 나와야 하는데 공장에는 30분 전에 출근하여 모든 것을 점검하고 본사 기숙사에서 오는 출근버스와 자재를 받아 준비하고 첫 공정부터 반장 조장 검사를 한조로 이뤄 작업을 하였다.

15일간은 새로이 공장을 시작하기 때문에 본사에서 반장 2명과 검사를 지원받아 기능공은 숙련도의 파악을 견습공을 훈련하고 실습을 통하여 제품생산에 들어가 첫 1달간은 목표한 제품을 달성하고 품질도 인정받아 본사의 신뢰를 받았다.

처음 공장 설립은 Y셔츠 생산이 주목적이었으나 김포 공장시설로는 대우회사에서 요구하는 물량을 댈 수가 없어 부산에 하청공장을 더 늘려서 한 곳에서 관리하고 수출하기로 되어 김포공장은 본사와 같은 제품을 계속하기로 결정했다.

회장님은 수시로 아침에 김포공장에 들러서 점검하셨다. 과장은 시흥 낙골에서 출근을 했는데 본사에 들려서 오는 날이 많아 제 시간에 출근을 못 하였다.

창설 때부터 현지에서 채용한 직원들과 본사에서 출퇴근하는 직원들이 서로 융합되는 것이 중요하기 때문에 나 개인 돈으로 직원 전원에게 "한마음으로 일하자"라는 구호를 플라스틱 명찰에 새겨 작업복에 달고 월요일에는 조회를, 수요일에는 점심 후 노래공부, 오후 작업 2시간 후는 앉은 자세로 체조 시간을 주고 반장에게 여성의 생리주기를 파악하여 특별히 신경 쓰도록 지시했다.

매일같이 생산일보가 작성되어 본사에 전달되어 공장장 사장 회장께 보고되는데 김포공장은 2개 반에서 본사와 같은 제품인데 반별로 생산량이 본사보다 배가 더 생산되고 원단과 부자재도 많이 남아 매주 토요일에는 남은 원부자재를 본사에 입고하였더니 본사에서는 소동이 벌어졌다.

회장의 지시로 본사의 생산저조와 원부자재의 로스 책정에 대한 조사와 대책을 마련하라는 지시로 외주가공부서에서는 더 이상 로스를 줄이면 하청공장에서는 일을 못 한다며 내게 남는 원부자재를 본사에

반납하지 말고 자체로 처리하라는 압력을 가했다. 그러나 나는 굴하지 않고 계속 시행하였다.(결국에는 야간경비와 재단실 직원과 결탁하여 원단 로스를 선금을 받고 거래하다가 준돈만큼 원단을 못 주자 본사 총무부서에 신고를 하고 조사 결과 회장이 임명한 야간경비의 소생으로 밝혀지고 두 명을 해고하는 것으로 종결됨)

근무한 지 3개월 후 과장이 본사로 대기 발령되고 회장의 조카사위 과장이 김포공장으로 출근하여 나와 함께 업무를 시작하였다. 나이는 나보다 아래지만 똑똑하고 매사에 적극적이고 진취적이었다. 나하고는 호흡이 맞고 본사에서도 요직에 있어서 내가 계획하고 실행하는데 본사의 후원이 적극적으로 지원되었다.

함께 근무한 지 1개월 되는 날 출근하지 않고 본사로 나를 들어오라고 하여 갔더니 회장실로 함께 들어가서 한 달간 김포공장에서 관찰한 결과 김포는 이대리가 충분히 운영할 수 있다고 보고하고 하여 회장의 승인을 받고 나 단독으로 운영을 시작하였다.(하나님께서 내게 주신 계획임을 깨달음.)

나를 의심하는 본사 직원들

본사 업무를 보려면 김포공장에서 버스로 2번을 타야 한다. 하루는 업무를 마치고 경비실에서 김포로 나가는 직원 공용 자가용을 얻어 타려고 기다리는데 경비실은 외부 방문자와 면회자 대기실을 겸해서 항상 분주한 곳인데 하청 담당 직원 둘이서 주고받는 말이 김포공장 이대리는 월급 가지고 사는 줄 알아? 원단 남는 로스가 얼마인데 한 달간 김포공장에서 생산하는 수량이 엄청난데 그 로스만 해도 승용차 한 대는 굴리고도 남는다고 하는 것이었다. 저들이 내가 이대리 본인인 줄 모르고 한 말이라 조용히 듣고 오면서 생각했다. 그들이 충분히 그렇게 생각할 수도 있겠다 싶어 그 날로 공장에서 작업하고 나온 모든 쓰레기와 심지어 화장실에서 나온 휴지까지 모두 모아서 자루에 넣어 통근버스로 본사로 실어 보냈다.

다음날 본사 총무부장이 전화를 하여 어제 실어 보낸 쓰레기에 대해 말씀하시기에 경비실에서 들은 직원들의 대화 내용을 들려드리니 이 대리의 고충 충분히 이해한다며 화장실 쓰레기는 자체로 해결하기로 합의를 하였다.

6개월간 원부자재 남는 것을 본사에 보낸 것을 금액으로 환산하나 많은 액수로 그동안 직원들이 절약하고 알뜰하게 관리한 공이므로 그에 대한 보상이 따라야겠기에 매일 보내는 생산보고서에 부전지를 첨부하여 '직원들의 사기진작으로 광릉수목원에서 하루 쉬는 버스 2대와 점심식대를 지원하여 주십시오.'라고 써서 올렸더니 회장께서 총무부장에게 지시를 하여 하루를 보상받는 휴식을 가졌다.

수목원을 다녀와 회장께 감사의 인사를 드리니 봉투 하나를 주셨다. "그동안 수고 많았어. 자녀들과 식사나 하게."

나는 감격하여 '유용하게 사용하겠습니다.'라고 받아왔다. 공장에 와서 열어보니 많은 금액이었다. 다음날 아침 조회 때 회장님이 내게 주신 돈이지만 여러분의 노고의 결과이니 매일 지루한 공장 일에 활력을 주는 오디오를 설치하겠다고 선언했다. 모두가 박수로 환영하여 을지4가 오디오 상점에서 시설 일체를 구입했다. 약간 부족한 돈은 아내와 상의하여 보태서 설치했다. 그 후 직원들이 너도 나도 레코드판을 사왔다.

11월 첫 겨울이 시작되는 계절 공장은 한 해를 마감 준비를 시작하는 달이다. 본사 총무부로부터 통보가 왔다. 전혀 생각지도 못한 일이었다. 김포공장을 매각하기로 결정했으니 나보고는 준비를 하라는 통지였다.

나는 본사로 방문하여 총무부장과 면담했다. 그동안 김포공장으로 인하여 회장의 지시와 현장 책임자들 사이에서는 운영상의 알력으로 어려움에 처했는데 마침 김포 공장을 인수하겠다는 기업이 있어 매각하기로 하였으니 한 달 안에 인계할 준비를 마치라면서 이대리만 본사로 들어오라는 것이었다.

무거운 마음으로 공장으로 왔으나 열심히 일하는 직원들을 볼 때 차마 말을 못하고 그동안 매주 월요일 조회 때마다 시골에서 올라와 공장에서 힘들게 일하여 어려운 시골집에 생활비와 동생들 학비를 대며 성실히 일하는 직원들 앞에서 돈을 아끼고 사치하지 말고 저축하며 살라고 당부했다. 그리고 나부터 검소한 생활을 실천하여 왔다.

그동안 직원들과 있었던 일들이 주마등처럼 스쳐갔다. 나는 직원들과의 소통을 중요시하여 언제고 항상 대화시간은 가지고 각자의 고민과 시골집의 여러 일에 대하여 상담했다.

하루는 친숙한 여반장이 있었는데 결혼할 상대를 한번 만나봐 달라고 진지하게 부탁했다. 부탁받고 상대를 만나보았다. 키는 크지 않지만 가구를 만드는 공장을 운영하는 사람으로 외모가 수수했다. 대화를 해보니 진실하고 겸손이 몸에 배어 있었다. 나도 제대 후 한때 가구 회사에 근무한 경험에서 여러 질문을 하니 가구에 대한 집념도 강하여 성공할 것이란 확신이 서서 좋다고 권하였더니 보름 후 다시 한번 더 만나 달라는 것이었다. 다시 만나 보니 역시 진국이라 주저 말고 결혼하라고 결정을 했더니 한 달 후에 결혼을 하였다. 후에 소식을 들으니 남편이 대성하여 골프만 치러 다닌다고 했다.

재단부에서 조장으로 근무하는 직원이 결혼을 한다면서 내게 주례를 부탁했다. 내 나이 사십대 초반에 무슨 주례냐? 내놓을만한 경력도 없는데 그건 아니다 싶어 사양하며 주례는 사회적으로 덕망 있는 분을 모시라고 했더니 그가 이렇게 말했다.

"대리님이 조회 때마다 들려주시는 말씀이면 족합니다."

그래도 나는 양가 부모님과 내빈은 우리 공장 직원들과 다르다며 지역 국회의원한테 부탁하라고 사양했다. 그렇게 청을 거절하고 생각하니 나도 인간다운 인간이 되어야겠구나 하는 생각이 들었고 비록 공장 대리지만 그 직원이 주례를 서 달라고 할 만큼 나를 대접해 준 것이 감사하고 지금도 잊을 수가 없다.

공장매각 공보

며칠 후 본사 총무부에서 공장 재물 조사를 나왔다. 장부와 대조를 하다가 본사 장부에 없는 오디오를 보고 물었다. 그래서 회장님이 주신 금일봉과 부족한 돈을 내가 보태서 구입한 것이라고 하자 이것은 이대리 사물로 하겠다고 기장하고 나한테 주었다.

지금까지 나는 그것을 우리 집 1등 가보로 아끼고 직원들이 사다 놓은 레코드판도 모두 잘 보관하고 있다.

직원들 앞에 회사가 팔렸다는 사실을 알리는 것이 여간 힘든 것이 아니었다. 그러나 이 사실을 조회 때 발표하기로 하고 준비를 했다.

일단 인수자인 남영나일론 총무과장을 만나보았다. 그 회사는 나일론 제품을 하청 받는 공장으로 부인이 운영하고 있었고 화창회장과는 막역한 사이였으며 화창 임원들과도 친분이 많아서 김포 공장을 잘 알고 있어 인수를 결정하였는데 필수는 이대리가 함께 오는 것이라며 함께 와야 한다고 못을 박았다.

이 문제를 놓고 매일하나님께 지혜를 구하는 기도를 드렸다. 본사에서 출근하는 기능공들은 반대 의사를 표하는 사람도 있어 본인의 의사를 존중하는 선에서 진행을 하였는데 문제는 나의 행방에 초점이 모아져 대리님은 어디로 가느냐고 물었다. 확답을 못하고 여러분이 의사대로 진행되도록 돕는 일까지만 한다고 하고 마지막 날 김포공장에서 본사에서 오는 통근버스가 도착하자 본사로 가는 사람들을 버스에 태우고 차에 올라 그동안 수고들 많았다고 모두다 건강하게지내라고 작별 인사를 하고 떠나보냈다.

마포 대유회사로 가는 사람들을 모아 놓고 나는 대유에서 여러분을 필요로 한다고 받아 주신 것이 감사하여 여러분과 함께 대유로 간다고 하자 환호를 하지만 나는 회장님이 본사로 들어오라는 지시를 어긴 게 마음이 무거웠다.

다음날 대유에 출근하니 이미 기존공장장은 완성담당으로 가고 공장장으로 나를 소개하고 이미 김포에서 인수한 기계로 공장 배치는 완성되어 새로 반편성과 작업을 착수하였다.

내가 대유로 오자 본사로 간 직원들 중에 대유로 오는 사람들이 늘어나서 반 편성과 생산에 박차를 더하여 보름 만에 정상궤도에 진입하자 사장 내외가 기뻐하며 한 해를 마감하고 신정휴가로 집에 있는데 설날 아침에 전화가 와 받으니 화창물산의 총무부장의 전화로 1월 1

일부로 화창물산에 발령이 났으니 2일에 출근하라며 회장님의 지시라고 전화를 끊었다.

총무부장의 전화를 받고 7년 전 기도의 응답으로 주신 회사 본사에는 근무도 못하고 떠났으니 하나님께서 원하시는 것은 아니라는 생각에 본사로 출근을 결심하고 마포 공장으로 출근했다. 사장님 내외분이 기다리고 계셨다.

두 분은 이미 알고 계셔서 작별인사를 드리고 직원들과도 아쉬운 인사를 나눈 다음 본사로 출근하니 본사에서도 이미 준비하고 있어 바로 봉제현장으로 출근했다.

9개 반 중 브라자 반만 제외하고 8개 반을 맡아 8개월 동안 품질개선과 생산량 증가로 궤도에 오르자 나는 회사에서 기획부 창설요원으로 인사발령을 받고 준비 중에 품질관리과로 전보발령을 받았다.

회장 직속 부서로 일종의 독립부서 성격으로 회사에서 모든 물자의 입고검수와 제품출고 시 품질 관리과의 검수완료 확인이 있어야 하는 기능으로 납품업자와 제품 출고 부서의 유혹이 많은 업무로 차장 밑에 실무담당 과장이 비리로 해고당하고 공석이 나서 나를 발령한 것이었다.(여기서 기업에서 필요한 모든 자료와 납품회사들의 비리 등 귀중한 공부를 함)

마지막으로 하나님께서 내게 더 공할 부서로 보내셨는데 새마을과였다. 전국적으로 새마을운동이 성공하자 이번에는 직장새마을운동이 정부의 적극적인 지원으로 새마을본부에서 각 기업에 새마을과를 신설하고 본부에서 몇 개 공장을 한 그룹으로 만들어 공동목표도 만들고 (국회의사당 주변 벚나무 가로수 가꾸기)등 담당자들에게 많은 교육을 받게 하였다.

그때 받은 교육(전문교육 기관위탁)으로 의류교육 지도교사 자격2급(노동청) QC관리과정 레크리에이션 지도자 과정을 이수하고 지도자 자격을 받고 마지막으로 받은 교육은 새마을본부에서 직접 교육한 전국 40명을 추천한 감사교육을 수유리 아카데미 하우스에서 2주 교육받고 자격증을 받은 것을 끝으로 박대통령 시해 사건으로 새마을운동이 중단되었다.

회사를 퇴직하고 공장설립

본사 무역부는 회장의 큰아들이 사장으로 시청 근처에 사무실에 20명의직원이 개발실에서 만든 견본제품을 외국에 가서(주로 중동) 수주 받아 회사를 운영하는데 담당직원과 사장과의 관계 좋지 않다는 소문이 나더니 중동에서 제일 큰 거래처를 가지고 본사 개발실 실장과 동업형식으로 회사를 차리면서 개발실 중요한 사람과 자료를 가져가 회사는 큰 충격에 빠졌다.

당장 회사를 가동할 물량이 부족하고 노조가 조직되면서 혼란해지자 회장이 사퇴하면서 새로운 이사장이 취임하고 인원 감축과 기구축소로 버티다가 법정관리를 받게 되면서 많은 사람들이 회사를 떠나고 나도 여기서 받은 경험을 바탕으로 새로운 구상을 하나님께 기도드리고 7년 전 이 회사를 입사하게 해 달라고 간절히 기도를 한 것을 7년 후 이 회사에서 앞으로 제가 기업에서 할 모든 일을 배우게 5년간의 기간을 주신 것에 감사기도를 드리고 회사를 떠났다.

내가 공장을 차린다는 소문이 나자 본사 봉제 라인에서 반장으로 일하다가 고향으로 내려간 반장이 소식을 듣고 전화로 우리 공장에서

일하겠다고 연락이 오고 화창공장 봉재반에서 근무할 때 성실하게 일
하면서 나를 돕던 직원이 공장에서 일할 모든 인원을 구성하여 두었고
주택담보로 은행융자도 쉽게 되어 신정동 신축 건물 지하에 공장을 얻
어 1981년 5월 6일 목사님을 모시고 창립 예배를 드렸다.

회사 상호는 선일섬유공업사로 정하였다. 선일이란 선교하면서 일
한다는 뜻으로 하나님을 전하는 일이 우선하는 기업이라 신자든 불신
자든 타 종교인이든 누구도 입사는 가능하지만 매일 작업시작과 동시
에 30분간 예배드리는 것에 동의해야만 입사를 할 수 있게 했다.

그리고 '다락방'이란 소책자를 구입하여 나눠주고 매일 돌아가면서
읽고 기도하고 예배는 끝나지만 나머지 시간은 소통의 시간으로 상호
간의 하고 싶은 애기 요구사항 등 소통시간을 가졌다.

일감은 화창에서 근무하다가 무역부를 차리고 나간 회사에서 계약
을 맺고 처음부터 평소 하던 일들이고 서로 한 회사에서 일하던 친구
들이라 기존의 공장에서 나오는 품질과 생산으로 거래의 회사에서도
대만족으로 공장은 승승장구했다.

회사와 약속한 물량이 끝나갈 즈음 다른 화사에서 찾아와 공장을
들러보고 제안하기를 자기들이 한 달에 출하하는 수량을 이 공장으로
는 감당할 수가 없으니 공장을 큰 건물로 옮기면 모든 비용은 본인 회
사가 부담하고 비용은 매월 공임지급 시 나눠서 회수한다는 조건을 제
시했다.

좋은 조건이라 공장 부서장들과 회의를 한 결과 인원 충원은 자기
들이 책임진다는 결론을 짓고 근처 120평 신축건물 반 지하를 얻어
이전하였다.

정식예배를 드리다

화창물산 법정관리인(장로)으로부터 만나자는 연락이 와서 찾아 뵈니 공장 확장한 것 축하해 주시고 직장근로자를 상대로 전도하는 단체가 있는데 범교단에서 후원하는 단체 목사님을 소개하니 앞으로 공장예배를 정식으로 드렸으면 좋겠다고 하여 쾌히 승낙하고 매주 수요일은 아침 작업시간 한 시간을 교회에서 드리는 예배와 동일하게 헌금도 하고 마지막은 목사님의 축도로 예배를 마침으로 직원들이 처음 교회에 나가서 어렵지 않게 훈련도 겸했다.

여의도순복음교회 청년국에서 우리 공장에 근무하는 직원이 많으니 구역을 만들겠다고 제안하여 승낙하고 금요일 아침 1시간 찬양과 말씀을 전하는 순서로 김홍근(현 대학교수) 전도사 하영달(현 광명순복음교회 목사) 전도사 김상빈(중국선교사로 정년퇴직) 전도사님들이 인도하셨고 그 외의 날은 종전과 같이 다락방으로 예배를 드리고 생일을 맞은 사원은 생일 케이크와 앨범을 아침예배 후 앞으로 나와서 생일축하 노래와 박수로 축하해 주었다.

기독교방송국 전파를 타다

종로 5가에 있는 기독교방송국에서 공장을 취재하러 왔다. 소문을 듣고 왔다며 모든 것을 확인하고 직원들과도 인터뷰하고 방송이 나간 후 전파의 위력이 얼마나 큰지를 실감했다.

전국에서 전화도 오고 실제로 공장을 운영하시는 분들도 오셔서 보고 가기도 하고 직원으로 근무하겠다고 제주도에서도 왔다. 유일하게 강원도만 직원이 없었다. 전파를 타고 나서 유명한 우리 화회사에서 사내 음악제를 한다고 초청장을 보내기도 하고 감사한 것은 온 누리교회가 현재의 자리에 예배당을 짓고 봉헌예배에 초대를 받은 것이다.

명지교회에서는 나와 김장로(협동장로) 두 사람이었는데 교회 내부도 예배의자도 접이식이고 강대상도 개방형태고 안내 집사님들의 복장과 봉사 활동도 인상적이었습니다.(김장로는 교회를 옮기셨음)

온 누리교회와 여의도순복음교회

홍은동으로 이사를 하면서 가까운 명지대학교회로 예배를 드리러가서 신성종 목사님의 말씀에 은혜를 받고 등록하였는데 얼마 후에 신목사님이 다른 곳으로 떠나시고 새 목사님이 오시고 몇 년 후 나는 안수집사를 받았다.

내 사업이 바쁘니 교회직분에도 충실치 못한데 새로 부임하신 목사님께서 내게 소년부 부장직분을 주셔서 그때부터 교회 문제에 관심을 갖고 살폈다. 여러 가지로 명지재단에 교회가 속해 있어서 이사장인 유상근 장로의 허락 없이는 목사님이 목회하시는데 소신껏 일을 할 수가 없어 목사님들이 떠나시는 이유를 알게 되었다.

소년부 예배에 참석하여 기도시간에 분위기가 이상하여 보니 기도시간에 한 아이가 여자 선생님의 코를 새끼손가락으로 간질이고 있는데 선생님은 기도만 하고 계신 것을 보고 예배 후 선생님들에게 문제점을 지적하니 문제는 예배 장소가 없다 보니 어쩔 수가 없는 대답이었다. 지하 유치원을 일요일 예배 때만 개방하게 해달라고 오래 전부터 요구했지만 아이들이 유치원 기구에 손댄다고 허락을 안 하고 대신 학교 건물을 쓰라고 하는데 거리상 불가능하여 더 이상 거론 자체가 금기시된 상황이라는 것이다

1부 대예배 대표기도는 안수집사들이 하는데 내가 기도하는 날 이

문제를 놓고 대표기도를 하였다.

'하나님, 이 건물은 하나님의 백성들이 주님께 경배하는 장소이니 이 건물 전체가 하나님께 예배드리는 장소로 쓰도록 축복하여 주십시오.'라고 기도를 드렸는데 예배 후 교육전도사님이 찾아와 오늘 바로 담임목사님을 찾아뵙고 자초지종을 말씀드렸다. 교회를 떠나되 연말까지 소년부 직분은 다하겠다고 말씀드리니 아무 말씀도 없으셨고 인사만 드리고 나왔다. 다음 주부터 교회를 가는 것이 고민되었다.

여의도순복음교회로 정하다

여의도교회를 찾아갔다. 엄청 많은 인파에 놀라고 예배당 안 건물에 압도당하고 오케스트라와 엄청난 성가대원과 목사님의 설교 말씀이 웅변대회에 나온 연사 같은 몸짓과 말씀에 성도들은 아멘 소리가 천둥같이 울렸다.

강대상 뒤에는 영화관에서나 보는 스크린에 말씀에 합당한 영상이 나오는데 지금까지의 교회에서 드리던 예배와는 180도 다른 형태로 기존교회에서 말하는 이단이란 말이 이래서 나왔구나 싶었다.

예배를 마치고 1층 출입구 쪽으로 난 회랑을 따라 많은 인파에 밀려내려 오는데 마귀의 시험은 여기서도 있었다. 뒤 따라 오던 아주머니와 그 뒤 아주머니가 왜 미냐? 밀기는 누가 밀었느냐며 큰 목소리로 싸움을 하였지만 상관하지 않고 3년간 무등록자로 예배만 드리며 평신도들에게 가르치는 성경공부는 다 이수하였다.

하나님이 아내를 축복하시다

아내는 그의 친정 쪽으로는 3대째 기독교 집안으로 보수적 신앙으로 여의도교회는 이단으로 생각하고 각자 교회 출석문제는 관여하지 않기로 하였기에 나 혼자서 여의도교회를 다녔다.

하루는 아내가 나도 여의도교회로 가겠다고 하여 놀라서 물으니 꿈에 어느 빌딩에서 엘리베이터 문이 열려서 타려고 하니 안에서 조용기 목사님이 웃으시면서 악수를 청하여 악수를 하고 꿈에서 깨어나 그동안 남편이 혼자 여의도교회로 다니는 것에 대하여 기도 중이었다며 하나님의 뜻이라면서 여의도교회에서 예배를 드리고 서대문교구에 등록하였다.

모스크바 크렘린궁전에서 성회

소련이 무너지고 러시아로 정권이 바뀌는 혼란의 시기에 교회에서는 유러시아(유럽과 러시아) 선교회가 창립되어 회원을 모집하니 교구 목사님이 우리 내외를 그리로 보내서 창립멤버로 참여하고 선교회 첫 사업으로 러시아 모스크바 크렘린궁전에서 1992년 6월 18부터 조용기 목사초청 선교대회를 실시하는 것이 확정되어 조직이 만들어지고 내가 홍보담당부장의 직책을 맡아서 준비를 마치고 모스크바로 출발하였다.(모스크바의 풍경과 생활상. 나라가 무너져 혼란에 빠져 생기를 잃고 거리를 방황하는 군중들, 집회를 안내하는 전단지를 돌리면서 보고 느낀 것은 생략 / KGB후원으로 열리는 집회라 모든 행사에는 KGB요원이 함께 함)

첫날 밤 집회는 크렘린궁전을 꽉 차고 입장 못한 사람들이 엄청난 집회로 새로 믿기로 한 결신자도 만 명이 넘는 성회였다. 집회 2일째 낮 집회가 열리는 크렘린궁전에는 수많은 인파가 몰려 입장 못하게 막아 우리가 올 때만 기다리고 있었다. 나는 홍보담당이라 카메라를 목에 걸고 다녀 출입이 자유로웠다.

즉석 야외집회로 대체

예배 장소에 들어가지 못하는 군중들의 안타까운 눈망울 보는 순간 내 가슴에 불같은 성령이 임하여 두 손을 하늘에 펴고 울부짖으며 통성기도를 하였다.

"하나님 한국에 전도할 곳이 없어 이곳에 온 것이 아니지 않습니까. 70년 동안 공산치하에서 주님을 잃어버린 백성들에게 희망의 말씀을 전하러 왔는데 이렇게 막으면 어떡합니까."

그렇게 우리말로 울부짖어 기도를 하는데 두려움이 밀려왔다. 누구든 한 사람 와서 함께 기도를 나를 데려가든지 하면 좋겠는데 이러다가 내가 잡혀가는 게 아닌가 하는 두려움이 왔다. 기도 중단은 못하겠고 떨고 있는데 갑자기 마이크 소리가 들리더니 조용기 목사님의 우렁찬 설교말씀이 들렸다. 돌아보니 즉석 집회가 열리고 있어 합류했다.

숙소로 돌아와 회의 결과를 들었다. 러시아정교회에서 강력한 항의를 하여 행정당국에서 집회를 불허하여 KGB에서도 어쩔 수 없다며 목사님은 내일 다음 선교지로 떠나시고 나머지 회원들은 관광 일정으로 보내기로 했다. 다음날 KGB에서 귀빈용으로 쓰는 승용차에 목사님 내외분과 회장과 어제 통성기도를 한 덕에 나도 함께 공항까지 타고 가서 타스켄트 침켄트 알마타에서 선교사 교회교인들을 위한 집회를 갖고 귀국했다. 모스크바 성회는 아내와 나에게는 특별한 하나님의 선물이었다. 86년도에 아내가 '직장 동료는 남편이 미국 뉴욕에 여행을 가라고 보내준다'며 부러워하기에 저는 무심코 나는 "모스크바에 보내줄 테다"라고 했더니 아내는 어이없는지 말을 못했다.

아내나 나나 비행기를 처음 타고 해외여행을 했다. 모스크바를 21

세기 주의 종 조용기 목사와 여행 목적이 아닌 선교로 다녀온 것은우리 부부에게 주신 큰 선물이었다.

서원한 것은 어떤 형태든 받으심

내게 맡긴 기업이 탄탄대로를 달리듯 번창하자 기업창설을 놓고 기도할 때 서원한 것 중 신학생 3명의 등록금을 지원하기로 서원한 것을 시행하였다.

1) 우리 공장에 여의도교회 청년국 구역원을 교육하는 전도사님으로 대학을 졸업하고 회사에 다니다가 여의도교회에서 교육받고 전도사로 이미 결혼하여 자녀까지 있는 분으로 일반 신학대학에서 2년차 공부를 하시던 분으로 나머지 학기를 지원해 드렸는데 신학대학원으로 진학하여 계속 지원하였다. 공장에서 거래처에 지급할 200만 원 돈이 필요해 급히 마련해서 날이 밝으면 지불하라고 경리과에 주었는데 지불하는 날 아침 일찍이 집으로 전도사님이 전화를 하여 오늘이 대학원 마지막 등록금 납부하는 날이라는 말씀에 금액을 물으니 200만원이라고 하시어 알았다고 하고 급히 경리담당 집으로 전화를 하여 200만 원을 전도사님 계좌로 보내라고 지시하고 전도사님 등록금을 미리 챙기지 못한 잘못을 회개하였다.

2) 해외 선교지 3곳을 지원하겠다고 서원한 것은 회사가 부도로 폐업하면서 이루지 못했는데 내 딸이 온누리교회 근처에 사는 친구를 전도하겠다고 온누리교회로 옮기고 신림여중 국어교사로 3년 재직하다 퇴직하고 온누리교회에서 실시하는 찬양과 경배교육을 받고 활동하다가 몽골에 선교사로 3년 봉직하고 나의 권고로 귀국하였다. 현재 시흥 열방교회에서 운영하는 교회학교 국어담당으로 봉직중이다.

하나님께서 나 같은 보잘 것 없는 자를 끝까지 살펴 주시고 세계최대 교회에서 인간세계에서 일어나는 선함과 추한 모습도 보게 하셨지만 여의도교회에서 체험한 일은 간증하기를 원하시지 않는 것 같다.

1997년 5월 13일 여의도순복음실업인의 날 기념행사에 문화예술인선교회에서 시행한 순복음교회 백일장에 참여하여 '한강. 십자가' 두 시제 중 '십자가 아래서'란 제목으로 산문에 응모하여 차상(믿음상)을 받았다.

대성전에서 있은 심사 결과를 이성교 장로님이 대상은 시에서 나오고 차상으로는 십자가 아래서 글을 뽑았는데 산문부문에서는 대상감이라고 평해 주셨고 상금 20만 원과 한국문화예술인선교회회원증도 받았다.

평소에 글을 써본 것은 초등학교 국어시간에 단문 짓기 소풍 때 숙제로 쓴 시 중고등학생 때 소풍 다녀온 기행문 쓰기 웅변 반에서 웅변원고 쓰고 수시로 쓴 일기가 전부였으므로 '십자가 아래서'란 주제로 쓴 것은 진해 해군병원에 입원했을 때 병원 뒷산 소나무 숲 바위에 누워서 하늘을 보니 소나무가지의 십자가 형태를 보고 느꼈던 감정을 쓴 것이 운 좋게 상을 받았다.

그 다음 주 한국문화예술인선교회원이 되었으니 인사차 갔다. 많은 분들이 계셨고 심혁창 사장이 나를 소개했고 각자 자기네끼리 담소를 하고 나는 외톨이로 앉아 있는데 이소연 시인이 와서 친절히 잠시 얘기를 하는데 강의가 시작되었다.

유러시아 선교회 분위기와는 전혀 다르고 어색하여 강의가 끝나자 가겠다고 인사를 하고 다시는 오지 않겠다고 결심하고 엘리베이터를 타려고 서 있는데 이소연 시인이 와서 본인이 문학반 시분과위원장으로 앞으로 시 공부를 같이하자며 다음 주에 꼭 오라고 하여 그때부터 함께 시공부를 하며 문학 동아리의 분위기를 익히게 되었고 지금은 시인이라는 소리를 듣지만 제대로 자랑할 만한 시 하나 못 쓰고 농부가 되어 봄부터 가을까지 땀 흘린 보람을 거두는 기쁨을 누리고 산다.

이동원

* 1999년 「시인정신」으로 등단
* 공저 : 빗방울을 열다 외

‖ 6·25전쟁 당시 사회 실상 ‖

서랍속의 아이들

이 영 주

병아리 선생

초등학교 이영주 선생님은 서울 출신으로 6·25전쟁 피란민이었다. 정년퇴직하고 한적한 산골마을 초당에 앉아 노을 진 석양을 바라보며 먼 세월 끝에 아득히 떠오르는 서랍 속의 아이들을 회상했다.

1950년 1.4후퇴 때 부모님을 따라 경기도 산골까지 피란 나와 낯선 동네 낯선 사람들의 도움을 받고 살았다.

여고를 졸업하고 대학진학 준비 중에 전쟁이 일어나 진학의 꿈을 접고 말았다. 전쟁 중인 1951년 나라에서는 초등학교 교사가 부족하여 고학력자를 모집했다. 산골에는 초등학교 졸업생도 드물던 시절 문맹자가 90%도 넘던 때였다. 나는 고등학교 졸업장을 들고 교육청에 응시하여 초등학교 교사가 되었다. 아직 스무 살도 안 된 열아홉 살짜리가 선생이 된 것이다.

내가 배정받은 학교는 군청에서 이십 리나 떨어진 면소재지 깊은 산골이었다. 그래도 당시는 학생이 천 명이 넘었다.

첫날 4학년 3반 담임이 되었다. 한 반에 60명이나 되는 학생들이 좁은 교실 책걸상도 없는 마룻바닥에서 비벼대는 콩나물시루 같은 분위기였다. 처음으로 아이들 이름을 부르며 얼굴을 익혔다.

이름도 모두 여자들은 명자, 옥자, 경자, 순자, 숙자, 남자들은 철수, 광수. 인수, 영수 등 비슷비슷한 돌림자가 많았다. 내가 선생님 소리를 들으며 만난 제자들은 내 일생에 잊을 수 없는 귀한 이름들이다. 4학년을 마치고 한 해 건너 6학년이 된 그 아이들을 또 만나 졸업까지 시켰으니 인연이 깊은 제자들이다.

나는 아이들 졸업사진을 지금까지 챙겨 서랍 속에 넣고 수시로 꺼내보면서 아이들 이름을 불러 본다.

당시 아이들은 모두 신발도 없는 맨발이었고 동네에서 잘 산다는 아이 몇이 검정고무신을 신고 다녔을 뿐 머리서부터 발끝까지 가난이 줄줄 흘렀다.

여자 아이들은 단발머리에 서캐가 떡가루를 뿌린 듯 희끗희끗하고 까칠한 얼굴에 비듬이 거칠게 끼어 있었다. 차림은 한결같이 여자 아이들은 광목 흰 저고리에 광목 검은 치마, 남자 아이들은 검은 조끼에 광목저고리로 누르스름한 군대 모포바지에 모두 새까만 맨발이었고 팔소매는 줄줄 흐르는 코를 문질러 번들거렸다.

그래도 모두가 재미있다고 웃을 때는 닦지 않은 누런 황금색 이빨을 아낌없이 드러내고 비루먹은 말처럼 꺼칠한 얼굴이지만 눈빛만은 모두가 샛별처럼 빛났다.

그런 가운데 서울에서 피란 온 아이들 몇이 끼어 있었다. 서울 서대문에 있는 학교에서 왔다는 서미옥이는 얼굴이 뽀얗고 예뻤다. 그리고 동대문학교에 다니다 왔다는 나중수는 키도 헌칠하고 얼굴도 멀끔해서 여자 애들이 좋아했다.

아이들은 서울서 온 아이들을 보며 부러워하면서도 서울띠기 서울

띠기하고 놀렸다. 그래도 서울 아이들은 은근히 교만하게 굴었다.

1953년 휴전되어 전쟁은 그쳤으나 보릿고개 백성들은 허리띠를 졸라매고 기아로 허덕이며 죽지 못해 살았다.

회상에 잠겨 놀진 하늘을 바라보고 있는데 동네 입구로 낯선 자동차 한 대가 미끄러져 들어왔다. 누가 이런 산골까지 차를 몰고 올까 하고 내다보았다. 차에서 미끈하게 생긴 신사가 내려 이쪽으로 오고 있었다. 신사는 바로 앞까지 와서 물었다.

"실례합니다. 이 동네에 이영주 씨라는 어른이 사시는 집을 아시겠습니까?"

나는 깜짝 놀랐다. 내 이름을 아는 사람이라니 누굴까? 그러나 나직한 목소리로 물었다.

"그 사람은 왜 찾으시나요?"

"네, 저 어렸을 때 담임 선생님이셨는데 이 마을에 사신다고 하여 찾아왔습니다."

나는 그 사람을 자세히 뜯어보았다. 아무리 보아도 모르는 사람인데 나를 찾는 제자라니?

"댁은 누구신가요?"

"저는 진영진이라고 합니다."

"진영진? 진영진이라고?"

"혹시 이영주 선생님이 아니신가요?"

"맞아요."

나는 그 이름을 부르면서 60년 전 기억을 떠올렸다.

굶은 산모와 효자 진영진

보릿고개가 뭔지 모르는 지금 아이들이나 젊은이들은 민초들의 비극을 보지 못해 이런 이야기가 실감도 안 나고 상상도 못할 것이다.

그런 아이들한테 보릿고개 이야기를 하면 먼 남의 나라 거짓말 이야기로 흘려버린다. 보릿고개를 넘을 때 그럭저럭 지낼 만한 집 아이는 도시락에 새까만 꽁보리밥이라도 싸오는데 가난한 집 아이들은 점심시간이면 굶어야 했다.

그런 아이들은 운동장 끝에 있는 샘물을 두레박으로 퍼마시고 꺼진 배를 채우고 오후 공부를 하고 자갈길로 비실비실 돌아갔다. 학교길이 얼마나 험하고 멀던지 어떤 동네 아이들은 십오 리가 넘는 오솔길을 동네에서 새벽같이 일어나 산을 넘고, 고개를 넘고 내를 건너 등교를 했다. 하교시간이면 모두가 허기로 까부라진 어깨에 책보를 메고 타달타달 들길 산길을 걸어 집으로 가는 아이들을 보면 마음이 아팠다.

그런 제자들의 사정을 다 알면서도 아무것도 도와주지 못하는 담임선생인 나는 늘 안타까워하기만 했다.

당시 가난으로 굶주리는 어린이들을 위해 미국과 유네스코에서 전국적으로 분유를 후원해 주어 점심시간에 아이들에게 우유죽을 끓여 먹이게 되었다. 허기진 아이들은 점심때면 희멀건 우유죽을 타먹으려고 긴 줄을 섰다.

다행히 봉사하는 학부형 엄마들이 와서 죽을 끓여 주었다. 담임선생인 나는 줄서서 오는 아이들의 양은그릇에 죽을 퍼주었다. 그런데 어느 날 한 아이가 죽을 받아들고 먹지 않고 어디론가 쏜살같이 달려가는 것을 보았다.

이상한 생각이 든 나는 그 아이가 왜 그러는지 알아보자고 한 학부형한테 말씀드렸더니 학부형이 아이의 뒤를 따라가 보고 와서 말했다.

"그렇게 가슴 아픈 사정인 줄 몰랐습니다. 그 아이는 5백 미터나 되는 길을 우유 그릇을 받쳐 들고 뛰어 집으로 가기에 뒤를 밟아 보았더니 그 아이 엄마가 어제 밤에 아이를 낳고 먹을 것이 없어서 굶고 있었습니다. 어린것이 저도 배가 고팠을 텐데 굶고 있는 엄마를 생각해서 그랬지 뭡니까."

이 말에 나는 가슴이 저렸다. 대단한 충격이었다. 그래서 학부형님한테 내가 봉급으로 받은 돈과 쌀 중에 반을 주면서 그 아이네 집을 돌보아 달라고 부탁했다.

당시는 나라에서 교육공무원 월급 예산이 부족하여 반은 천원, 반은 보리쌀이나 쌀로 주었다. 학부형은 고마워하면서 그 돈으로 미역과 쌀을 사다 주고 그 사정을 다른 학부형들에게 알렸다. 학부형들은 십시일반으로 돈과 먹을거리를 내놓았다.

교장님한테도 그 사정을 알려주고 학부형들이 아이한테 효자상을 주자고 하여 선생님들도 모두 성의를 표하고 효자상을 주었다.

그 제자 이름이 진영진으로 공부도 잘하는 아이였다.

나는 옛날을 떠올리며 물었다.

"진영진이 맞아요?"

"예, 진영진입니다. 선생님 저 기억하시겠습니까?"

"기억하고말고요."

"감사합니다. 선생님, 이렇게 만나 뵙게 되어 기쁩니다."

"그렇게 생각하실 건 없어요. 부끄럽게."

"선생님 말씀은 낮추어 주세요. 저 코흘리개 제자입니다."

"그래도 이렇게 멋진 신사가 되었는데 어찌 그럴 수가 있나요. 그래 지금은 무얼 하시나요?"

"별 것 아닙니다. 변호사가 되었습니다."

"변호사?"

"예, 선생님께서 우유죽 퍼주실 때 맛있게 받아먹던 산골 촌놈입니다."

"고마워요. 고마워. 그 진영이가 변호사님이 되셨다니!"

"기억해 주시어 감사합니다. 초등학교 동창들끼리 선생님을 누가 먼저 찾나 내기를 하고 있는 중이었습니다. 제가 가장 먼저 찾아뵈었으니 이 소식을 듣고 다른 친구들도 찾아 뵐 것입니다."

"다른 친구들까지요?"

그렇게 하여 우리 집에서 저녁 식사를 하고 돌아갔다. 차를 타고 가는 제자를 보며 감격했다. 그렇게 가난하고 배고팠던 시절을 보낸 산골 아이가 저렇게 멋진 변호사가 되어 기름이 흐르는 늠름한 신사가 되었다니 얼마나 고마운 일인가!

진영이가 다녀간 다음날 자동차가 우리 마을에 들어서고 오민수가 찾아왔다. 오민수도 어렸을 때 낚시질하던 아이가 아니었다. 그러나 오민수는 나이가 들어서도 어렸을 때 모습을 그대로 가지고 있었다.

"선생님, 저 알아보시겠어요?"

"알다마다 척 보니 낚시터에서 본 얼굴인걸. 요새 무엇을 하는가?"

"예. 생선 통조림공장을 하고 있습니다."

"그래? 어려서부터 물고기를 좋아하더니 그 길로 나갔나 보지? 사업은 잘 되고?"

"예. 동양식품이라고 들어보셨나요?"

"그래? 그 공장이 민수가 하는 공장이라고? 난 그 통조림이 맛있어서 거의 매일 사먹는 걸."

"그러세요? 이제부터는 선생님 마음껏 잡숫도록 해드리겠습니다."

"그러면 고맙지. 그래 다른 친구들 소식도 다 듣고 있겠지?"

"예. 선생님께서 가정방문하신 아이들이 다 성공하여 잘삽니다."

"그것도 기억하나? 그럼 아는 대로 소식 좀 전해 주게."

"그러지요. 선생님 우리 집 방문하신 기억나시지요?"

"기억하고말고. 그때 먹은 붕어찜은 잊을 수가 없어. 가만히 생각하니 그 때 생각이 나는군. 내가 제일 먼저 가정방문한 집이 민수네 집이었지."

나는 눈을 감고 옛날 가난하게 살던 제자들 생각을 떠올렸다.

움집 오민수네 붕어찜

효자 진영진이의 일로 교장 선생님이 모든 담임교사들한테 자기 반 아이들 가정방문을 하고 방문기록부를 작성하라고 지시했다.

나는 낯선 고장이라 어디를 먼저 가야 할는지 망설이는데 3학년 담임 선생님이 저수지가 있는 마을을 한번 가보라고 했다. 그래서 저수지가 있다는 마을 오민수네 집을 방문했다.

명랑하고 공부도 잘하는 민수네 집은 저수지 둑 아래 비스듬한 비탈에 땅을 우묵하게 파고 지붕은 나뭇가지를 올리고 그 위에 짚을 덮은 움집이었다.

안을 들여다보니 민수 엄마인 듯한 젊은 아낙이 내다보고 물었다.

"누굴 찾으세요?"

"네. 학교 민수 담임입니다."

민수 엄마는 놀란 듯 급히 맞으며 인사를 했다.

"선생님 안으로 들어오시지요."

들여다보니 안쪽이 방이고 입구 쪽이 부엌이었다.

"선생님, 어떻게 이런 데까지 오셨습니까?"

"민수가 어떻게 지내나 알고 싶어서 왔습니다."

"누추하지만 방으로 드시지요."

"네, 고맙습니다. 그럼 잠시 들렀다가 가겠습니다. 민수는 어디 갔나요?"

"저수지에 낚시하러 갔는데 곧 올 때가 되었습니다."

민수 엄마는 급히 상을 차리면서 말했다.

"이 시간에 오셨으니 시장하시지요? 잠깐만 기다리세요."

그리고 개다리소반에 새까만 보리밥에 냉수 한 그릇과 조기 한 마리를 받쳐 들고 와 수줍게 말했다.

"선생님, 대접할 만한 게 없어 이렇게밖에 못 차렸습니다."

"고맙습니다. 이러지 않으셔도 되는데요."

나는 물을 마시고 조기를 젓가락으로 떼어 먹었다. 그런데 맛이 조기가 아니고 지금까지 먹어보지 못한 아주 맛있는 물고기였다. 그래서 물었다.

"이런 조기는 처음 먹어봅니다. 짭짜름하고 부드럽고 맛있어요."

"그건 조기가 아니랍니다."

"네?"

"붕어예요. 저수지에서 잡아다 만든 붕어포를 찐 거예요."

"붕어포라고요?"

"예, 다들 조기보다 맛있다고 잘 먹습니다."

이때 낚시를 나갔다던 민수가 돌아왔다. 선생인 내가 와 있는 것을 알아보고 반가워하면서 큰소리로 인사를 했다.

"선생님, 우리 집을 어떻게 알고 오셨어요?"

"선생이 모르는 게 뭐 있냐. 낚시는 잘했어?"

"아주 많이 잡았어요. 선생님, 우리 붕어찜 맛있지요?"

"그래 맛있다."

"선생님, 이렇게 생긴 우리 집 보고 놀라셨지요?"

"왜?"

"우리 집을 사람들이 움집이라고 하지만 그래도 우리는 행복한 집이에요."

"그래? 네가 그렇게 밝은 얼굴로 환영하는 것만 보아도 너의 집이 행복한 집이라는 걸 알겠다."

"선생님, 맛있게 많이 잡수시고 저하고 낚시하러 가실래요?"

"그래도 될까?"

반 움집에 살면서도 부잣집 아이보다 밝고 명랑한 것을 보니 기뻤다. 그 날 나는 점심을 맛있게 먹고 민수를 따라 저수지 낚시터로 가서 오랜만에 넓은 저수지도 구경하며 물었다.

"아버지는 뭘 하시지?"

"동네 청년들은 모두 군대에 가고 어른들은 보급대로 나갔는데 우리

아버지는 보급대로 가셨대요."

"너의 집은 전부터 움집이었어?"

"아녜요. 전에 살던 집은 컸는데 인민군이 도망가면서 집에 불을 놓아 다 타버렸어요."

"그랬구나."

"아버지가 안 계시니 동네 사람들이 여기다 움집을 지어 주었어요. 고마운 사람들이지요. 이렇게 엄마하고 여기 사는 게 얼마나 즐거운지 몰라요."

"다행이다. 고맙다."

그렇게 저수지 둑으로 불어오는 시원한 바람을 쐬며 즐거운 첫 가정방문을 한 하루였다.

분유 먹고 죽은 아이

날마다 학교에서는 점심시간에 우유죽을 끓였다.

미군이 트럭에 커다란 우유 드럼통을 싣고 오면 모두가 기대에 차 바라보며 좋아했다. 통을 열고 분유를 바가지로 퍼서 큰 솥에 우물물을 붓고 장작불에 죽을 끓이면 맨발의 아이들이 긴 줄을 서서 순서를 기다렸다.

그렇게라도 점심을 굶지 않게 된다고 아이들은 물론 선생님들도 죽을 퍼주면서 싱글벙글했다. 그런데 오늘은 반에서 가장 예쁘고 호리호리한 이매자가 죽을 받아들고 집을 행해 뛰어가다 돌부리에 채여 넘어져서 그만 들고 가던 우유그릇이 엎어졌다.

매자는 무릎이 돌에 긁혀 피가 났다. 그래도 아이는 다시 돌아와 선생님한테 우유를 다시 달라고 양은그릇을 내밀었다. 그러나 솥은 다

퍼 먹고 난 빈 바닥이었다. 내가 물었다.

"넌 왜 안 먹고 그걸 가지고 가다가 넘어진 거냐?"

"할머니가 혼자 계신데 아침도 못 잡수셨어요."

"넌 아침 먹었니?"

"나도 굶었어요. 배가 고팠지만 할머니 걱정이 더 되어 우유죽이라도 가져다 드리려고 했는데……."

"그랬구나. 어쩜 좋을까."

나는 그 아이에게 더 이상 줄 것이 없어서 안타까워하다가 다음 날 끓여주려고 남긴 우유 통을 열고 가루우유를 양은그릇에 담아 주면서 말했다.

"이거라도 가지고 가서 물에 끓여서 너도 먹고 할머니도 드려라."

매자는 얌전하게 고개를 납작 숙였다.

"선생님, 고맙습니다."

"그런데 엄마 아빠는 어디 가고 할머니만 계시냐?"

"아빠는 작년에 군대에 나가셨고요, 엄마는 돈 벌어 오겠다고 나가셔서 안 계셔요."

"그랬구나. 온 마을이 어른들은 안 보이고 아이들만 남은 것 같구나."

실은 그랬다. 6·25전쟁이 나고 3년째에 휴전은 되었으나 20대 젊은 이들은 군대에 가서 죽은 사람이 더 많았고 30대부터 40대 장년들은 보급대로 나가 전쟁터에서 군대를 돕고 있었다.

아이들이 그렇게 많지만 집집마다 부녀자와 아이들만 남아 보릿고 개를 굶주림으로 넘기고 있었다.

매자가 가루우유를 들고 집을 향해 달려가는 모습을 바라보며 잔인한 전생과 혹독한 보릿고개를 언제나 면할까 생각하는데 한 반에서 가장 부잣집 아들로 알려진 서영칠이 와서 물었다.

"선생님, 우리 집서 선생님 모시고 오라는데 가실래요?"

"무슨 일이 있니?"

"우리 할머니 생일이라고……."

"알았다. 학교 끝나고 갈게."

그렇게 하고 오후에 영칠이네 집을 찾아갔다. 저녁상을 차리고 고운 비단옷을 입은 할머니와 영칠이 아버지가 기다리고 있었다. 아무리 전쟁이 나고 보릿고개가 높아도 부잣집 밥상은 진수성찬이었다. 커다란 교자상에 하얀 쌀밥에 고깃국에 조기구이까지 푸짐하게 차렸다.

나는 밥상이 아무리 대단해도 먹고 싶은 마음이 들지 않았다. 보리밥도 제대로 먹지 못하는 아이들이 수두룩한데 이런 집은 어찌하여 다른 세상인가!

어른들 체면을 생각하여 밥을 몇 술 뜨다 말았다. 왜 그러냐고 물으시는 노인의 말씀에 갑자기 배가 아파서 그런다고 거짓말을 하고 빨리 돌아가야겠다며 나왔다.

도대체 어떻게 하여 저런 집에는 기름진 음식이 남아도는가? 그렇게 잘 먹고 살면서 이웃사람들 어렵게 사는 모양을 보고만 있을까?

나는 그 날 많은 것을 생각했다. 전쟁이 나고 사람이 죽어도 한쪽에서는 잘 먹고 잘사는 사람이 있다는 것이 이해가 가지 않았다. 동네 아이와 어른들의 옷차림은 모두 거지꼴인데 그 속에서 편히 먹고 잘사는 사람들은 무슨 까닭일까? 그 집은 어떻게 하여 그렇게 잘살 수 있는 것인가?

그런 생각으로 날을 보내고 다음 날 학교에 갔더니 한 아이가 눈물을 흘리며 다가왔다.

"선생님……."

"왜?"

"선생님 그그……."

아이는 그만 울음을 터뜨렸다.

"왜 그래? 홍자야."

"선생님 매자가……."

"매자가 어떻다고?"

"죽었어요."

죽다니! 이게 무슨 날벼락소리인가. 나는 놀라 부르짖었다.

"너 선생님 놀려?"

"아니에요. 정말이에요."

나는 한동안 어이가 없어서 하늘만 멍하니 올려다보다가 물었다.

"그 애가 왜 갑자기 죽었다는 거냐?"

"어른들 말로는 걔가 배가 고파서 가루우유를 날로 먹다가 목에 걸려……."

홍자는 울음을 터뜨리고 말았다. 나도 가슴이 쿵 소리를 내고 내려앉았다. 어제 가루 유유를 준 것이 마음에 걸렸다.

'그걸 주지 말았어야 하는데 불쌍하다고 생각하여 준 것이 안 주니만도 못한 된 거다.'

그 날 학교에는 그 소식으로 술렁이었고 교장님과 교사들이 모두

공부를 제대로 시키지 못했다. 그리고 오후 선생님들과 한께 그 아이네 집을 찾아갔을 때다.

온 마을 사람들이 다 그 아이네 집에 모여 있었다. 학교 선생님들이 온 것을 안 이장이 교장선생님께 말했다.

"선생님, 세상에 이럴 수가 있습니까. 어린 것이 배가 고파서 가지고 오던 마른 우유를 먹다가 목에 막혀 산 너머 언덕에서 죽고 그 할머니도 굶어서 돌아가셨습니다. 다 제 잘못이고 이웃 잘못입니다."

그 소리에 동네 사람들이 모두 고개를 숙이고 눈물을 흘리다가 울음을 터뜨렸다. 동네 사람 이십여 명이 모였지만 모두가 비쩍 마르고 일 년 내내 입고 다니던 옷들이 겨우 부끄러운 곳만 가릴 정도로 초라했다.

이웃사람들이 하나같이 자기들이 무정해서 손녀와 할머니가 굶어 죽었다고 가슴 아파했다. 그러나 그들이 잘못이 아니지 않은가. 서로 먹을 것이 없어 풀뿌리와 풀잎을 따다 풀죽을 끓여 먹고 사는 처지들인데 옆 사람을 어찌 챙길 수 있는가.

보릿고개 넘다가 굶어 죽었다는 소리는 한 해에 몇 번씩 들리는 소리였다. 동네 사람들과 면사무소의 도움으로 아이와 할머니 장례가 치러졌고 그렇게 세월이 흘렀다. 그러나 세월이 아무리 흘러도 가슴속에 멍울진 상처는 지워지지 않았다.

그 후 80년이 지나도 그때 입은 마음의 상처는 그대로 있다.

세상에 가장 맛있는 국

하루는 학교에서 가장 먼 산속 마을 외딴집에 사는 민구네 집을 방문했다. 십리도 넘는 먼 마을이지만 학교에 나오는 아이들은 많았다.

그 가운데 공부도 잘하는 모범생이 박민구다. 부반장도 하고 반 아이들과도 잘 어울리는 아이라 가정이 원만할 것으로 생각하였는데 그렇지 않았다.

민구네 집은 동네에서 외따로 떨어져 있었고 초가집 한쪽 귀퉁이가 주저앉아 산비탈을 타고 있는 커다란 코끼리 등 같았는데 지붕 위에는 달덩이 같은 박이 여기저기 타고 뒹굴뒹굴 곧 아래로 굴러 내릴 것만 같이 보였다.

집에는 민구 아버지만 있고 어머니는 안 보였다. 민구가 아버지한테 선생님이 오셨다고 하자 시커멓고 수염이 덥수룩한 삼십은 넘어 보이는 민구 아버지가 놀란 눈으로 인사를 했다.

"어떻게 여기까지 오셨나요? 집이 이래서 부끄럽네요."

나는 겸손히 허리를 숙이고 인사를 했다.

"이렇게 불쑥 찾아와서 죄송합니다."

"이렇게 오셨으니 방으로 들으시지요."

그렇게 하여 컴컴한 방을 들여다보자 민구가 앞장서서 들어갔다.

방바닥은 눅눅하고 황토벽 구석에는 횃대 옷걸이엔 무슨 옷인지 하나가 달랑 매달려 있었다. 나는 한쪽에 앉으며 생각했다.

'이렇게 가난한 사람들이 사는 나라에 전쟁이 일어났으니 이 꼴이 지옥이 아니고 무엇인가.'

민구는 성실하기도 했지만 공부도 열심히 하는 아이라 바로 바닥에 엎드려 숙제를 했다. 민구 아버지는 부엌에서 무엇인가를 한참 하더니 작은 밥상에 국과 산나물과 새까만 보리밥을 들고 들어오며 말했다.

"이렇게 먼 길을 오시느라고 시장하셨을 텐데 대접할 것이 없어서 이렇게만 차렸습니다. 한 술 뜨시지요."

"이러시지 않아도 됩니다. 저 아직 배고프지 않습니다."

"다 압니다. 학교에서 여기까지 오자면 누구든지 시장합니다."

사실은 점심을 제대로 못 먹고 온 터라 배가 고팠다. 그러나 체면을 생각하여 말은 이렇게 했지만 구수한 국 냄새를 맡으니 숟갈이 저절로 잡혔다. 무슨 국인지 한 숟가락 떠먹고 놀랐다. 배가 고파서였는지 아니면 무엇 때문인지 모를 입맛에 사로잡혀 국물을 맛있게 뜨며 산나물과 보리밥을 아주 맛있게 먹었다.

부잣집 서영칠이네 집에서 먹어보던 진수성찬보다 국물 맛이 입에 짝짝 달라붙었다. 세상에 태어나 이렇게 맛있는 것은 처음 먹어본 진미였다.

식사 후 몇 마디 물어보는 중에 민구 엄마는 먼 산속으로 나물을 뜯으러 갔는데 밤이 되어야 온다고 했다. 그리고 민구 아버지는 논 네 마지기를 지어 겨우겨우 먹고 산다고 했다. 나는 민구가 모범생이라 부모님을 한번 뵙고 싶어서 방문했노라며 인사를 하고 학교로 돌아왔다.

그 후 나는 어디서도 민구 아버지가 차려준 밥상과 국맛을 더 볼 수가 없었다.(그 국은 뱀국이라는 걸 나중에 알았다)

상이군인 아들

반에서 가장 명랑하고 장난 잘 치는 아이가 유광철이다.

학교를 마치고 그 아이한테 말했다.

"유광철, 오늘은 너희 집을 방문하기로 했다. 같이 갈래?"

녀석은 목소리도 크지만 입도 함박꽃처럼 컸다.

"선생님 오늘은 우리 집이에요?"

"그래, 좋으냐?"

"네. 선생님."

그렇게 하여 아이를 따라 우마차 길을 따라 걸었다. 고개 하나를 넘고 작은 내를 건너 산 밑에 웅크리고 있는 코끼리 등 같은 삼 칸 초가 앞에 도착했다.

광철이 사립문을 밀어제치며 말했다.

"여기가 우리 집이에요. 들어오세요."

내가 안으로 들어서자 광철이 큰소리로 아버지를 불렀다.

"아버지! 우리 선생님 오셨어!"

일그러진 쪽방 문이 열리면서 굵은 목소리가 나왔다.

"누가 왔다고?"

"우리 선생님이 오셨다고요."

"선생님이 뭔 일로 오셨다는 거여?"

그러면서 어른이 나왔다. 나는 그만 눈앞이 캄캄했다. 아래는 잠방이에 웃통은 벗은 채 한쪽 다리는 없고 오른 팔 끝은 갈고리 손! 나는 놀란 가슴을 누르고 인사를 했다.

"안녕하세요? 저는 광철이 담임선생입니다."

광철이 아버지는 의족을 의지하고 일어서서 인사를 받았다.

"선생님이 어떻게 오셨습니까?"

"네. 학교에서 학생들 가정방문을 하라는 지시가 있어서 왔습니다."

"보시다시피 우리는 사는 꼴이 이렇습니다. 이쪽 마루에나 오르시지요."

나는 조심스럽게 쪽마루 귀퉁이에 걸터앉았다. 광철이 아버지는 두리번거리다 아들한테 일렀다.

"광철아, 막걸리나 차려와라."

광철이 대답했다.

"아버지, 선생님은 막걸리 못 잡수세요."

"그럼 냉수라도 떠와."

광철이 술 주전자와 안주로 열무김치를 차린 상을 들고 왔다. 그리고 대접에 물 한 그릇을 떠오면서 말했다.

"선생님, 우리 샘물이 아주 맛있어요. 그리고요, 우리 아버지는 막걸리가 밥이에요."

그렇게 하여 나는 물을 마시고 광철이 아버지는 막걸리를 한 사발 가득 담아 쭉 들이켜고 말했다.

"선생님, 이런 꼴을 보여드려서 죄송합니다."

바로 보기 정말 민망했지만 꾹 참고 얌전히 대답했다.

"아닙니다. 이렇게 뵈오니 반갑습니다."

술을 두 대접이나 마신 광철 아버지가 묻지도 않는 말을 했다.

"선생님, 내 꼴이 꼭 거지같지요?"

"별말씀을 다 하세요."

"보시다시피 난 다리도 한쪽이 없고 팔도 하나는 없이 이 갈고리로 살아갑니다. 선생님은 내가 왜 이 꼴이 되었는지 아실는지 모르겠습니다만 저는 군대 나가 백마고지에서 이 꼴이 되어 돌아왔습니다. 차라리 죽어서 안 왔어야 하는데 살았으니 고향이라도 찾아올 수밖에 없었습니다."

"네⋯⋯."

"백마고지 전투는 정말 대단했지요. 원수 북괴군과 싸우다 지뢰를 밟고 이 꼴이 되었습니다. 전쟁이 나를 병신으로 만들었지요."

"⋯⋯."

"이 꼴로 농사도 못 짓고 할 수 있는 것이 없으니 먹고 살기는 해야하고 누가 도와주는 것도 없으니 어떡합니까. 가끔 가다 배 고프면 이 갈고리를 들고 돌아다니며 억지 동냥을 하지요. 우리 면에만 해도 나 같은 상이용사들이 여럿 있지요. 다들 굶어죽지 않으려고 갈고리를 휘두르며 무엇이든 구하여 먹고 삽니다. 세상 사람들은 우리를 참 보기 흉한 물건들이라고 비웃지만 어떡합니까."

"광철 아버님같이 희생한 분들이 있어서 이 땅에 평화가 있는 거 아닌가요."

"선생님처럼 생각하는 사람이 많지 않습니다. 우리 같은 것들이 시장이든 어디든 다니며 동냥질을 하면 아주 무시하고 벌레 보듯 하지요."

이런 이야기를 듣다가 시간이 지나 자리에서 일어서며 인사를 했다. 광철 아버지는 무슨 말인가 더 들려주고 싶은 눈치였지만 조심스럽게 자리를 떴다.

사립문을 열고 나서자 광철이 따라오며 물었다.

"선생님, 놀라셨지요?"

"아니."

대답은 그렇게 했지만 가슴이 내려앉을 만큼 놀랐던 건 사실이었다. 그렇지만 태연히 물었다.

"광철아, 넌 효자 같다. 그렇지?"

"효자는 아니지만 우리 아버지가 고마워요. 죽지 않고 돌아왔으니까요. 옆집 용수 아버지는 전쟁터에서 돌아가셨대요. 우리 아버지가 살아 오셨으니 저는 고아가 아니잖아요. 용수는 아버지가 없어서 고아원으로 갔어요. 저는 불구자가 되신 아버지지만 옆에 계셔서 좋아요."

"고맙다. 너는 장차 훌륭한 인물이 될 거야."

"정말요?"

"그래, 넌 꼭 그렇게 될 거야."

내가 그렇게 대답할 수 있었던 것은 그런 환경에서도 기죽지 않고 활달 명랑한 성격과 불구 아버지를 그렇게 고마워하는 것만 보아도 그 아이의 장래는 밝을 것이라고 믿었기 때문이었다.

방공호집 아이

반에서 공부는 1등만 하고 똘똘하게 생긴 성일이네 집을 방문하기로 했다.

"강성일, 오늘은 너의 집에 가기로 했다."

성일이 놀라서 물었다.

"정말요 선생님?"

"그래."

"우리 집은 집이 아닌데……."

집이 아니라면? 그게 무슨 말일까? 궁금해졌다.

"집이 아닌데 산다고? 그럼 어디?"

"가 보시면 알아요."

"그래 가 보자. 부모님도 뵙고 인사도 드려야지."

"그것도……."

아이가 난처해하는 얼굴이었다. 나는 말없이 아이를 앞세우고 산골 길을 걸었다. 그 아이가 산다는 동네도 작은 개울을 건너 높은 산속 마을이었다. 열 가구쯤 되는 마을이었는데 길도 깨끗하고 집들도 다른 동네보다는 깔끔했다.

"동네가 아주 좋구나. 집들이 좋고 길도 잘 닦아놓아 좋다."

"네. 동네 사람들이 다 고마운 분들이에요."

"그런 동네에 사니 좋구나. 어떤 집이 너의 집이냐?"

"여기가 아니고요. 저기 뾰죽한 언덕 너머 산속에 있어요."

아이는 앞장서서 걸었다. 그리고 언덕이 짱구이마처럼 툭 돋은 아래 밭 끝에 가마니를 덮은 굴 앞에 서서 말했다.

"여기가 우리 집이에요."

"집……?"

기가 막혔다. 성일이 집이 아니라며 말끝을 흐린 이유를 알았다. 땅굴이 아닌가!

"여기라고?"

"그래서 집이 아니라고 했어요. 오셨으니까 안으로 들어가 보세요. 여기서 엄마하고 니만 사는데 땅굴집이라고 불러요."

"그래, 왔으니 들어가 보자."

아이를 따라 굴속으로 들어갔다. 입구 가마니를 젖히자 해 빛이 환하게 들어와 굴속을 가득 채웠다. 바닥은 짚을 깔고 그 위에 가마니 두 장을 깔아놓았다. 안에는 부엌도 없지만 솥도 없고 등잔도 없고 밥그릇이 두 개뿐이었다. 있는 것이라곤 구석에 궤짝 나무상자가 다였다.

나는 기가 막혀 한 동안 입이 열리지 않아 멍하니 앉아 있었다. 그런데 성일이는 햇빛을 받은 환한 얼굴로 말했다.

"선생님, 이런 땅굴집 처음 보시지요?"

"그래. 엄마는 어디 가셨니?"

"엄마는 근처 동네에 아무 집이나 가서 일해주고 오실 때는 바가지에 밥과 국을 얻어오세요."

"날마다?"

"네. 동네 사람들이 고맙지요. 엄마가 동냥하는 거지로 살지만 모두가 밥과 국을 주어 굶지 않아요."

이때 성일이 엄마가 돌아왔다. 광목 홑치마에 헐렁한 모시 적삼을 걸쳤는데 비치는 햇살에 홑치마 속 두 다리가 훤히 보이고 쪼가리 모시적삼에 가슴이 드러났다. 나는 생각했다.

'이렇게 살아가는 사람이 있고 거기서 자라는 아들이 기죽지 않고 씩씩하고 영리하지 않은가!'

성일이 엄마는 내가 와 있는 것을 보고 놀라워했다. 성일이가 나를 담임선생이라고 소개하자 내 앞에 무릎을 꿇으며 인사했다.

"어떻게 이런 데까지 오셨나요? 부끄럽습니다."

아직 30대로 보이는 젊은 엄마는 나보다 10년 이상 연상 같았다. 그런 분이 무릎을 꿇어 당황스러워서 나도 그 앞에 무릎을 꿇었다.

"부형님, 이러시면 제가 죄송합니다. 편히 앉으시지요."

성일 엄마는 자세를 바꾸고 망설이다가 입을 열었다.

"선생님 이렇게 오셨는데 아무것도 대접해 드릴 것이 없어서 부끄럽습니다. 성일이하고 내가 사는 걸 보시면 안 되는데……."

나는 성일이네가 왜 이렇게 살게 되었는지 궁금했다.

"성일이가 공부를 아주 잘합니다. 그런데 무슨 일이 있으셨기에 여기서 사시게 되었는지요?"

"말씀드리자면 깁니다. 6·25전쟁과 공산군들 때문에 이렇게 되었습니다. 우리는 여기서부터 30리 밖에 있는 상우리라는 큰 동네에 살았습니다."

"그러셨군요. 6·25로 피해 입은 사람들이 전국적으로 깔렸지요."

"우리 원수는 공산당 놈들입니다. 우리가 살던 집은 동네에서 가장 크고 좋았지요. 그리고 성일이 아버지는 면서기로 교회 집사였습니다. 공산당이 동네를 차지하고 우리 집을 공산당 본부로 삼고 성일이 아버지가 면서기이며 교회 집사라는 이유로 반공분자라는 죄명을 씌워 동네 사람을 모아 놓고 그 앞에서 교회 다니는 놈들은 다 이렇게 죽인다 하면서……."

"인민재판을 했단 말씀인가요?"

"땅땅땅! 하는 총소리에 건강한 남편이 쓰러지는 것을 보고 혼이 빠져 개울가에서 노는 성일이를 데리고 산속으로 도망쳤습니다. 성일이 아버지가 총에 맞아 죽는 것을 보지 못하게 했습니다. 그리고 마을을 떠나 제가 아홉 살 때 한번 가 보았던 고종사촌 오빠가 산다는 이 마을로 무작정 찾아왔습니다."

"고향 집은 아직 그대로 있나요?"

"없어요. 공산당놈들이 우리 마을을 뒤집어 놓고 우리집 안채에서 밤중에 술을 먹고 공산 세상이 왔다고 동네 소를 잡아 크게 잔치를 벌이고 잘 때 마을 누군가가 공산당을 태워죽이겠다고 집에다 불을 질러 집도 타고 공산당 놈들도 다 태워죽였답니다."

"집이 없어서 돌아가지도 못하신 거군요."

"그랬지요. 총살당한 성일이 아버지가 어떻게 되었는지도 모르고 집도 없고 재만 남았으니 돌아갈 엄두가 나지 않았습니다. 그래서 이 동네로 와서 고종사촌 오빠네 집으로 찾아 갈까 하다가 오빠네 집도 너무 가난하여 집 언저리만 한 바퀴 돌고 이쪽 동네로 왔지요. 배가 고파서 마을 사람들한테 밥 좀 달라고 하여 얻어먹고 갈 곳이 없다고 했더니 전쟁 중에 산 밑에 파 놓은 방공호가 있으니 거기라도 가 보라고 하여 이 땅굴로 왔지요. 방공호에는 동네 사람들이 이렇게 짚을 깔고 숨었다가 가마니를 남겨 두어 하나는 굴 입구 문을 가리고 하나는 깔고 또 하나는 밤에 성일이를 안고 이불로 쓰지요."

"아⋯⋯!"

나는 기가 막혀 숨이 막힐 것만 같았다. 그런데 성일 엄마는 강한 의지를 가지고 이런 말을 했다.

"저는 저쪽 마을에 우리 이종사촌 오빠네 집이 있다는 게 마음 든든해요. 정말로 내가 거지노릇을 하다가 굶어 죽을 지경이 된다면 마지막으로 찾아갈 곳이니까요. 그러나 절대 안 찾아갈 거예요. 가난한 오빠가 내 사정을 알면 얼마나 가슴 아파하시겠어요. 그래서 저는 오빠네 동네로는 밥 얻으러 동냥도 안 가지요. 이웃 동네에 일하는 집이 있으면 도와드리고 밥 때 되면 한 술 얻어먹고 바가지에다 국과 밥을 조금만 달라고 하여 얻어다 성일이 아침저녁을 먹이지요."

들을수록 가슴 아픈 이야기라 더 무슨 말도 못하고 나는 땅굴집을 나서며 다짐했다.

'성일아, 건강하게만 살아다오. 공부 잘하는 너, 내가 지켜주겠다.'

그리고 친구 교사들한테 그 사연을 말하고 비밀리에 십시일반으로 돈을 모아 동네 이장을 통하여 솥과 밥그릇과 보리쌀을 사주도록 하고 성일이 학비는 내가 부담했다.

그 애는 중학교, 고등학교 가기까지 1등을 하여 장학금을 타서 학비 면제를 받음으로 나는 학용품만 대주면 되었다

성일이가 공부 잘한다는 소식을 들은 동네 사람들이 그 아이를 땅굴 속에서 건져 외롭게 사는 안노인 댁과 인연을 맺어 주었다.

이 외에 아름다운 사연이 있지만 줄인다.

오민수를 통하여 성일이는 서울 큰 은행 지점장이 되었다는 것도 알았다. 고맙기만 하다.

서울뜨기 서미옥

서미옥이는 얼굴이 뽀얗고 예뻐서 남자 아이들이 좋아하는데 새침 뜨기라 남자 애들은 쳐다보지도 않는다. 서울서 어떻게 살다가 온 아이인지 궁금하기도 했다.

오늘은 미옥이네 집을 방문하기로 하고 그 애를 따라 향나무골이라는 동네로 갔다. 그 동네 역시 한 시간은 걸어야 갈 먼 길이었다. 산 아래 서원이 있고 그 둘레에 향나무가 성처럼 빽빽이 둘러서 산바람에 향기가 싱그럽게 묻어났다.

길 옆에 벤치 같은 바위가 있어서 거기 앉으며 미옥이한테 말했다.

"다리가 아프다. 여기 좀 쉬었다 가자."

얌전한 미옥이 조심스럽게 곁에 다소곳이 앉아 나를 바라보았다.

"왜? 내 얼굴에 무엇이 묻었니?"

"아니에요. 선생님이 좋아서요."

"그래? 너는 어떻게 여기까지 왔지?"

"잘은 몰라요. 부모님을 따라 피란을 왔지만 우리 마을에는 첨서부터 아는 사람이 하나도 없는 동네였어요."

"부모님은 뭘 하시던 분이지?"

"아버지는 교회 목사였는데 공산당이 무서워서 밤중에 저를 업고 밤새도록 걸어서 여기까지 피란을 오셨대요."

"그랬구나."

"밤새도록 걷고 또 하루를 걸어 찾아온 동네가 여기였어요. 저녁이 되어 갈 곳이 없어서 어떤 집 사랑채 마루에 보따리를 풀고 쉬는데 집주인 할아버지가 나와서 누구냐고 하여 피란민이라고 하자 사랑방으로 들라고 하여 들어갔어요. 집주인은 아주 친절할 분들이었어요. 그리고 할아버지 아들 형제는 군대에 나갔다면서 저녁밥을 차려주셨어요. 그리고 전쟁이 끝나면 돌아가라고 하셨는데 돌아가지 못하고 있어요."

"서울 집은?"

"서울에서는 교회 사택에 달았어요. 지금은 공산당이 불을 놓아 교회도 사택도 없어져서 갈 곳이 없어요."

나는 여기까지 듣고 걔나 내 처지나 같다는 생각을 하며 그 애가 산다는 할아버지 사랑채로 갔다. 마침 그 부모가 있었다.

미옥이 나를 소개했다.

"우리 선생님이세요."

미옥이 부모님이 나란히 인사를 했다.

"어서 오세요. 선생님."

"이렇게 불쑥 찾아뵈어 죄송합니다. 저는 아직 어립니다. 말씀은 낮추어 주세요."

미옥 아빠가 웃으며 대답했다.

"아무리 어려도 우리 아이 선생님이시니 당연히 존대를 받으셔야 합니다. 오셨으니 누추하지만 방으로 드시지요."

"아닙니다. 이렇게 좋은 마루가 있으니 여기 잠깐 앉았다 가겠습니다."

마루에 앉아 두 분을 보았다. 모두가 햇볕에 타서 가무잡잡하지만 품위 있는 모습이었다. 내가 물었다.

"미옥 아버님은 농사일을 하시나요?"

"예, 농사도 짓고 책도 보고 그렇게 삽니다. 선생님도 서울서 오셨다지요?"

"예, 피란 왔다가 생각지도 못했는데 교사가 되었습니다. 어른께서도 농사는 안 맞는 분 같아요."

"그렇게 보이십니까? 저는 여기 주인님께 큰 빚을 지고 삽니다."

"무슨 빚을……?"

"오갈 데 없는 우리를 거두어 주시고 이렇게 사랑방까지 내어 주시었으니 빚이 아닙니까. 그런데 그런 빚보다 마음 빚이 더 큽니다."

"네?"

"이 댁 어른들은 착실한 불교신자들입니다. 선생님께서 아시는지 모르지만 저는 목사 직분을 가진 사람이지요. 그래서 주인께서 절에도 같이 가자고 하셨지만 동행해드리지 못했습니다. 주인어른은 아주 착하신 분입니다. 산속에서 스님이 내려오시면 융숭한 대접을 하시고 보시도 넉넉히 챙겨드리는 분인데 언제부터인지 기독교인들을 미워하고 있다는 걸 알았습니다. 스님이 시주를 위해 집집마다 다니며 목탁을 치면 교회도 안 다니는 사람들이 '우리 예수 믿어요' 해버립니다. 그러면 스님은 두말없이 떠나 다른 집으로 가지만 어디나 마찬가지입니다. 모두가 예수도 믿지 않으면서 스님 쫓아버리는 방법으로 스님을 내칩니다. 그래서 예수 믿는다는 사람을 싫어합니다. 그런 분이니 그 앞에서 내가 목사라는 말은 더 할 수 없어 어느 때든 기회가 생기면 그분한테 하나님 말씀도 드리고 싶습니다. 서울 교단에서 마땅한 자리가 나면 연락한다고 하여 그럭저럭 어른님 따라 다니며 농삿일을 돌보아드리며 이렇게 삽니다. 부끄럽습니다."

"아닙니다. 마음으로 불편하시겠어요. 전쟁이 많은 사람들을 불행하게 만들어 놓았으니 어쩌겠어요. 미옥이가 예쁘게 잘 자랄 수 있게 부모님이 계시고 착한 주인 할아버지가 계시다니 마음 든든합니다."

그렇게 몇 마디 나누고 자리를 떴다.

대장간 빨간 완장
전쟁중이라 젊은이들은 다 군대로 가고 늙은이들은 제대로 먹지 못하여 얼굴이 파리하고 찌그러졌다. 그래도 못 먹어서 비쩍 마른 아이들의 눈빛만은 반짝이고 그늘 없이 명랑했다.

반에서 대장 노릇을 하는 장민호가 눈에 띄고 용감했다. 오늘은 그 아이네 집을 방문하기로 했다.

"장민호, 오늘 너희 집에 한번 가도 되겠지?"

"네! 선생님 대환영입니다."

그렇게 하여 학교에서 멀리 떨어지지 않은 큰 고개 너머 동네로 갔다. 마을은 거의 100호에 가깝고 생각보다 컸다. 그러나 집들이 작고 오밀조밀 붙어 있고 동네 골목길도 우마차가 겨우 지나갈 정도로 좁았다.

장민호가 언덕 위에 유일한 양철지붕 집을 가리키며 말했다.

"선생님, 저 집이 우리 집이에요."

나는 생각 없이 대답했다.

"그래? 이 동네에서 제일 부잣집인 거 같다."

"공산당이 쳐들어오기 전에는 부자였는데……."

바로 장민호네 집에 도착하여 장민호 아버지를 만났다. 장민호 아버지는 키가 크고 수염이 덥수룩한 거인이었다. 민호가 나를 소개했다.

"아부지, 우리 선생님이에요."

"선생님 어서 오세요, 반갑습니다."

목소리도 우렁우렁하고 삼국지에 나오는 장비 같은 인상이었다.

"안녕하세요. 민우 담임입니다."

"고맙습니다. 이쪽으로 오시지요."

시골집 치고는 터가 넓었다. 민우 아버지는 한쪽에 통나무탁자가 있고 둘레에 통나무 의자가 둘러 있는 자리로 안내했다. 그리고 자리를 권했다.

"이리 앉으시지요. 방안보다는 여기가 좋습니다."

그러는 사이 민호가 마실 것을 준비해 왔다. 둘러보아도 여자는 없는 것 같았다. 그래서 물었다.

"민호 엄마는 어디 가셨나요?"

"예, 저기 산속에서 자고 있습니다."

"네?"

"저 때문이지요. 보시다시피 여기는 원래 제가 하던 대장간이었습니다. 마을에서 농기구가 필요하든가 고장이 나면 여기 와서 고치기도 하고 좋았지요. 그런데 전쟁인 터지자 이 꼴이 되었습니다."

민우 아버지는 곳간같이 텅 빈 공간을 가리키며 말을 이었다.

"빨갱이 놈들이 나라를 차지하고 동네마다 직업이 천하든지 고생하는 머슴을 동 지도자로 세우고 빨간 완장을 채우고 동네 사람 가운데 사상 불량자를 잡아 상부에 보고하라고 했습니다. 그 대상이 제가 되었지요. 저한테 완장을 채우고 동네에서 기독교인이나 공부 많이 한 사람을 보고하라는 것이었습니다. 그러나 나는 그런 사람을 찾지 못한다고 아무 것도 하지 않았지요. 형제 같고 부모 같은 사람들을 어떻게 죽음의 길로 몰아넣습니까. 한 달이 지나도 아무 것도 하지 않으니까 면 인민재판장으로 나를 끌고 가 면민들이 둘러보는 앞에서 작두로 내 오른 손가락 다섯을 잘라 이렇게 병신을 만들어놓았습니다. 죽이지 않은 것만도 다행이었습니다."

이렇게 말하면서 숨겼던 손을 내밀어 보였다. 그것을 보는 순간 나는 가슴이 철렁하고 눈앞이 캄캄했다. 그런데 더 가슴 아픈 말을 하는 것이었다.

"내가 그 꼴 당하는 것을 본 민우 엄마가 미친 듯이 빨갱이 면대장한테 달려들며 멱살을 잡자 공산당 놈 하나가 총으로……."

장비같이 우락부락하게 생긴 눈에 눈물이 그렁했다. 나도 눈물이 나서 고개를 돌리고 눈물을 닦았다.

"원수 놈들이 나를 살려 보내면서 마을의 반동분자를 색출할 때까지 일을 하지 못하게 우리 대장간의 모든 도구를 실어갔습니다. 나는 미칠 지경이라 민호를 업고 산속으로 도망을 쳤습니다. 그리고 얼마 안 있다가 빨갱이 놈들이 물러가고 우리 부자만 이렇게 남아 있습니다. 나한테는 민우가 기둥이고 꿈입니다."

나는 더 이상 있을 수가 없었다. 무너진 가슴을 안고 민우 아버지한테 인사를 하고 돌아오면서 얼마나 울었는지 모른다.

명랑하고 활기찬 민우가 더욱 귀엽게 보이고 고맙게 느껴졌다.

전쟁이 쓸고 간 마을마다 집집마다 비극의 발자국이 남아 배 고픈 국민들의 마음에 원한의 멍이 들어 있었다.

나는 더 이상 가정 방문기를 쓰지 않기로 한다. 6·25전쟁 때는 어느 집을 방문해도 배고픈 얼굴에 상처뿐이었기 때문이다.

그랬던 우리가 감사하고 다행인 것은 전쟁과 보릿고개를 넘어 세계 속에 한강의 기적을 이루고 발전된 나라 국민이 된 것이다.

누가 이 땅을 축복해 주었는가?

6·25전쟁으로 무너진 우리를 미국 그리스도인들이 사랑의 손을 뻗어 기아에서 구해 주었고, 고난 속에서도 명랑하고 씩씩하게 반짝이는 눈빛으로 자란, 지금은 80대가 된 10대들의 땀 값으로 잘사는 것이다.

---

* 초등학교 선생님 자기소개 사양

누나를 기다리며

2024년 7월 10일 1판 1쇄 인쇄
2024년 7월 15일 1판 1쇄 발행
저 자 6·25수난기작가회
발행자 심혁창
마케팅 정기영
디자인 박성덕
교 열 송재덕
인 쇄 김영배
펴낸곳 도서출판 한글

우편 04116
서울특별시 마포구 신촌로 270(아현동)
수창빌딩 903호

☎ 02-363-0301 / FAX 362-8635
E-mail : simsazang@daum.net
창   업 1980. 2. 20.
이전신고 제2018-000182

* 파본은 교환해 드립니다
* 정가 20,000원
*
ISBN 97889-7073-636-5-13810